U0686109

当你读懂人生的时候

罗伟 著

天津出版传媒集团

天津人民出版社

图书在版编目（CIP）数据

当你读懂人生的时候 / 罗伟著. -- 天津：天津人民出版社，2018.3（2025.4重印）
ISBN 978-7-201-12897-9

Ⅰ.①当… Ⅱ.①罗… Ⅲ.①散文集－中国－当代
Ⅳ.①I267

中国版本图书馆CIP数据核字（2018）第026250号

当你读懂人生的时候

DANGNI DUDONG RENSHENG DE SHIHOU

罗伟 著

出　　版　天津人民出版社
出 版 人　黄　沛
地　　址　天津市和平区西康路35号康岳大厦
邮政编码　300051
网　　址　http://www.tjrmcbs.com
电子邮箱　tjrmcbs@126.com

责任编辑　张潇文
封面设计　马晓琴

制版印刷　三河市同力彩印有限公司
经　　销　新华书店
开　　本　660×960毫米　　1 /16
印　　张　24.25
字　　数　296.4千字
版次印次　2018年3月第1版　2025年4月第4次印刷
定　　价　65.80元

序

在少不更事的岁月里，他举止异常，常常呆立于窗边看风景，在暮色来临之际带个小凳子看天空，也常常在下雨天的晚上对窗出神。在少不更事的岁月里，他觉得他的所见所感便是世界的全部。于是，他把那些体验写了下来，拿给旁人看时很自得。想着将来自己一定是一个大文豪。

有一天，当他拿那些所谓的"文字"出来看的时候，才发现，那个少年都沉浸在一些不相干的风花雪月里去了。少年的心情，少年的见闻，只不过是少年的情怀罢了。仅此而已。

每个人在年少的时候，都会和那个小笨蛋一样吧？曾经做过美丽的梦，曾经幻想过成为举世闻名的大家，曾经认为自己便是那文学作品里的非凡主角……然而，过了多少年月，回头一看，才发现，那些只不过是年少时的幻想。他却完全沉醉在自己那个狭小的天地中去了，他读的是李清照、李商隐，什么杜甫、陆游，在他眼里，显得乏味不堪。

每个人都有一种不撞南墙不回头的傻劲和倔劲，他也不例外。当他被撞得伤痕累累的时候，才懂得应该认真审视过往，才舍得摒弃过去，才知道要跳出自己的那一片狭小天地。于是，他不得不让自己开始务实。渐渐地，那个少年正逐渐成长，走入了更广阔的天地。

和年少时一样，他仍然在写文字。只不过，他不再吟风弄月，而是尝试着用一颗温润坚强的心观照世事，体味人情。于是，他笔下的那些东西渐渐有了点样子。看着那一篇篇文字，把它们铺陈开来，他仿佛看到了一个少年成长的印迹。它清晰如轨地延伸开来，远远地，没有终点。原来，写作与人生都是一个修行历练的过程。

虽然他至今仍然改不了听风听雨的习惯，不过，在风雨中，他多少能读出些沧桑与厚重的味道。虽然他已经开始读杜甫、陆游，但是，他明白，他至今未能读懂他们。

人世厚重沧桑，岂能说懂就懂？

原来，年少时眼中的人生并不是真实的人生，年轻时眼中的世界，也未必是我们所处的这个真实的世界。赏了这么长时间的风月，读了这么长时间的书，写了这么长时间的文字，过了这么长时间的日子，才明白，当你读懂人生的时候，人生，已经老了。

目　录

Part 1：生命的留声机

Part 2：最美的菩提

Part 3：母亲是守护屋角的檐

Part 4：在爱的面前柔软

Part 1： 生命的留声机

　　上帝给我们每人都预留了一部留声机，一屋一阳，一花一草，一云一雨，都是我们生命的留声机。它承载着我们的过往，记录着我们的情感，保存着我们的人生。我想，当我们老去的时候，或许可以这样：闲坐台阶看风景，静坐门前赏晚霞，呆坐窗前听风雨。于是，一辈子就这样被你重新捡拾起来了。

生命的留声机

我的记忆力差极了，且不说我忆不起十年二十年前的事，且不说我记不住路号、地点和时间，且不说我想不起自己曾经说过的话、做过的事，单单是一两分钟之前发生过什么，我都难以想起。我的记忆力几乎达到了一种病态的程度，可是，我还未衰老啊。阿尔茨海默症应当不会在我三十岁这个年纪就袭而侵之吧？

然而，有些东西，尽管我记不住，但未曾在我记忆的流里消失过。只不过，它藏在了一个深深的记忆的匣里，被妥善地保管着。当有一天，它被某样东西触碰时，那个紧闭的口子便会悄然轻启，里面的东西便会轰然而出，冲击你的情感之阀。

比如说，我存着一本旧相册，它记录着我的过往。当我不经意间翻阅那陈旧的相册时，往事便会翩然而出，我就会被飞出来的人生与情感记忆感慨得唏嘘万千。比如说，我珍藏着学生时代友人送我的一张小贺卡、一封书信，平时不看倒罢，只要有一天，翻抽屉触碰它们时，曾经的记忆又会让人情不自禁了。又比如说，我存着学生们送给我的一张张小贺卡。有一天，你去看看它们吧，那些稚嫩的字迹，会把你柔软的心击倒，粉碎，让你的记忆与情感都沉浸在那样的碎片当中，不能自拔。

于是，我知道，尽管我的记忆渐渐退化，但是，我的情感仍在，我的心仍在。我的人生与情感都被记载于那些相片、贺卡与书信里去了。不仅如此，它们还留存于天地自然之中。

有一天去往郊外，清风、泥味、草香扑面而来，忽见简陋的砖瓦房成排立于眼前。于是，平时无论如何都想不起来的，二十多年前的往事倏地在我脑海里闪过，那样清晰，那样真切。我看见了我儿时的房子——坐落于山脚之下，矮小，简陋，黑暗；我看见了许多个晚上，点着一盏灯，母亲在一旁微笑着看我做功课；我看见了母亲在屋后山脚下辟了一片土地种菜，那萝卜、红薯、南瓜大得喜人；我看见了我和哥哥爬山、捕蝴蝶；我听见母亲在山脚喊，回来吃饭了……记忆与情感就被那扇门，让人泪眼蒙眬。

那一天，红日浑圆，紫霞漫天。我坐到台阶上，要在夕阳隐去之前欣赏黄昏。可是，一坐定，我的脑子里便突然记起了什么。多少年前的一个傍晚，也是这样的红日，也是这样的晚霞，我一人坐于校园的台阶上，捧着刚刚收到的，那枚画有大大的心的贺卡。人已寥寥，我就那样坐着，与夕阳为伴，与红霞交心，直至夜晚来临。那样的心境，那样的情感轻易回忆不起来，却因了一抹斜阳，什么都想起来了。于是，心便会被夕阳浸湿，柔柔地疼。

记忆还会保存在雨里。少年不识愁滋味的心情全都交付雨中，不论是晨雨、夜雨、微雨，还是大雨，一听便有一个故事，一听便有一份心情。记得有一次，同学们去春游，我托故不去，他们温暖幸福，我却寒冷落寞地骑着自行车在雨中飞驰回家，雨把我的衣裳淋得湿透了，我的心也被淋得湿透了。有一次，下着滂沱大雨，我衣裳单薄，却非要在雨中独自漫步。结果，一回宿舍立即生病。老师得知，以为我没有衣服穿，便把她的毛衣送给我，可是我死活不穿，她一次次地尝试着温暖我，我却一次次地辜负她。

那个不知愁的年月里，我错过了许多应当珍惜的东西。可是，当我想回时却回不去了，想抓也抓不住了。这时才明白，那些东西，真的在我生命的流里消失了。

童年和少年的记忆全部被我的疾病抹去，只有那些固执的情感被保存在身边的物与景致之中。当那样的景与物再现，记忆便会再现。于是，年少时的那些友人、亲人、师长，关爱过你的人，以及你喜欢过的人都会一一向你走来，让你温情，让你心疼。

原来，上帝给我们每人都预留了一部留声机。一屋一阳，一花一草，一云一雨，都是我们生命的留声机。它承载着我们的过往，记录着我们的情感，保存着我们的人生。

我想，当我们老去的时候，或许可以这样：闲坐台阶看风景，静坐门前赏晚霞，呆坐窗前听风雨。于是，一辈子就这样被你重新捡拾起来了。你的生命里那些重要的人，重要的事，重要的情会再次莅临你的生命。你会感觉到，因了他们，你的人生才会变得充实，才会变得诗情画意。因此，你才明白，你的生命因了他们，才获得存在的意义。

而我们年轻的时候，需要做的是什么呢？好好珍重你要珍重的人与情吧。这样，到了老的时候，留声机才不至于淌出忧伤的《e小调大提琴协奏曲》、悲壮的《悲怆交响曲》，而是流淌出如水的《夜曲》，如华的《月光》。

是的，那是月光如水的声音，是月光如水的情。那是人生如歌的行板。

这声音，这唱片，是你所珍重的人留给你的，是他们送给你的人生礼物。他们想让你在生命最重要的时刻能借此回忆你充实、温情，而又华美的一生。

窗户里的世外桃源

在我的记忆深处，有一间窄小而黑暗的房子，那是我儿时的家。毡瓦盖房，水泥砌墙，四周几近封死，有没有窗，我已无法清晰地回忆起来了。只知道，我童年的即使是白天，也得亮着灯，否则，便不能看清家里的物什。于是，对于光亮，我便格外向往。

所幸，那段日子在我的记忆里停留的时间不算太长。若干年后，家迁到了一个不错的楼房里，我第一次感受到白天房子里盛满光的喜悦。于是，长长的一段时间里，我把阳台的窗一直开着，让太阳照来，让月光爬过，让清风拂进，让冷雨敲窗。于是，小小的窗户便成了我心灵静美的栖居地。

我平生第一次对窗有了感情。那是一份淡淡的喜悦的情愫，它一扫我儿时黑暗冰冷的记忆，让我如此真切地感觉到窗户对于一个人，对于一颗心灵来说是如此不可或缺。

留得枯荷听雨声。轩窗数尺外，便是荷塘。秋寒阴霾，冷雨渐次洒落，点点滴滴，敲打于几支败荷之上。入夜时分，便可枕着一窗秋雨入梦。想来，古人对窗之朝向与境之布局竟如此高雅含韵。于是，

7

对于窗的追求便高远了起来，由最初仅仅追求亮光变成追求声、色、境的契合。我想，这是一扇窗给予我的心灵指引。可惜的是，窗外无塘，便请求母亲搭个雨棚。许多个夜里，便盼起雨来。经雨一下，空空大大的棚便有了清脆好听的韵律。虽没有"留得枯荷听雨声"那天地人融合之境，但也略微给了我一些心灵的慰藉。

读师范时住校，十几个男生凑在一间宿舍里，喧腾如闹市。音是杂的，味是浓的，心也跟着跳动与浮躁起来。于是，死活要了一张临窗的上铺，有个小小的私心：可以看窗外的果园、青山，更妙的是，距离风雨如此之近。雨夜来临，把头向窗户一侧，尽可能地贴近窗外那片雨意潇潇的世界。窗外有些小果树，雨啪嗒啪嗒地拍于其上，虽不及芭蕉、梧桐、荷叶的韵律清澈厚重，但也能抚慰我那渴窗的心灵。

对于窗，便是这样的一份偏执与热爱。没有了它，我便要身居黑暗、喧腾与浮躁之中；没有了它，我便离尘世如此之近。有了它，我便栖居于光、色与声的世界里；有了它，我便觉得与"槛外"并不遥远。

于是，一扇小小的窗户让我觅得了尘世与天堂的夹缝。近可入世，出可升天。在这样纷繁喧嚣的世间，难得上天为我留了这样一扇门。

工作后，对窗的情感仍然念念不忘。每年办公室搬迁，死活要挑个临窗的座位。靠窗之位，多有不便——白天正对阳光，办公不宜。遇寒、遇热、遇雨、遇风，此处必先受其害，然而，我却视它如珍宝。办公室内，人多语杂，虽不甚吵，但对于一个木讷求静的人来说，已觉吃力。于是，面朝窗户，春暖花开。我见青山多妩媚。料青山，见我应如是。在这里，虽见不着青山，却有大树、白云、飞鸟、清风。戴上一副太阳镜，挂上耳机，于是，尘世便在我身后，身前便是桃源，我就处于尘世与桃源的夹缝之间。我离同事不远，也离我的天堂不远。近可入尘，出可合天。那是我一直追求的心境。一扇小小的窗户，成全了我一颗简单的心。

常常一个人静立窗前，常常观窗外的落叶，常常听窗外的鸟鸣，常常捧窗外的微风……对于窗的情感，愣是如此偏执与热爱。有了窗，便有了光明；有了窗，便有了心灵栖息之地；有了窗，便能打开一扇通往尘世外的大门。那一扇小小的窗哟，竟是如此神奇与玄妙。

枕前灯灭，屋外月悬，轩窗半启。让我们枕一缕清风，去听一听窗外那一片潺潺而静谧的桃源之声吧。

捡脚印

我们在世间行走的时候，总是把目光朝着远处的方向，总认为，美好的东西一定就在前方。于是，步履便匆忙起来，心也跟着匆忙起来。我们马不停蹄地赶往前面一个又一个站点，却把身后一处又一处风景远远地抛却，不再张望。

然而，当我们的旅程行将结束的时候，才发现，我们已无力行走。远方无穷尽，而人生却有穷时，我们匆忙的步履和喧嚣的心不得不停歇下来。于是，我们才得以回头望望曾经走过的蜿蜒、漫漫的小路。那一个又一个深深浅浅的脚印在你我视野朦胧出隐约闪现。

于是，你看到了你的过往；看到了你的童年、少年、青年、中年；你看到了你生命中已去而如今却重现的人；你看到了年幼的无知、青春的无畏和中年的无奈……

于是，你回想，你曾经辜负谁、爱过谁、在意过谁，谁曾经在意过你、眷恋过你，你曾经犯下了哪些荒唐与幼稚的事，你的一生究竟有多少分量……

于是，我们便获得了属于自己的喜怒哀乐。我们会因自己人生的厚重而喜，会因曾经的荒唐与幼稚而叹，会因曾经的"不在意"与"错过"而怅惘……

才明白，人的一生，占据最大分量的是一个又一个你熟悉的、抹不去的人与情；我们会知道，自己错过或拥有过多少珍贵的东西。我们也知道，曾经的你是否太注重物与利，以至于忽略了最值得珍惜的人与情。然而，不论如何，那一切都已成为过往。

于是，我想，与其把人生当成一个行走的过程，不如把它当成一个捡脚印的过程。有人说，在人死的时候，他的魂要把生前留下的每一个脚印都重新捡起来。为了做这件事，他要把生平走过的路再走一遍，车中、船中、桥上、路上、街头、巷尾，脚印永远不灭。纵然桥已坍了，船已沉了，路已翻修了，河岸已变成水坝，一旦魂魄重临，他的脚印自会一个一个浮上来。

然而，何必等到离开人世后才去做这件事呢？我们为何不在尘世间完成这项任务呢？一路行走，一路捡拾，一路歌唱。如此，你便不会只顾前方的风景，而忽略了身旁的人与事，你便会小心翼翼地走好每一个足迹，让你的足印显得清晰可辨，显得更厚重。于是，你的足音便如空谷回音，浑厚、清脆而邈远，你的人生也因此厚重了起来。

如今，虽未老去，我却要筹划捡脚印这档子事了。我得准备一个大大的箩筛。一路捡来一路筛。一筛筛清斑斑尘渍，二筛筛空幽幽黑暗，三筛筛除条条影子，只留下尘世里的一路花香。到最后，把它们放在我私人的角落里，芬芳四溢。当我走不动的那一天，我便会把它们重新取出来，捧于手心。于是，童年的梦想、少年的花雨、青年的人生、中年的厚重，全都呈现在我的手心。那一个个深深浅浅、大大小小、轻轻重重的足印被我串联起来，缀成一条长而馥郁的花环。

当我们老了，头发白了，睡意昏沉的时候，我们可以在炉火旁打打盹，取下这串足印，挂于我们的胸前，或捧于我们的手心，慢慢嗅，慢慢想。我们可以想他或她眼神的柔和，可以想他或她昔日的阴影，可以想他或她给我们留下的数不尽的绵绵情致。于是，我们的一生便在芬芳与花瓣中悄然落幕⋯⋯

你有多久没淋雨了

半年雨季，半年干旱。到了六月，南方的雨季终于接近尾声。我是一个喜欢雨的人。到了这个时候，心里不免惆怅了一番：要听雨，又得等上半年了。

你也是一个喜欢雨的人吧？可曾想过，自己有多长时间没淋过雨了？

喜欢淋雨的季节是我们的花季雨季。因为，那个时候，我们拥有无限的心事。我们会悄悄喜欢上一个人，又不能跟谁明说，就把心事偷偷地写进雨中。我们会寻一个下雨的日子，不撑伞，走入雨中。专找一个没人的小路，嗒嗒嗒地独行。你在听着雨声，雨也在听着你的心声。仿佛，你就这样觅到了知己。

有时，也并不一定要有暗恋的心事。年少的时候是很容易惆怅，无端地觉得自己孤单的时候，你也会悄悄地走进雨中。或者是，也不用什么愁绪，就是一个人矫情的时候，就去淋雨了。这样，会让人感觉到，你就是一个多愁善感的人。

许多人喜欢淋细雨，就是春天的那种感觉。拂在你身上，没有疼痛感，也不会让你生病。但是，对于一个真正喜欢雨的人，不会计较雨的大小，心事的深浅不同，淋雨的大小也不同。在萧萧的寒秋，在冷冷的冬夜，听雨淋雨，会有不一样的愁思。我只记得，年少时的一个寒冷的夜晚，我冒着大雨，一个人走了很长很长的路。

现在想来，年少时的一切，多少有些矫情。不过，我倒是很怀念那段日子，那段长长的，看不清方向的季节。如今，我惆怅的是，我有多久没淋过雨了？

不知从什么时候开始，心开始变得僵硬起来。我在想着油盐柴米，我在想着我的工作和生活，我再不富有诗情画意。甚至，我担心，淋雨会不会生病，生病会不会误事？

年少时，一颗心软得像一朵云，轻轻一捏，就能弄出一片雨来。如今，这么大一个人了，有些事看得明白，心便没有那么敏感，那么脆弱了。再不会为一个人而多情，再不会为一段情而悲愁，再不会为一朵花开而喜，再不会为一缕风而哭泣。不论少男还是少女，不论喜不喜欢淋雨，心事总归是相同的。可是如今，在我们那颗斑斓柔弱的心变得务实与坚硬的同时，它也失去了年少时那一份不可追的梦幻般的光泽。

到了这把年纪，想听雨，却听不出年少时的味儿；想淋雨，也淋不出年少时的心事。到了不淋雨的季节，我们才知道，不是自己的年龄，而是我们的那颗心已经不可避免地老去了。

青橘子，黄橘子

九月的时候，橘子已经上市了，不过都是赶早，橘子还没完全长熟，青青的，看在眼里瘆得慌。

印象中只有小时候吃过赶早的橘子。那时候嘴馋，顾不上酸，有得吃就庆幸了。不论多酸的橘子都吃过，哪怕酸得连眼睛都睁不开了，嘴里还不服输："不酸不酸。"那个时候，吃青橘子倒吃出了感情。

但是不知从什么时候开始，对青橘子已经没有了偏好。有甜橘子吃，为什么要吃酸橘子？或许人大了，不喜欢折腾，在口感上也是如此。这么多年来，橘子新上市，我已经没有了尝鲜的习惯。

前些天，一位女同事在办公室放了一袋青橘子。我已有很多年没有正面看过这种可怕的果实了，便惊讶地问她："你怎么吃酸橘子？"

她说："不酸啊，你尝尝吧。"

我不信她，因为我知道，许多女同志能吃酸，再酸的东西到她们嘴里都会变成甜的。

"我帮你剥一个吧。"我婉拒，但她三两下就把橘子剥好了，掰了一半，递给我，我只好接过。橘子青青的，吃进嘴里，果然吃出酸味来。虽不至于不可接受，但肯定不能称作"甜"。

我说："这还不叫'酸'啊？"

"不会啊，我觉得还好。每年橘子上市，我都会买点青橘子尝尝鲜。等到黄橘子上市后，我又买点来尝尝。酸橘子有酸橘子的吃法，甜橘子有甜橘子的吃法。先酸后甜，这就好像我们过日子一样……"

我没想到她竟说出了这样一番略带哲理的话。倒也是，酸酸甜甜，甜甜酸酸，不正是我们的人生吗？

突然想起小时候吃青橘子来。那时候吃青橘子吃得那样欢喜，可长大了却忘得一干二净了。再吃几瓣，渐渐地，酸酸甜甜的橘子在我的口中隐隐地有了儿时的味道。爱屋及乌，看着桌上那一袋青得发亮的橘子，越看就越觉得亲切了。

是的，酸有酸的吃法，甜有甜的吃法。刚上市的时候，不趁早尝个鲜，岂不是可惜了？物、事、人，不论什么东西都是这样，趁着早，赶个鲜，比什么都好。有的时候，与成熟的东西相比，青涩反而更有一番风味，这就好比我们那个青涩的青春。如今的青春已经变得黄黄皱皱的了，甜是甜了，可年少时的那份光泽，那份鲜绿早已不复存在。

感慨中，渐渐有些明了——趁着年轻，该多尝尝鲜，也多尝尝酸，还得多尝尝其他味儿，以免到老时，想吃都吃不了。

不知不觉中，我的岁月过了这么久，久得我几乎都要忘掉这个本不该忘掉的理了，真是该遭。

青春就是疯狂地奔跑

我借用职教学校的教室给学生上课，学生还未来，我便整理一下课桌椅。每走到一个座位旁，便发现桌子上，抽屉里都写着、刻着一些字。有留号码的，有骂人的，有玩幽默的，有练书法的……

最触动心弦的是这群孩子的一些青春"情语"。十六七岁的孩子，正处于这个阶段：青春萌动，感情充沛，如火似阳。他们会经历人生的第一场悸动，第一场疼痛，第一场感动……所以，他们便留下了这些情感满满的文字。

这些"青春絮语"中，有宣泄他们情绪的，比如："你真的让我反感。你根本不明白，当一个女孩为你迈出这一步的时候，需要付出多大的代价，需要付出多大的勇气……你真的太无耻了，不配做人……这一切都是你应得的报应。"省略号里的内容是一些看不清的字，或是被涂抹掉的短语。我想，留下这些文字的那个女孩一定经历了什么疼痛，什么苦涩吧？或者是她替她的好朋友鸣不平？

有留下爱情"哲理"的："两个人在一起，更多的不是改变对方，而是接受对方。这就是包容。如果只想着改变对方，那不是生活，是战争。"我知道，这个少年一定是从哪本青春小说，哪份报刊，或是哪个爱情网站看来的，因为一定有许许多多的少男少女都迷恋过那样的文字。青春的，酸涩的，唯美的，忧伤的……

他们没有经历太多生活，没有经历太多深刻的爱恋，所以，他们不会有这样深刻的人生感悟，不会有这样深刻的哲思。他们会故作忧伤，故作深沉，会用自己的方式去表达情怀，表达自己的青春。

这样的年纪多么让人怀念，多么让人迷恋，又多么让人心酸。那是百味杂陈的滋味。那样的年纪，谁不会轻易地迷恋上一个人呢，谁不会经历人生的第一次呢，谁不会受伤呢，谁不会品尝甜甜的美好呢？

那样的年华，我们曾经恋过，曾经"爱"过，曾经伤过。不论其他人用何种眼光看我们，不论其他人用何种方式阻挠我们，我们都义无反顾，我们都勇往直前。我们曾经山盟海誓，我们曾经海枯石烂，我们曾经天荒地老，我们曾经至死不渝……我们朝思暮想，我们相思成灾，我们执子之手，我们花前月下……一切的一切，都那么绚烂多姿。

然而，青春固然美好，疼痛也依然相随。我们不明白"爱"的本质，我们会遭遇"移情别恋"，会遭遇"朝三暮四"，会遭遇"生死决斗"，会遭遇"初恋""失恋"……此后，我们便会傻傻地不相信"爱情"，傻傻地不相信每一个人，傻傻地伤害包括自己在内的身边的每一个人……

我们用我们的生命经历着我们的青春，用我们的生命经历着我们的疼痛，为我们的青春付出昂贵的代价。可是，我们依然无怨无悔。

然而，过了那段青春，过了那段往事，我们才会迎来我们真正的

"爱"，才懂得真正的生活，才品出真正的人生。

可是，这个时候，我们已经成熟了，已经不再求生求死了，不再伤筋动骨了，也不再青春烂漫了……

青春，就在我们的成熟中老去。

那年少时的风花雪月，年少时的花前月下，年少时的你侬我侬已经被我们埋进青春的坟墓，成为永远的印记与符号了。

青春就是疯狂地奔跑，然后华丽地跌倒。

我想，没有哪一句比这更能描述那朦胧、青涩而又斑斓的青春了吧。

青春未央，韶华易逝

　　那一年毕业前夕，校园里一片欢腾，而我却悄悄地从人群里走了出来，去往学校后面的一座大山。

　　山高丛深，并无明显的山路。丛里满是荆棘，不断地刺破我的肌肤。我顾不上这些，只是一味地向上攀登。不知过了多长时间，我来到一处大大的斜坡上，坡上既无树木，也无花草，只是一块近乎斜面的石山坡。虽然很陡，但我无畏地奔跑至斜坡的顶点。回过身来，又沿着这面斜坡奔跑而下。坡陡且长，稍有不慎便会摔倒滚落下去。可是，我并没有在意这些，只知道一定要冲下这长长的陡坡，只有这样，内心堵塞的情绪才得以宣泄。于是，我一边疯狂呼喊，一边脚不停歇地往下冲。身旁掠过风，脚下飞过石，转瞬间，我便冲至斜坡的底端。内心的情绪便在这样的兴奋中得以宣泄。回头望望坡顶，兴奋之情未灭，未曾多想，便又立即冲向坡顶。那时的我，心里已无它物，只有这眼前的一片山石。由坡底至坡顶，自坡顶又向坡底，往返数次，来回奔跑，来回呐喊。终于跑得累了，喊得疲了，便坐在坡顶，汗如雨下。望向山脚，望向山下不远的学校，望向学校里依稀可辨的人影，泪也和着汗潸然而下。

在那样的宣泄过后，在那样的静默中，种种过往浮现于我的眼前。那个长长的不见踪影的青春，在我的孤独中远去。那些年，我几乎不与人打交道，有人群的地方少去，有活动的地方少去，那个长长而华丽的青春，被我封在一条长长的黑暗隧道里，从来没有获得过光亮。于是，我几乎没有朋友。一颗跳动的心就那样被封在了黑暗里，错过了它最美好的年华。

蓦地，宣泄完毕的情绪再次被激发出来，化作清泪夺眶而出。朦胧中，我看着自己的过往，看着曾经的同学们，他们是那样明媚，那样温暖。他们不止一次地尝试着把我从深渊里拉出来，可是，我却那样拒绝，就这样与他们错过了。当我意识到这些的时候，我才知道，岁月已晚，韶华已逝，我回不去了。我想握住他们的手，想抚摸一下他们的脸庞，想与他们唱一首歌。可是，一切如水如烟，消散得没有半分痕迹。

天渐渐黑了下来，风吹草动，我知道，我得下去了。一如来时，我疯狂地沿坡而下。天色已不明朗，丛林渐黑，下山已不似上山时那般容易。许多次，我都找不到脚下可踏之石。于是，便玩命似的跳跃。我顾不上脚下是否有可落之处，顾不上是否有蛇虫袭击我。在那样近乎舍命的跳跃式下山中，我总算无恙地下至山脚。回头望望沉沉的天，幽幽的山，我不禁悚然。

从山顶至山脚，从大山至校园，当重新回到同学们身边时，我感受到了生命前所未有的温暖。见到一个同学，我突然上前，兴奋地与他相拥。他吓了一跳，推开我，说："怎么了，今天这么反常？身上还带着划痕？"

我淡然一笑，说："没事，挺好。"

是的，挺好。自山顶而至山坡，自山坡而又山脚，我独自去了只有我一人的"青春场"。在那样的疯狂奔跑中，在那样的寂静中，在那样危险的跳跃中，我体会到了生命的美好，明白了韶华的珍贵。我知道，我已经错过一幕青春剧，不能再错过下一处韶华，我得用另一种方式走好我剩余的青春。

也就在那一天，我明白了，人生，青春，都需要一种孤独的奔跑，需要一种孤独的宣泄。只有这样，才能找到自己最需要的生命，找到最美丽的年华。

总有一些青春，青涩，美好，易逝。它们是我们人生中最美的年华。不论欢快还是忧伤，不论美丽还是痛苦，我们都不妨勇敢地去面对一次，经历一次，奔跑一次。我们可能会摔倒，可能会犯错，可能会忧伤，可能会近乎绝望。但是，就是这些遗憾与悲伤组成了我们青春中斑斓的色彩；也正因为这些，我们的人生才能完整，才能绚烂。

青春未央，韶华易逝。总有些青春的色彩，如远水孤烟，不许我们轻易错过。

从今若许闲乘月

　　黑夜里，走下长长而曲折的楼梯，没有终点。没有灯光，便产生了这样一种错觉：被砖墙阻隔的夜色浸进来了，浸进长长而黑暗的楼梯里。楼内与楼外夜色如一，交汇融合，不可分隔。走在长长的楼梯上，仿佛便走在长长的夜色里。虽不可见脚下，却觉得，脚下便是泥土，头上便是树梢，耳边便是虫鸣。寂然无声，我却分明听到了心灵的呼吸。特意把脚步放慢，一来实在看不清前面的方向，二来不会过早地把楼内似真似幻的夜色走完。突然间，竟觉得自己便是几米《地下铁》里的那个行走者，小心翼翼地走进这无风无雨、不断向下探去的深邃地道；只听见自己的脚步声，回荡在空气中。一个人行走，不知何来，也不知何往。

　　回家的路有两条，一条灯火通明，一条林荫小道。我喜欢后者。凉风轻抚，树叶微响，蟋蟀长鸣。虽然灯光隐隐，却有星光几许。在那样的林间行走，也特意放慢了脚步。有时，甚至停下脚步，把头仰起，看头顶的树叶，看叶间斑驳细碎的天空。然后，一动不动，人在林间，心在天际。人便那样与夜色完美地融为一体。虽然没有灯火通明，虽然没有热闹喧腾，却拥有一份至静至远的恬淡之喜。

小的时候，每逢开家长会，都会随母亲前往。家长会在晚间开，教室内灯光如白昼，教室外月光如流水。大人们在里面开家长会，小孩儿们则在外面嬉戏癫狂。有的时候，我特意避开他们，躲在灌木丛后，就再也不出来，或是一个人坐于台阶，静看沉沉夜色。于是，喧嚣便离我而去，唯有宁静伴我身。

对于夜色，就是有这样一种深深浅浅的眷恋。人们喜欢给每一样东西找到一种象征的意味。譬如，人生应如朝阳，不应似晚霞；人生应如白昼，不应似黑夜；人生应如春日，不应似寒秋。因朝阳、白昼、春日皆被赋予乐观向上的积极意味，而晚霞、黑夜、寒秋则自然而然被树为假想敌，被赋予"消极""悲观""落幕"之义。想来可笑，自然界，何来如此条条框框？世间庸人自扰罢了！

喜欢朝阳，喜欢白昼，喜欢春日，却也喜欢晚霞，喜欢黑夜，喜欢寒秋；性木讷，不擅交际，不喜外出，不长于娱乐闹腾，于是，便喜欢上了夜色。黑夜于我，有着宁静、深邃与邈远的意味。常想，光线越是清晰明了，眼睛看得越真切，心里便会看得越不真切。

不论什么时候，我都在等待着夜色来临。每逢它如约而至，我便会静坐走廊，或久立阳台，在夜色的包裹中静心冥想。最好，有点二胡，咿咿呀呀地拉着，在万盏灯火的夜晚，拉过来又拉过去，说不尽的深邃邈远。于是，不论思想还是灵魂都融入了那一片无边无际的夜色中，喜不自胜。

在沉沉的夜色中，你的心会变得无限宽广，你会置身于另外一个世界。在那长长的楼梯上，你不知道你要去的是何方，你不知你身处何界。于是，你会明了：人生就如同那长而曲折的楼梯，没有来，也没有去。有的，只是你心之所向。在夜晚的林间小道上，没了人语，没了喧嚣，你却多了一份恬淡与静谧。于是，心便变得宁静与芬芳起来。那白日里的车响器鸣，那喧嚣里的尘音尘语都被你内心的那一片虫鸣叶响取代，被那风吹云响之声替代——心灵便收获了一片广袤无尘的净土。

从今若许闲乘月，拄杖无时月叩门。愿夜色，长在。

等待你一生的初恋

那一日，群里突然聊起了雪。哪里下了第一场雪，哪里的雪最大最美……他们尽其能描述其状，我却插不上一句话，只得在一旁呆呆地看着，眼里流露出满心的向往。

身居南方，十年才能见一场大雪。我人生的前半段，也只不过见过三两场罢了，除此之外，便会隔三岔五见点"小米粒"。虽然如此，我依然十分欣喜。那一年，看着屋顶上晶莹的一片，我觉得，那就是世间最美的风景了。于是，把那些小冰粒刨起，盛在小桶里，舍不得丢弃。

十岁那年，我迎来了第一场真正意义上的大雪。那一日下午，正在上课。窗外优雅地飘起了棉花状的雪花。有生以来，第一次目睹那样轻盈曼妙的舞姿。整个教室里，似乎都笼罩在白茫茫的童话里，妙不可言。在那样的空间里，我突然有了一种错觉：那就是我与雪的初恋吧？

自那年以后，每逢冬季，我便翘首痴望雪的来临。每一年，我都会缠着爸妈问："今年会不会下雪啊？"然而，一年一年过去，我始终盼不来那个初恋，那个童话。

才明白，人生是一个漫长的等待过程。

于是，我便满足于那隔三岔五的"小米粒"了。我知道，人不能太贪心。老天看我等得可怜时，自然会赏赐一场雪花抚慰我孤寂的灵魂。

看过一个关于薰衣草的传说，一直难忘。很久以前，天使与一个凡间女子相恋，并为她留下一滴眼泪，翅膀也因此而脱落。虽然他每天都忍受着剧痛，但他们依然十分快乐。可是不久，他被抓回天国，随后，被贬下凡。到凡间前，他留下了第二滴泪，那泪化作一只彩蝶，陪伴在她身边，而她，却浑然不觉，一直痴痴地等待着他的归来。最后，她化作一株小草。每年，那株小草都会开出淡紫色的花，它们会飞向各地，寻找那个被贬下凡间的天使。那个女孩就叫"薰衣"。

想来，但凡世间的等待都如此美丽动人吧？

至今，我仍把那场邂逅当作一场初恋。于是，我在想，雪是不是也是一个从天国到凡间的女子啊？我这一生，是否还有机会与她再次相见？

于是，一边等待，一边憧憬，也一边做梦。

我想，世间的一切等待大抵都是如此美好。但我不知道，今生还能不能再见到她；也不知道，见到她时会是怎样的一番情愫；更不知道，见到之后，是否能与她再不分隔……

一切都不知道，不过，不论前方等待我的是什么，我都会乐此不疲地等下去。因为我相信，世间一切的等待都会令人变得如此美好。

埋在时光里的琴声

在四楼上完音乐课，下到二楼时总会逗留许久。二楼是练琴室，里面有钢琴，专供音师班学生练琴使用。我们普通师范生练琴只能到三楼风琴房，陈旧的风琴随着一上一下的踏板发出咿咿呀呀的声音，如同中世纪教堂里传出来的古老而笨拙的声音。于是，对钢琴极向往。中音如海，高音如溪，低音如谷。只要键盘一响，便可打开一个尘世外的天堂。

可是，我离我的天堂如此之远。

在二楼的廊上，徘徊于一间间钢琴房前，那一扇扇门紧紧地闭着，不让人进，可音符却能飘出来。不管是哈农指法练习，还是风靡校园的理查德·克莱德曼钢琴曲，不论是流畅的曲调，还是翘翘的音符，听起来都是那么美好。可是，我不能入内，不能弹琴，只能倚门聆听，只能望门遐想。

我隔着一扇门，却似隔着一片海。

除了艺术楼，教学楼一楼的音乐教室里也有钢琴。不上课的时候，总有人悄悄地进里面去。后来才得知，他们与我一样，是没有机会入琴房而又极喜爱钢琴的普通师范生。有一天，我学着他们，悄悄地进去，于是，我便如愿以偿地坐在向往已久的钢琴前了。

窗外是一片供人休憩的小园，枫树正红，飘着落叶，微风拂过，夕阳透进，爬在我的黑白琴键上。看着这静谧的一切，突然觉得，坐在一架钢琴面前，所有的一切都会变得如此美好。

普通师范生所学不多，没有扎实地练过基本功。可是，我与那些偷偷练琴的同学一样，没有从基础练起，而是练习理查德·克莱德曼的曲子。没有底子的手糟糕极了，左右手极不谐调，一个音符一个音符地来，一个小节一个小节地走，往往，一个小节需耗上许久的功夫才能弹得熟练自如。一个小节完毕，便艰难地前往下一小节……

只要下午一下课，我便像他们那样，钻进音乐教室里弹琴，直至晚自习来临。晚自习后，别人回宿舍了，我又钻进音乐教室里。窗外是静静的园子，静静的枫树，静静的石桌；窗内则是静静的桌椅，静静的月光，静静的寒凉的孤影……就在那样的物我两忘中，我遁隐于琴键里去了。

花了一个多星期，《秋日私语》终于练成了，那一串串十六分音符如同窗外的落叶，轻轻叩响大地，发出天籁之音。我终于进了那个日思夜想的世界里，那是一个脱离喧嚣与世俗的世界，是一个纯澈如水的世界，是一个能听到灵魂之音的世界。

由秋到冬，自凉至寒，在一架钢琴前，我走过了深秋，走过了寒冬，走过了花季雨季。师范几年，所有的事我都淡忘，唯独那钢琴、落叶，以及寒凉的月光一直留在我的记忆深处，不曾抹去。

可是，自从那一年之后，我再没能坐到我的钢琴前。那个曾经离我如此之近的世界，如今又渐渐地离我远去。

曾经不止一次地想，如果我能永远地拥有一架钢琴该多好。我一直笃信，除了我们身边的这个世界，一定还有另外一个世界藏在我们身边，不让我们知道，而琴键和音符就是敲往另一个世界的钥匙。在这个纷繁的世间，我所需实在不多——一片枫叶，一缕月光，一架钢琴，足矣！

可是，光阴深处，岁月浓时，不知何时才是我的归宿。

我们为什么不结婚

年逾三十，至今未婚。母亲常常催问，我则托故经济条件不好，结不了。于是，母亲便常常洒泪相逼。善心的朋友也多次询问，我的回答也如法炮制。要为我牵线搭桥的朋友已经记不清有多少个了，只是，每一次，话题刚起，我便硬生生地塞了回去："我已经有了，多谢您关心。"

想来甚是可笑，甚或可悲：三十余年，未谈过一场恋爱。倒不是我长得奇丑无比，也不是我心肠恶毒，更不是我胸无点墨，而是我真真正正不知道要跟谁谈。读书的时候的的确确"喜欢"过一些女子，但如今想来，那只不过是年少时的一场幼稚心结，不真切。当时也约略明白此点，便始终没有跨出那一步。拖到至今，三十朽矣，没有女朋友，惹人笑话。

其实，在我看来，不论谈恋爱还是结婚，都是一个哲学命题。我不知道为什么恋爱，为什么结婚。想明白就去做，想不明白就这么耗着，许多先哲也都在思考这个问题。柏拉图认为，精神之恋远远高于世俗的婚姻，于是，他写下了《理想国》；康德是个刻板枯燥的小老头，一辈子都没有走出过哥尼斯堡，每天按时起床、用餐、散步、就寝，以至于邻居常常以他散步出行的时间来对表，他的生活里没有爱情，没有婚姻，他就在那样的状态下写了举世闻名且佶屈聱牙的三大批判；叔本华生来对女性持有偏见，以至于孤僻乖戾，终老一生；尼采说，一个哲学家应该是自由的，而要获得自由，就必须摆脱职业、女人、孩子、祖国、信仰，尼采的一生便这样，没有职业、门徒、女人。这便是他们的生活态度，也是他们的爱情婚姻观。

笛卡尔、休谟、克尔凯郭尔、斯宾诺沙、维特根斯坦、萨特……莫不如是。叔本华说，只有哲学家的婚姻才可能幸福，而真正的哲学家是不需要结婚的。这是一种奇怪的悖论。在历史长河中，他们就如同怪人一般存在。他们守着那样的哲学观，不为世人接纳，也不接纳世人。

对于恋爱与婚姻这个问题，我想，那些先哲尚且不能明了，而我，何时方能知晓一二？想啊想，直至如今，便仍然是形单影只。

身边不乏"剩男""剩女"，他们的想法似与我不同，有的眼光高，有的未找到合适的，而有一同事，与我说过一句话，使我大为钦佩："结婚，就要找一个能与之心灵相通的人。否则，再多的金钱，都换不来幸福。"她是个大才女，职位与薪金都不算低，但与我一样，三十之后，还未成家。朋友催，父母逼，但是她都这么挺了过来。我想，我与她的想法是一致的，我们都无法想象，一个形同胶漆，实如陌路的情感和婚姻会是一种何等可怕的生活，何等可怕的炼狱。因此，我为什么至今未谈婚论嫁，也有此理。

世间"悲催"的婚姻还少吗？我想，他们一定是没弄明白这个哲学问题便仓促结婚了，或是轻易就"爱"了，又轻易而"恨"了。恋与婚在他们的潜意识里就如同儿戏。至今，我将所有的情感都视为神圣之物，不可糟蹋。于是，便固执地想，一定要等弄明白才行动；便固执地想，一定要等到我要等的那个人，方才跨出那一步。然而，我所等待的那个人，我所期待的生活在哪里呢？在古典的中国里，在尘世的桃源里，还是在唐诗宋词里？

我与尘世是如此的格格不入，我不唱歌，不娱乐，不癫狂，只沉醉于我心中的那一份古典桃源，不能自拔。我不知道，似我另类者，世上不知凡几。于是，对于母亲的逼问，对于朋友的善意，我便狠下心来拒绝了。其实，不论于友、于母，我都颇不心安。

世间所有的剩男剩女们，且勿焦躁，且勿悲伤。我们形虽不同，心却一致：非要找到那个人不可。所以，我们还是怀着那颗期待的心，一直等下去吧，一定会等来属于自己的幸福。说不定，桃源尽处，便是你我相逢之时。

找个老婆听落叶

宋朝有个商贾，业大家成后，纳了三个妾。他说，三个，不多不少，正合适。为什么？他挑了一身强力壮者，洒扫庭除、做粗工累活；纳一心细手巧者，针织烹饪、经营琐碎；再择一温柔贤惠者，服侍起居，偶可对其倾诉并进行情绪宣泄。

古来，男人娶妻都随自己喜好，对娶妻的考量基本上是一种功利驱使。有一个明显的佐证就是，人们对于《红楼梦》中林黛玉、薛宝钗二人孰优孰劣的讨论：娶妻该选林黛玉还是薛宝钗，主流意见为：薛宝钗更适宜作妻，因其才貌俱佳、性情温和、宽容大度、善处大局……这样的女性，不论作为红颜知己，还是人生伴侣，甚或事业帮手，都是上佳人选。这样的结论是功利化思考后的结果。入世者，以宝钗为甚；出世者，以黛玉最佳。在这个功利的世间，人们都想娶一贤惠识大体者，谁会选择一个世外仙女成天吟风弄月、悲悲凄凄呢？所以，哪怕你林黛玉再怎么花容月貌、再怎么才情双绝，都与这个俗世格格不入。

说到择偶标准，阮籍倒是个另类。司马昭为了获得阮籍的忠心，对其软硬兼施，有一次，司马昭甚至提及要与其联姻，如若顺从，阮籍的日子会舒坦得多。但是，信奉老庄的他向来放浪形骸，无功无利，行事皆随性所好。他婉拒，婉拒不得，便日日饮酒，接连大醉了六十天。于是，此事便不了了之。后来有一次，好友刘伶问他，你究竟要娶一个什么样的老婆？此时，他们正于竹林下饮酒。阮籍见竹叶纤细，落叶微动，便说："无须门当，无须户对，只求能与我共饮浊酒，听听落叶，度此余生，即可。"于是，阮籍娶妻是为了"共听落叶"的说法便在后人中流传开来。

娶妻究竟是用来做什么的？洒扫庭除、温酒暖被，还是针织刺绣、服侍起居？想必，这是每一个男人，甚至女人都得思考的问题。向来有大男子主义者，把妻当奴使，满足自己的一切欲望和要求。这样的生活，哪怕你再怎么尊贵，再怎么风光，都掩饰不了自己作为一个苍白、浅薄的灵魂的本质。

我们的生活是需要有一点精神追求的。《红楼梦》中，有一次，史湘云劝贾宝玉讲些"仕途经济的学问"，贾宝玉甚觉逆耳，下起了逐客令，并说："林姑娘从来说过这些混账话不曾？若她也说过这些混账话，我早和她生分了。"林黛玉听得此言不禁惊喜交集，此后，二人相交更深。所以，宝黛二人之间，从来没有功利上的考量，他们追求的是精神的契合。

以功利而活，还是以自己的心而活，决定着"老婆用是来干什么"的这个问题的最终答案。不过，似宝黛二人这般脱俗至交的，在这个世间已近乎绝迹了；似阮籍这般放浪形骸、随性而为的人也只怕是凤毛麟角了吧？

在这样一个功利的世间，人们的心早已被蒙上了尘埃，连纳妻择友都多了一份赤裸裸的功利。以财富者姻，以权势者联，凡此种种，不胜枚举，不禁令人心生寒凉。不过，不论世人如何享有物质的富庶，只要精神浅薄平庸，到头来终归只是一副皮囊而已。

老庄彷徨于尘垢，逍遥乎天地；阮籍放浪形骸，追求精神的愉悦和超脱。他们都把精神的追求和对哲学的叩问作为人生的最高目标。如果有可能，我也希望找个老婆，与我听听落叶，饮饮浊酒，观观风雨。一生，就这样平静地度过。宁静、安然、恬淡，如是，还有什么能比这更真实、更富足、更喜悦的吗？

听　竹

　　曾经路过一片工地，沙石满地，污水聚沟，斗车、铲子、锅盆随意摆放。凌乱，荒凉，难以入目。可是，于工地正中却有一竿修篁韶秀而立。其形纤细，其态婀娜，于风中翩然而舞。这样的一片贫瘠污垢之地，却因一竿修竹而有了审美趣味。

　　上下班经过一隅荒地，乱草横长，灌木丛生。其间有一簇翠竹茂然而生。竹竿相抱，叶冠如帏，洒落清静与幽凉，宛若一片静谧竹林。在这市与郊的相毗之处，在这荒芜之所，居然有如此幽静雅致的小竹林。每逢路过，便欲攀爬跳跃，去往那一片小小的竹林略作小憩，去沐浴竹荫，去听风听雨。

　　曾去过一个景区，景并无特异之处，唯有那一片深深的竹林令人向往。小路沿山蜿蜒而上。小径之外是密密森森的竹林。竿大节齐，色翠苔白，叶则稠密如云。走在那一条小路之上，除了人语，便只有竹音。风摇翠竹，似浅唱，似低吟；风撼竹林，如波涛，如海啸。那是一片绝佳的桃源之声。

　　去过一家鱼庄。庄远离市区，于江边觅得一片竹林，间或有桃花三两。竹、桃、源皆备，俨然陶潜笔下的桃花源。餐饮之所，也皆用竹。一间间小小的竹阁错落其中，或临水，或傍竹，或依桃。推开轩窗，便见清江、粉桃、翠竹。地板也是竹制，踏于其上，有空谷回落之音，于其间，不论喝茶、饮酒，都雅致静谧。不禁感慨，商人未必皆俗气，他们也知晓古典的竹林，永远是最佳的去处。

极向往于空山绿水之处，觅一片竹林，搭一竹楼，春听鸟声，夏听蝉鸣，秋听虫唤，冬听雪落；白昼听棋声，月下听箫吟，山中听竹摇，水际听叮咚。如此，方可与我向往的古典生活不远。城市现代化，生活潮流化，便捷富庶，却总是掩盖不了内心对那一片声音的向往，不是车声人声摇滚声，更不是灯红酒绿之声，而是松声水声竹声风声，入门穿竹径，留客听山泉。那一片声音，属于古典中国。

古人爱竹犹深。晋有阮籍、嵇康等"竹林七贤"，唐有李白、孔巢父等"竹溪六逸"。陶潜、子猷、苏轼等皆以宅有竹为佳。陶潜写："有良田美池，桑竹之属。"《世说新语》记载："子猷寄人空宅，便令植竹。有问：'暂住何烦尔？'子猷直指竹曰：'何可一日无此君！'"苏轼于《於潜僧绿筠轩》写道："宁可食无肉，不可居无竹。无肉令人瘦，无竹令人俗。人瘦尚可肥，士俗不可医。"文人的内心之声，便是一片诗意的竹林之歌。于竹林之中，观竹，画竹，咏竹，借此表情操，抒发做人志向。凌云挺拔、刚直有节、柔韧却不失刚强，竹折射出来的是古人不媚权贵、不为名利、刚正不阿的人格境界与精神追求。

世人皆误以为文人消遣放荡，消极避世，却不知当他们救世无用，反遭贬斥，甚至迫害之时，他们内心的凄苦与痛楚。士以天下为己任，可是，凄凉无助的他们最终不得不栖于竹，绘于竹，咏于竹，以表心志，以抨时弊。于是，才有了梅、竹、松"岁寒三友"，才有了梅、兰、竹、菊"四君子"，才有了郑板桥画竹之铮铮风骨。

茅屋一间，新篁数竿。雪白纸窗，微浸绿色。独坐其中，一盏雨前茶，一方端砚石，一张宣州纸。朋友来至，烹龙凤茶，烧夹剪香，令友人吹笛，作《梅花落》一弄。此生无他念，唯愿觅一竹林，搭一竹楼，邀你而至，共听余生古典竹音。

角　落

我有一个小小的角落，这个角落一直在我看不见的地方。我分不清它是在我的身旁，还是在我的心里，抑或是灵魂深处。总之，我能如此真切地感觉到它的存在。我也分不清楚它是在什么时候到我这里的，或许是与生俱来的，或许是后天形成的，也或许，在更久远的年代，它已经在另一个地方等着我了。

角落没有围墙，但它却分明地把我与身旁的这个世界隔离开来——隔得很远很远。

在那个黑白的年代里，我的目光里没有父母的影子。我只知道，每一天，他们便早早地开了门。随着一道亮光射进，门又掩上，于是，我的视觉重归黑暗。那一整天，我便待在那个几乎目不视物的屋子里。那是个简陋破败的平房，毡瓦顶，水泥墙，有没有窗，我的记忆里已经没有清晰的印痕了。我只知道，即使是白天，整个屋子也是黑暗的。父母把门掩上，我就栖身于那个无尽的黑暗之中。我蜷在床上、躲在墙角，注视着屋里能勉强看到的一切。尽管时间如水，但是，在我的空间里，我竟觉察不到它的流逝。

我对那样的世界从来没有一丝恐惧与拒绝，相反，天长日久，我竟对它有了一种亲切感，一种喜悦感。不知从什么时候开始，我竟喜欢上了那空无一人的黑暗。

在那些数不尽的日子里，我蜷于我的角落，数着我的浅浅流年。

屋后是山，与这个世界隔绝的时候，我便会推门，去往山脚，看山，看树，看虫；听风，听雨，听虫。依靠在岩石的角落里，静静地待在没有人的地方，听着自然界里最安详的声音。抬头看高不可攀爬的岩石，看高不可触的浮云，我知道，我的世界离喧嚣很远。

家里没有电视机。每天吃完晚饭，我放下碗，飞快地去往邻家，俯在窗台，透过那大大的窗，痴痴地看着电视机里的人影闪动。我多么想进屋，想跟他们一样，盯着那迷人的画面。可是，许多次，我都被大人赶走。不忍离去的我，只得躲在屋外的那个墙角，偶尔探出脑袋，怯怯地张望。

在那个没有记忆的年代里，我与我的角落度过了一年又一年。光明不曾属于我，热闹与繁华也不曾青睐于我，我有的，只是那个黑白的、凄凉的、落寞的一角。

到了上学的时候，我早已经习惯待在我的角落里了。坐在那个没有人留意到的地方，我不举手，不说话，不妄动，不交友。身旁不远处，小伙伴们或并肩拉手，或玩跳皮筋，或围着课桌打闹，我却只能独自张望那个热闹的世界。我想进，却不能进；我可进，却又怕进。在进退两难之间，我终究还是选择了那个落寞无人问的角落，眼里流露出满心的向往。

身外的世界小了，心内的世界便大了。当把自己藏于那个无人知晓的小小角落时，我便用那个空荡的角落装下游云，装下夜色，装下冷雨，装下寒风，装下落叶，装下虫鸣……我的那个小小的角落，竟容得下如此之多、如此之宽广的东西。我也把自己埋进书页里，去往书店、图书室、风雨亭，只有在那样的天地中，我才渐渐意识到，自己并不是孤独的。我的世界是如此之大，如此之清香，角落里的物什是如此淡雅而又芬芳。然而，我却无法触摸它们，更无法把它们掬捧出来，给我，给我身边的人看一看，抚一抚，嗅一嗅。但，我的的确确地感受得到——它们是存在的，是存在我那个无人问津的小小角落里的。

有一次，我送给同学一张贺卡，上面画了一个大大的心，除此之外，别无其他。我至今无法想象，一个呆滞木讷的孩子，当时哪来那样大的勇气。我只想告诉她，我有一个小小的角落，就藏在我的那颗心里。我只想邀请她到我的角落坐坐，分享我的喜悦。

那是一个没有完结的故事。

正因为如此，在那个本是轻狂的青春岁月里，我却一直居于那小小一隅，不与人往，不与世接。我看着一个又以个人从我的眼前走过，我在看，有没有一个人与我一样，也坐在某一个角落里，不为人知。我要找的人，一定是能够与我一同安于世界一隅的人。不论世间如何喧嚣，如何浮华，我们都能够安于那个清静而芬芳的小角。

在人来人往中，我走过了一年又一年。我离尘世已经太远了，远得我已经不属于尘世，尘世也不属于我。我在承受那个角落带给我寒凉的同时，也在享受着它带给我的宁静、恬淡与丰盈。

与生俱来的孤独体验让我在尘世间构筑了一个不为人知的角落，可是，那个角落不寒凉，也不狭窄，那是个大得足以容纳整个天地的角落。它装进了蓝天，装进了碧海；装进了春花，装进了秋月，装进了浓烈之思，装进了缱绻之情……那个世界里的东西，比任何人任何地方的思绪与情感都来得广大，来得深沉，来得热烈。

我收获了这个形而上的角落带给我的光明、温暖与芬芳。当世人在这个喧嚣的世间沉溺享受时，我却在尘世间偷得一片安宁与静谧。我知道，自己终究不会是孤寂的。因为在这个世界上，总有某些灵魂也像我一样，独享恬淡与宁静。我知道，终归有一天，我会与某个人相见，会与那个人走进属于我们的那个安然、温暖而芬芳的小小一隅。

栖　身

　　常常梦见小时候捉迷藏的情形。几个伙伴在树林里捉迷藏，我充当"鬼"的角色——面向一棵树，趴在树干上。在漫长的倒计时声里，我分明听见他们的脚步声、说话声，那些声音离我越来越远，越来越弱，最后，消失在无尽的黑暗里。在那样无声的树林中，周围如死般寂静，当我回过头时，他们早已不见踪影。

　　从一棵树，到另一棵树；从这片林子，到那片林子；经过这间木屋，去往另一间木屋……机灵的小伙伴们藏得无踪迹可寻。倒计时是漫长的，寻找他们的过程更是如此。在弥漫的黑暗和数不尽的林间，我渐渐心生沮丧与恐惧。在寻找他们的过程中，我也渐渐迷失了自己，我怀疑自己到这里的初衷，我不知道自己在林间行走的目的和意义。

　　有时，我梦见自己再也不用当"鬼"了，我雀跃地寻找藏身之处。可是，不论我跑到哪里，都不能找到一个足以令我满意的藏身之所。我并不知道，我的伙伴们都爬到高高的树上，躲进密不透风的叶丛中去了；我也并不知道，有人走进了一个大大的屋子里，把自己藏得严严实实。我只能呆呆地望着那纷乱而宁静的世界，充满无助与恐惧。

这么大的世界，竟没有一个地方让我藏身。

"鬼"迅速地找到我，并突然露出一副我从来没见过的狰狞面孔，惊恐万状的我失声痛哭。继而，我在那样的"捉迷藏"的噩梦中醒来。初醒的我，并未意识到自己已醒来，我依然所处的这个屋子当成捉迷藏的场所。我不知道，我的伙伴去哪了；我不知道，我能不能像他们一样找到一个合适的栖身之地。

当你感觉到，在这个偌大的世界里，只剩下你一个人，并且，"鬼"会随时随地出现在你面前的时候，你便心神不宁，便惶恐。你想找到一个地方，以便隔绝黑暗与恶鬼。

在梦醒的日子里，我的噩梦依然萦绕不绝，我不断地去寻找藏身之处，不断地去寻找伙伴。然而，这么长久的日子以来，我依然没有寻到任何踪影，依然没有寻到期望的理想藏身之地。

我用近乎动物的感官去观察世界里的每一个人，每一个物，每一件事。然而，一次又一次的寻觅，我始终无法嗅到与我"同类"的气息。尘世繁华，欢笑盈耳。但是，似乎那样的繁华与欢笑从来与我无关，在那样的繁华与极乐的尘世盛宴中，我只是一个冷漠的旁观者，犹如一匹孤独的狼，用依恋而嫉妒的目光遥遥地望向尘世。但是，我却永远无法入内。于是，犹如儿时捉迷藏那般，我不得不继续苦苦地寻找属于我的藏身之地。我不相信，偌大的世间，竟没有一个地方让我栖身。

许多人对我说过，不要想得太多，想得多，便是给自己添乱。可是，思想却是不能停止的。并且，一旦产生，他便会成为提你的

"鬼"，缠住着你不放。也有许多人对我说，不要畏怯，大胆地争夺你想要的一切。可是，至今我都未曾想明白，我需要的究竟是什么。物？利？名？欲？我找不到答案，只是觉得，他们苦苦得来的那些东西，自己无论如何都提不起兴致来。

我终于知道，在那个梦境中，我为什么总是找不到一个最佳的藏身之处了。表现呆滞，不合时宜，不擅营生，愚钝的内心总向往一片真善美的纯净之地，但是，却始终不知何在。又不肯轻易随俗从众，所以，在那样的一场尘世的竞技中，我便被"鬼"轻易捉住，成为它爪下的"亡魂"。

那便是我一场又一场抹之不去的噩梦。

偶尔，我会觅到通往另一个世界的夹缝：在书香、音乐、沉思……当你远离喧嚣，选择清幽孤独的时候，你已经注定抛弃尘世里的种种，抛弃尘世里许许多多的"伙伴"，抛弃尘世里的一切繁华。那是一条孤身前往的道路，没有人逼你，一切由此导致的后果都是你"咎由自取"。

不过，我是铁了心的。一如孩提那般，与其将就栖身，倒不如早早地被恶"鬼"捉住，从而结束这短暂无意义的一生。

一个人活着，就总得冒着致命的危险去干些真正的事情，总得去寻找生命的源头，哪怕一辈子无果，哪怕一辈子与鬼追逐。

此路漫长，我总会有身心俱疲的时候。这时，我便喜欢到夜色里走走，去悄无人烟的地方。小区里有一片小小的林子，那里有一条寂静的林荫小道，在那一片静谧的小道上看看叶隙，看看月光。树干高大，叶密密匝匝，枝叶上下重叠，月光如水，不闻人语，只听风吟。在那一片月光树林里，我独自久立树下，仰头高望。我看不清楚树叶阴影里的世界，只是无端地觉得，那里一定藏着一片寂静辽远的天空。在蓝色月光、无色清风的宁静里，我知道，头顶那一片不可捕捉的叶缝、树冠之上，高远澄澈的蓝月，以及深邃高远的蓝天一定是我的栖身之处。

世间之大，终归还是有一个地方能够容纳我的。想到此，心里便不再浮躁，不再悲凄，不再孤独。

那个小小的栖身之所，不需要喧嚣，不需要繁华，不需要人语。需要的，仅仅是可供我思想与灵魂延伸、弥漫、充盈之处。

人生如捉迷藏。人总得去找一个适合自己的栖身之地。倘若随意而居，终究逃离不了成为一个苍白灵魂的最终宿命。

坐在时光的罅隙里

读书的时候，常常找个合适的机会，一个人坐在空荡荡的教室里。比如，做完值日后，伙伴走光了，我则静静地坐在教室里；比如，读师范住校的时候，即使在周末，我也不急着回家，而是花一点时间，在教室里静坐一会儿。这时，夕阳会爬窗而入，不是那种刺眼的光，而是柔柔的，软软的，暖暖的。它会趴在桌子上，与你对视；它会贴在黑板上，与你若即若离；它会俯在你的脚边，与你安然共处。

什么也不用做，只需静静地坐在自己的座位上。在那样的对坐中，时光静止。它会为你打开一扇通往尘世外的门，让你遁入时光的罅隙，获得短暂而宝贵的安宁。春光明媚，夏光慵懒，秋光诗意，冬光温暖。就这样，你坐在教室里，走过了春夏秋冬，走过了岁月轮回。

从傍晚时分坐到暮色四起，坐到月色初临。小小的月光，轻柔地泻下，映在桌子上，黑板上，地板上，它温柔地朝你笑。在那样静谧安详的时刻，谁也不会知道，你正在和月光进行一场浪漫的约会。

看夕阳，看月光，也可看落叶，看冷雨。秋天一到，便是静坐教室的最佳时节。夕阳不必看，月光不必看，就看看落叶翻飞，你的时光便会戛然而止，心跟着安静下来。下雨也好，不必关窗，让雨丝飘进来，让雨滴溅进来，亲吻你的手心，抚摸你的脸庞。雨不光用来看，也是用来听的，点点滴滴，在安静的教室里荡出轻微的涟漪，仿佛曼妙的小提琴夜曲。

坐在那样的空间里，听风也是一种奇妙的体验。你不知道它会从哪个角落里钻出来，继而扩展，充盈整个房间。冬天里，教室奇寒，把门窗关严实了，冷风仍会觅缝而入。那钻缝而入的声音在你耳边呼啸。你会觉得，虽然寒冷，但它却是一个可以与你倾诉的伙伴。你从来没有这样用心地与风交谈过。

一年四季，在那样小小的空间里，风花雪月，落叶游云，轻光微响，都会飘过你的窗前，会漫进你的这个小小的空间里，侵你肌肤，入你周身，钻你心灵。于是，原本空荡的教室便会丰盈起来，你的心也会变得丰盈起来。在静谧中，时光倏然而止，会悄然为你裂开一道罅隙。你的灵魂得以暂且栖息于此，安逸片刻，沉默片刻，思考片刻。你失去了热闹与欢快，收获的却是宁静与恬淡。

于是，心便不再喧嚣，不再浮躁，不再平庸。那是时光给予你的最恬淡、最丰盈、最喜悦的生命礼物。

晚年唯好静

每天上下班走过那条马路，都会看到那个修车摊。两旁并无多少过客，只有一个老者在静静地坐着，或是抽一支烟，或是于傍晚时分喝两口酒。一个人，一席摊，一杯酒，岁月就在他的静默中不动声色地流去。

小区里有一老人常坐瓜藤下，晨听鸟鸣，暮拉二胡。他只选安静的时候独奏，夜色上来，光线暗淡，他就一个人坐在藤椅上，轻轻地拉起他的乐器。咿咿呀呀，拉过来又拉过去，说不尽的厚重与沧桑。

下到村里，见一位年迈的阿婆静静地倚在门框上。似在等谁，也似乎并不等什么，只是一个人静静地看着光阴。门框，阿婆，构成了夕阳里一张静雅而苍老的素描。

那些老人，坐在只属于自己的角落里安详。

与这些老人形成鲜明对比的，是我们这个世间。尘世，离安静太远了，不论是车响还是人语，抑或是人心，都纷繁复杂。习惯的人迷于浮华，不习惯的人便须忍受心灵的煎熬。

看着老人们所处的那一隅隅静谧，我便盼望着，有一天能够像他们一样，也有一个属于自己的安静角落。物不必奢，景不必华，只需有个足够我藏身的地方便可。这样，心便不受世间纷扰。在那个黑黑的不起眼的地方，独语斜阳，捻捻茶，酌酌酒。晨霭暮阳，就在茶水与杯盏的静谧中悄然流去。

极喜欢古人那样的意境："倚杖柴门外，临风听暮蝉。"那样的画面属于诗人，属于田园客。王维与裴迪对坐夕阳，醉酒狂歌。寒山，秋水，夕阳，炊烟，都在他们的恬淡与超脱中悄悄老去。"白日掩荆扉，虚室绝尘想。"那样一幅画面是所有渴望静谧的人的最终梦想。

不论是王维、阮籍，还是陶渊明，他们都把自己印在那幅长长的淡雅的中国水墨画上，留给后人观看百年千年。

然而，世人多以为如陶潜、王维等隐者为天性疏淡之人，却不知，古来大多数的隐者都曾经是一个铮铮的入世之人。只因于世间不得法，便无奈遁入田园，归属于他们自己的那个寂静世界中去。不能改其状，也绝不同流合污，于是便有了世人眼里隐逸而自得的人生。殊不知，那样的隐逸，实在是一种深深的无奈之举。

曾经，我也不止一次地想归去，像隐客，像老者，找个僻静的角落，安详地独看、独想、独语。可是，我知道，现在还不能，那一角落的风景还不属于我。我还要面对世事，面对浮华，面对喧嚣，我得做完自己该做的事，得行完应行之善，得做一个踏踏实实的入世行者，不能率性撒手而去。否则，我的人生便不完整，便颓废，便毫无意义。

明了此点，我便坚定地入世行走下去，走好人生的每一天。某一日，当我老了，走不动了，自然会有一个安静的角落等着我。那个角落是只属于我一人的静谧的芬芳，是人生落幕之前的礼赞与犒赏。

晚年唯好静，万事不关心。坐在那个角落里，我只需静静地冥想。想尘事、尘语，想人情、人事。怀抱曾经的作为与抱负，静静地坐看夕阳，不论前世如何繁华，或是如何悲凉，如今，都与我无关。因为我知道，我的使命已经完成，已经无憾。在那样的时刻，我需要做的，就是把曾经经营过的繁华留给后人，把静谧与冷寂留给自己。

二　胡

傍晚回家，经过一条长长的巷子，二胡的咿咿呀呀声从在一间不起眼的店里传出，二胡想必是老旧了的，拉二胡的人的技艺也不纯熟，曲声不着调，节拍也不在点上。但是，二胡与生俱来的悲凉的调子却并未消逝，它从那个暗淡的店里传出来，断断续续地飘在这个长而狭窄的小巷里，俨然是这个巷子的游魂。

我不知道拉琴的是一个什么样的人——也并不想知道，只是很自然地觉得，一定是一个朴素而艰辛的老者。他一定想通过二胡传达给我们一些他的沧桑，他的故事。在每一个如血的黄昏，在那样一间昏暗的屋子里，他通过二胡与每一个过路人一遍又一遍地诉说着他的人生，他的悲欢。

我想，二胡一定是一把灵魂的乐器。简单的琴筒，纤细的琴杆，寻常的两根弦，便凑成了一把乐器。拉二胡的人只需要随意地把琴置于腿上，腰杆挺直，手如拈花，琴声便袅娜而出了。但是，就是那样简单的乐器，看似轻巧的演奏，却拉出了柔情似水、哀婉绵长的情致。华彦钧双目失明后，走上街头开始卖艺。在喧嚣的街头，他闭上双眼，用琴声感受他的生命，诉说他的沧桑与厚重。在那样的街头，他用一把二胡传达自己宁静似水的坦荡心灵，传达他平静的外表下那暴烈、炽热的灵魂。《二泉映月》《听松》《寒春风曲》……在无数个街头拉弦的日子中，他用琴声感悟生命，超越生死，实现人生的涅槃。

第一次听《赛马》时，曾久久立于演奏者身旁，不愿离去。平生第一次为音乐所震撼，为音乐里透出的那股强烈的生命气势所震撼。那是原野上纵情驰骋的骏马，是荡涤无尘的灵魂宣泄与奔腾，是生命的叩问和追逐。从未想过，一把看似哀哀切切的二胡，竟能传达出如此恢宏热烈的生命之音；也从未想过，一首乐曲竟能如此透彻地传达生命之音和生之所向。我痴痴地想，如果我的文字也能如二胡一般，演绎到如此极致该多好；如果我的人生也能如二胡一般，演绎到如此极致，那么，此生便该了无遗憾。

才明白，二胡，绝不是悲凉之器，而是生命之音。它凝聚着人生的厚重与沧桑。它用貌不惊人的外表，用深沉哀婉的腔调传达出除了自己的人生。它可以悲，可以叹，可以哀，可以婉，但是，它绝不堕，绝不沉，绝不消极，绝不自弃。与二胡形合神离者，只取其哀而丢其魂；与二胡互为知己者，则悲而壮，哀而扬。那是悲壮不屈的《二泉映月》，是洗练荡涤的《赛马》。

于是，为自己不能有一把二胡而叹，为自己不会演奏二胡而悲。许多次，心有凄凄之时，独自坐于夜色中，多么希望手中能握一把二胡——在那无人的夜色里，独自拉二胡，独自倾听，独自叩问。就这样，在与二胡的对话中，荡涤尘世里的一切浮躁、喧嚣与悲凉，找到生命的欢愉和坚强，找到生命的本真与快慰。我想，只有历经黑夜之人，只有历经沧桑之人，才能真正读懂二胡，才能真正演绎二胡之音，才能真正演绎二胡之魂。

三十年前的月亮早已沉了下去，三十年前的故事还没完。二胡咿咿呀呀地拉着，在万盏灯火的夜晚，拉过来又拉过去，说不尽的故事——不问也罢！

细雨长鸣

南方四月，已是早春。春慵春困，向来不喜欢春天。不过，倘若下雨则不然，听风听雨，春才有了韵致。春雨一下，绵绵弥月。随着天气冷暖变化，给人的感觉也不一：时而冷如冬，时而暖似春；雨从未停歇，大小轻重也无章法可循。冬夜里，一直盼望的雨迟迟未至，到了春季才姗姗来迟，似乎要把整个冬季里欠下的雨债全部偿还。倒希望这样的雨一直持续下去，下满整个春季。这样，在白天，便可观雨打江面、雨打阔叶、雨打苔痕。晚上，便可听雨打屋檐、雨打梧桐、雨打轩窗。于是，枕着雨声，便欣然入梦。

儿时便是如此入梦。家住山脚，一个简陋的毡瓦房，几近无窗，屋里便暗如黑夜。逢雨天，则更甚，不仅更为暗淡，且兼漏雨。这时，家人便急匆匆地端来脸盆和铁桶。雨从顶上的毡瓦上漏下，一点一滴，溅进盆里、桶里，叮咚有声。雨一下便是一整天。从白天到晚上，从晚上到天明。看着盆里、桶里溅起的水花，听着那样清脆悦耳的声音，我便进入梦乡。第二日起床，发现盆里的水早已溢出。

童年的记忆便与一个简陋的瓦房紧密联系起来。虽然黑暗，却给我带来了美妙的听觉记忆。从此，听雨、观雨、赏雨，便长期地伴随着我的人生，成为我人生中不可或缺之事。

中学时，进了师范。晚间自修，但凡有雨，便兴冲冲地把椅子搬出去，在走廊上观夜雨，雨就打在我的眼前，风就拂在我的身旁。把手一伸，能捧得几滴清雨，几许清风。

校园里有一僻静处，杂草丛生，林木葱茏。其间有一小亭，颇为雅致。于是，常常择一空闲之时，于此捧书静读。最好有雨时，身旁百米内无一人，只观雨意，只听雨声。跟着书本，不知不觉踏上一条狭长的巷子，去往一个宁静的灵魂之所。于是，方体会到天地人融合之境。

我们所住的宿舍窄而简陋，十数个男生挤在一个房间里，声嘈语繁。于是，便极盼望雨夜来临。那个时候，舍友睡下，我也躺于床，不过，未曾入眠。宿舍外是一片果园，远处是青山。在此万般寂静之时，我可静听细雨声，雨打翠叶，雨打碎瓦，虽不及雨打梧桐、雨落芭蕉来得有韵致，却也足够清脆悦耳。

夜是沉的，音是清的，思绪便跟着飞到远方。宁静，遥远，安详，整个心都融进了那一片雨夜。在喧嚣里待久了，难得有这样视觉与听觉的盛宴。于是，便有了这样一种错觉：尘世是我的肉体所居，雨夜是我的灵魂所栖。我离开我灵魂的家园太久太久了。

工作之后，对于雨的痴心仍然不减。坐于窗前，晴日可观高天流云，雨日便可赏雨听风。雨最好要大，黑云压窗，雨意癫狂，狂风大作，树影乱颤。于别人，是满腹牢骚；于我，则是满心喜悦。那狂风卷着大雨铺天盖地而来，连成了一片，成了雨似的薄纱。

有时会选择在一个雨夜，坐坐末班车。无目的，无站点，跟着车穿梭于这个雨中的城市。车外霓虹灯闪，车上光线黯淡，乘客寥寥，显得空旷而宁静，思绪便由此获得了安宁。想文字，想生活，想人生，皆合时宜。童年和少年的心事都是伴着雨声度过的，大半生的事都会忘记，但是雨中的记忆却犹新。少年听雨歌楼上，红烛昏罗帐，我的少年就是一条长长的雨巷。年少时听雨，多半带着年少的心情，多半掺杂了雨季的孤独、彷徨和不识愁滋味。年少的事、年少的心情且不必提了。壮年听雨客舟中，江阔云低，断雁叫西风。岁月渐长，听雨的孤寂善感之心渐渐隐去，思索与沧桑之心便渐渐清晰厚重起来。

是的，雨承载的绝不只是一种思绪，一种心情，更是一种人生，一种底蕴，一种历史。每个人都有自己的一部雨史，我们的历史长河也有自己的一部雨文化、雨历史。江南雨美，皆因它记载着一段又一段的往事。"江南仲春天，细雨色如烟。""今夜初听雨，江南杜若青。"描摹唐时江南之美。而到了晚唐，国之沧桑，江南雨也沧桑。"南朝四百八十寺，多少楼台烟雨中。"那一份烟雨已成为一种隔世之痛。自此，不论是晚唐五代，还是北宋南宋，所有的雨除了旖旎温润之外，更多了一份沉重与哀叹。"醉里江南路。问梅花、经年冷落，几番风雨。""淡烟疏雨，江南三月。"……唐诗宋词里，已经满是"山雨欲来风满楼"的沧桑意味了。

听雨，便是读雨，读人生，读历史。

真正的雨在江南，在唐诗，在宋词，在古典的中国里。听了三十年的雨，才知道，原来自己一直在听尘世之雨，无论如何都回不到文人江南那样旖旎温润的雨里，无论如何都回不到唐诗宋词那样厚重沧桑的雨里，无论如何都回不到悠悠古典长河的雨里。

是的，听雨，就要回到古典中国，那是雨的极致，那是古典楼阁之声。王禹偁在竹楼里写道："夏宜急雨，有瀑布声。"余光中说："急雨声如瀑布，密雪声比碎玉，而无论鼓琴，咏诗，下棋，投壶，共鸣的效果都特别好。"那古老的音乐，属于中国。

那是空山古寺之声，张潮在空山听雨，空山听雨，是人生如意事。听雨必于空山破寺中，寒雨围炉，可以烧败叶，烹鲜笋。

雨到了古典中国，竟能焕发出如此极致之美。那在天人合一的哲学语境里，融合了儒释道的哲学意味。如此，方能达到美学的极致。

然而，江南的雨，竹楼的雨，空山破寺中的雨，余光中笔下的雨，如今，我统统听不到了。

一分冷雨一分心情，一段人生一段历史，一袭文化一袭长河。

长河亘古，愿那细雨长鸣。

雨中山果落

每念及"雨中山果落，灯下草虫鸣"心里便欢喜，王摩诘的这句诗虽有凄清之调，但也有空灵之感。虽喜欢，但总是不甚明了。"灯下草虫鸣"还好理解，只是"雨中山果落"总是想不明白：难道山林中常会有苹果那样大的果实不断地往下落吗？此念头也只出现过几回，并没有深究，最后不甚了了。只是偶然中才弄明白此中情境。

我们学校有一片林子，那是校区扩建后把它纳进来的新领地。林子不是很大，但也算是蔚然成片了，高大的樟树能把天空遮得严严实实。有一次，秋雨骤降，下了好一阵。我由旧校区走往新校区。经过树林，见地上有豆状的黑色小果实满满地铺了一地。凝神倾听，竟听到有噼噼啪啪的落地之声。抬头一看，见一颗颗小如指节的黑色果实不断从树上掉落。扑簌扑簌地穿过叶间，伴着雨声，掉在地上。不论是穿叶之声，还是落地之声，都是细细碎碎，如蚕啮桑，如珠落盘，充满了山林韵味。

脑海中突然浮现"雨中山果落"的诗句。我才知道，《秋夜独坐》中所写的"果"就是这样的小果实了。想必山林中还有许许多多像这样高大的乔木，结满了数不尽的细小果实，每逢秋深叶枯，风雨骤至，已熟透的那些小果便会扑簌扑簌地掉落。

此时，于学校林子间，听得果落之声，我第一次真切地体会到"雨中山果落"的妙境：宁静清幽处，搭一竹屋。四周高山环绕，林木密集。逢山雨一下，风满荒山。于山深小屋之中，便可听得风声、雨声、叶声、虫声，还有那细细碎碎、清清浅浅的山果坠落之声。那便是我一直向往的山境了。

那一次，我听得如痴如醉，以至于久久地立于林子里，再不前行。叶在头顶，心在山林间，不知不觉地，便感觉自己不在尘世，而是远离喧嚣，心归山林。

最后，那片林子成了我常去之地。所幸，我们在扩建新校区之时，尽可能地完整保存了林子的原貌，以至于它古朴清幽的气质未曾灭去。秋冬之际，飞鸟归南。我又得以体验鸟群之趣。每天清晨和傍晚时分，四面八方的鸟儿几乎全聚集于此地。或钻林觅食，或直冲云霄，或结伴穿梭，或引吭高歌……巨大的鸟群连而成片，形成一道壮观的云影，令人叹为观止。白天不见鸟影，只有在黎明和黄昏，在人罕语微之际，才见鸟儿在此鸣叫狂欢。"夕鸟向林去，晚帆相逐飞。"想此诗句，我便觉得，身虽在此，心却回到了久远的群鸟栖息之林。

除了山，除了林，我还向往田园，就像《归园田居》里所写的"种豆南山下，草盛豆苗稀"。学校围墙外有一处荒地，单位的一位职工辟了荒，种了菜，原来的一片荒芜之地，顿时充满了生机。或小菜，或瓜豆，一茬又一茬，在清香的泥土地里生命未曾断过。每逢收成，她便下去劳作，然后把所得分给我们。她说："难得有一片菜地。自给自足，又能吃到新鲜无公害的蔬菜，多好！"她并不富裕，但是，她总能与我们分享收成。我便觉得，她是一个诗意的田园派务农者了。她取的不是收成，而是生命的恬淡自得之趣。我羡慕她。有一次，在她将要采摘之时，我跟着她一起到墙外体验田园之趣，有菜有瓜即为"田"，有心有境，不正是"园"吗?

不论是"雨中山果落，灯下草虫鸣"，还是"夕鸟向林去，晚帆相逐飞"，甚或是"种豆南山下，草盛豆苗稀"，都是我那颗囚居的心深切的向往：向往宁静，向往古朴，向往诗境。不论外面的世界多么繁华便利，不论外面的世界多么精彩热闹，内心深处总有一个不羁的向往。就像一匹马，囚于城市久了，总有一天，它会挣破束缚重归原野。在广阔的天地间，它才能找到心的归宿和生命的意义。

只要有心，在这个城市的一角，总能找到几处田园之趣或是山林之妙的——就像我在这个不起眼的学校里觅得一片好林子、一处好菜地一样。在这个纷扰喧嚣的世间，我竟习得了这样一种寻清觅静的技能。不过，如果有机会，我还是希望，能到真正的山林里住，到真正的田园里劳作。栖于真正的山林，归于真正的田园，让身子和心灵返璞归真，也不枉来这个世间走一遭了。

说不尽

已经有许多年没有在网上写自己的"心情"了。曾经的青涩日子里，我会与所有人一样，在QQ面板里改"个性签名"，在空间里写"说说"，在日志里写下自己的心情故事。我简直就是一个"文艺青年"，尽弄些文绉绉的文字，还弄些诗词和古文。与所有的"文艺青年"一样，我在那个小小的空间里吟风弄月，在那里伤春悲秋。当一个个朋友造访时，看到如此"有才"的"文艺青年"，不免唏嘘慨叹一番。于是，我小小的虚荣心便得到了满足，我那悲愁得无尽头的心也得到了一些宽慰。

但是，不知从什么时候开始，我变得不喜欢袒露心声了。因为，我觉得那样宣泄情感的文字只不过是一场徒劳——知我者自知，不知我者穷辩。况且，我在想，何必求得别人的"知"与"解"？所谓的知己，其实无迹可寻，并不能通过那样的方式求得。渐渐地，我倒觉得，把自己的心声表露出来，如同把自己扒了个精光——赤裸裸地站在众人面前。这样的错觉让我情难以堪。于是，且任由岁月流去，任由风沙流走，我只做固石沉底。

　　我想做一块又沉又重又铁石心肠的"石头"，没心，没肺，没情感。

　　看着网友们那些文绉绉的文字，我可分辨出他们的年龄。年过而立者，更新不多，所写不长，只写身边的"油盐柴米"，写工作与生活，写老人和孩子……大抵如此。而十七八岁、二十余岁的年轻人，则在日复一日地吟着自己的心情故事，他们倾诉的，大都是恋人，或者是他们一厢情愿的"恋人"。

　　韶华如风，如云，如流水，高远，缥缈，纯洁，他们的心声自然也是如此。而不论风、云、流水，他们终究去得快，且雁去而不留痕。那是属于他们的青春，属于他们的年少，属于他们的"D"调的华丽。不论忧愁、欢乐，还是亢奋、激昂，都是属于他们必经的年华。

　　所以，尽管我情不自禁地抵触"说说"，抵触一切"矫情"的"心情日志"，但是，我仍然会喜欢看那些斑斓色彩的文字，那些青葱的日志。所以，我会如同一个孩子般，进入他们的空间，与所有的访客一样，留个"赞"，弄个"顶"，送朵花。一如当年，别人待我如此。

　　然而，看完他们的文字，终究还是想起自己的年少来了。我不知道，自己性情的转变，是否是一种老成的蜕变，是否是一种世故的打磨，是否是一种生命的落幕与凋谢。

　　不禁悲凉。已经过了年少岁月，如今，要做的事实在太多。多得我无力"说说"，多得我无暇写"心情"，多得我习惯性地把矫情收敛，把话语深藏，把性情断芒。那么，我追求的又是什么呢？是磐石吧？是老树吧？是厚土吧？世事历练，已然有许多许多事不必说了，许多许多心情不愿提了，许多许多人不必道了。一切随风逝去。且让他们留在我的记忆深处吧，作为我的故事，不让人知。因为，越是不说的人，越有故事；越是不说的人，越有内质啊。

张爱玲说，胡琴咿咿呀呀地拉着，在万盏灯的夜晚，拉过来又拉过去，说不尽的苍凉故事——不问也罢！

有些人不必见

朋友与我聊天，谈及一位同学。不见她已有多年，朋友提及她便滔滔不绝。说完了，他便呆呆地怅惘。好一会儿，他才问我："要不，我们找个时间去见见她吧？"

我说："不见。"

"为什么？她不是挺好的吗？"

我说："不见就是不见，不为什么。"

"要不，我们弄个同学聚会？这样人多，热闹些。"

"那我更不会去了。"我说。

不善言辞，不喜聚会。人多的地方不去，仅有对方一人在场的情况下也尽量少去。人多语繁，虽热闹，但自己总与那个场合格格不入。那样的氛围，既难为自己，也难为大家，何苦？第二种情形，如果只有对方一人在场，就那样呆呆地与对方直视，很多时候，我不知要表达些什么。在那种情形下，往往是对方在滔滔不绝。一个聊天过程下来，我只要"嗯""啊"地发出几个单音节就可以了。不过，这不算是搪塞，我倒是乐意这么倾听。我想，还好他这么能说，否则两人这么干坐着会多尴尬。如果有一个与我一样不会说话的人对坐，那样的约会实在折磨人。所以，我便轻易不见人。

虽然不想见任何一个人，但是，我总是很深地去想某个人。

学生时代，是个闷骚的人。我同桌常常帮助我，可是我却总不领情。毕业了，我才回想起，她在我寒冷的内心留下了多少温暖。

曾经有一个社团学长，手把手地教过我许多东西。她一直关切地注视着我成长。我与她关系虽不错，但也不至于到了无话不说的地步。这样不冷不热的关系，一直持续到毕业。毕业后，我再没有联系她。但是，枫叶红的时候，秋风起的时候，细雨寒的时候，我都会想起她来。我恨不得立即约她出来见个面。见，或是不见？内心挣扎许久，还是决定作罢。学生时代，我俩尚且不能称作"挚友"，如今，见了她更不知该说什么。于是作罢，只是偶尔发一两条短信，仅此而已。不过，虽是如此，但我们都知道，彼此都在深深地挂念着对方。

真正的朋友，就是这样，不需要多见。

所谓君子之交淡如水，我一直认为，那是情感的极致。

也想过要见某人，很想见，就是那个我很喜欢的人，或是很喜欢我的那个人。最终还是决定不见。因为我知道，我不能逾越那个距离。跨过去，就近了，毁了，结束了。所以，我只能一直保持那样若即若离的距离。我的念想曾经达到撕心裂肺的地步，但是，对她那份怀想的情愫永远停留在我的意识里。不说，不作为，不让她知，也不让旁人知。

安得与君相决绝，免教生死作相思。此生，定不会再相见。

是不是很虐心？对于见或是不见，或许是一个纠结的问题，但是，在美学意义上来说，我们与某人保持一种似远又近的关系，倒可以把美维持到极致。当然，也并不是说不能见。隔个三五年，实在惦念得紧了，倒可下个决心，见上某人一面。深山老林里，于一间竹屋，两两相对。话不需多，静对时光，三杯两盏淡酒，如此足矣。

在你我的一生中，总有那么几个人，是我们想见或是想终生相伴。不过，世事迷离，并不如我们所愿。倒不如淡了这份心，轻了这份念想，把你想要见的那个人，埋在心里最深的地方。在你最寂寞、孤独、寒凉，或是最幸福的时候，都可以重回你的心里，把那人翻出来，细细回想。这样，我们与那个最爱的人就从来没有分隔过，从来没有远离过。于是，你与他，或者她，便获得了形而上的永生意味。

流年里的错过

在街上遇见一位同学，那样不经意，那样欢喜。在人流如织的街上，一抬头，便见她匆匆而过。我生怕错过，猛一回头，拉住她的手臂。她也便转过来，看着我。我满脸喜悦，说："嗨，还记得我吗？我啊，小伟！"

她久久地看着我，了然的样子："哦，想起来了……"

我一高兴话便多："这些年不见了，你还是和当年一样漂亮！你现在在哪儿呢？过得还好吗……"

是的，多年不见，你可安好？这是阔别重逢后每个人最想知晓对方的一件事。我恨不得把所有的话都抖出来，而且，在心里盘算着：要请她坐下来喝杯咖啡，好好叙叙旧才行。

不过，面对我的"狂热"，她的反应出乎意料地冷淡。她只是默然，只是冷冷的。对于我的所问，她仅仅是象征性地回复我两三句。心里的一团热火突然被冷水浇灭。我觉察出气氛不对了，便立即止住话头。我知道，对她而言，我只是一个多余的过客。

在我欲言又止的时候，她突然说："见到你真好，我们改天再见吧。"于是，她扭过头，匆匆离去，消失在人群之中。

我立在那儿，久久地茫然。

我知道，她所说的"见到你真好"并不是真的"见到你真好"。那只是一种应付罢了。我本想跟她聊聊往事，跟她说说现状，邀请她小坐一会儿，可是，她就那样淡然地离我而去了。

我原以为，每一个人都会把人与人之间的那份情感埋在心里最温暖的角落珍存起来。可是，如今才知，那只是我一厢情愿的执念罢了。

突然想起张爱玲《爱》里的一个场景：他走了过来。离得不远，站定了，轻轻地说了一声："噢，你也在这里吗？"她没有说什么，他也没有再说什么。站了一会，各自走开了。

于是，他们就这样错过了一生。

我在想，人的一生究竟会有多少次错过？

"于千万人之中遇到你所要遇到的人，于千万年之中，时间的无涯的荒野中，没有早一步，也没有晚一步，刚巧赶上了。"这是张爱玲说的。我想，在我们如烟火般稍纵即逝的流年里，如果不怀着一份浓烈如酒的挚情，那我们的一生，我们的情感，我们的生命会有多大的苍白与豁口？

亲爱的久违的你，不论你是否还记得我，我都觉得，如今遇上你已经是一件很值得欢喜的事了。因为这样，我可以好好回想你的容颜，回想你的过往，回想你我流年里的那些璀璨而斑斓的往事。

见到你真好。这样想时，心里便一点点、一点点地温暖了起来。

半生悲凉，半生欢喜

夜晚回家，走在林荫小道上，一股浓烈的花香扑鼻而来。才想起已是初夏，正是夜来香开花的时节。

虽然对花有好感，但因其过于浓艳，所以一直以来都不十分喜欢。对于夜来香这类难登大雅之堂的花，更没有太多的关注。可是，不知是不是年纪渐长的原因。这几年，凡是向来不甚关注的东西，我反而更留心了起来。虫鸣林静，闻得此香，内心欢喜得紧。于是，在花前多待了一会儿。

想来可笑又略有可悲，夜来香真正的模样我从未注意过。只知道那是一些不起眼的小花，连它的颜色究竟是白是黄我都没有十足的把握。于是，就着闻花的时机，我凑近了瞧。的确是些小得不起眼的花，花身纤细似豆芽，花瓣如星状，又似轻巧的喇叭，浅黄的花一串一串的，开得正热闹。

我第一次对这种不起眼的植物充满了好感。花虽称不上精致，却馥郁；形虽小，但一串一串地开满整株植物，竟有了"蔚为壮观"的磅礴感。

夜来香开得如此寂寞，又开得如此轰轰烈烈。在那浓浓的月色中，没有人看清她的容颜，也没有人关心过她的姿态。人们只是因一阵花香而轻叹："哦，是夜来香。"之后，便淡然离开。

晚风轻拂，露凝滴水，花香轻荡，人走之后，夜来香继续自己的绽放。所有的花都善于给自己涂脂抹粉，可夜来香从不。那惨淡得发白的脸庞，从来不会为谁容。在那长长的孤寂的一生中，她没有一个值得为其"容"的知己。所以，她的一生用不着那些浓脂艳粉。只把它们吸入内，化而为血，幻化成浓郁花香飘荡在天地间。

正因为孤寂，所以她极力让自己的灵魂飘荡得更广阔，更邈远，更浩荡。没有任何一种花的芬芳比她来得更广阔，更霸道，更狂野，更丰盈。

容颜清淡似水，心性却浓烈如酒。生性不爱花，如今却为这淡雅而有气质有灵魂的花倾心。

用手机拍了照，把它带回家，权当个小小的欢喜。回到家，放在电脑里，顺便在网上查一查她的资料。这下，我才知道夜来香在夜间飘香的秘密。原来，别的花在白天涂脂抹粉、散发香气是为了招蜂引蝶。而夜来香的故土在热带，白天气温高，飞虫少出。到了傍晚时分，气温骤低，它们才出来觅食。于是，夜来香开始散发浓烈的香气，引得飞虫为其传播花粉。如此，一代接一代，夜来香便有了在晚上飘香的习性。

开花不美，时间不佳，连选的昆虫也是如此"下等"，我不禁苦笑。更令我感到失落的是，此花不宜放在室内，否则，花香会引起人们头晕、气喘等。想来，是香气过于浓烈的缘故。因此，尽管她芳香扑鼻，可终究登不了堂，入不了室，供不得人观，供不得人赏。

看来，她注定一辈子孤芳自赏，不得知己。

是林黛玉？是妙玉？是绝世佳人？是孤芳自赏？是美人迟暮？

由夏及秋，由炎入寒，夜来香的花期很长。花期长，对其他花来说是一件好事。可对于夜来香来说，却俨然多了一份无奈和悲凉。在生命最蓬勃的夏天，在最富诗情画意的秋天，夜来香与百花一样，渴望向大地上所有的生灵展现她的容貌与芬芳。可是，那长长久久的花期，竟无人问津。

这就是夜来香的宿命吧？

这就是夜来香如烟花般的悲凉吧？

不过，慰藉的是，她从没有因她的宿命而谢过她的花瓣，从没有因悲凉减弱过一丝芳香。月夜中，在那场长而寂寥的孤独花期中，她一直开得那么高洁，那么淡雅，那么隐忍，又那么尽兴。

想来，有月色的地方必有悲凉，有悲凉的地方必有属于她自己的美丽与自得吧。

心绪莫名的夜晚，在那柔似水的皎洁月光下，在款款清风中，我见一朵夜来香，脸上含着清清浅浅的露，不知是悲还是欢地在笑。

有风儿在对你歌唱

在漫山遍野盛开着紫色小花的地方，有风儿在对你歌唱。

这是我对于花的最美憧憬，也是我对于生活最理想的构想。

有风，有草，有紫色小花，对于我这种不谙世事的人来说，已经是我想要的全部了。

有时候，我觉得我们活着不是来解决问题，而是来面对问题的。人的一生究竟能解决几个问题？不说大问题，连鸡毛蒜皮的小事恐怕都难以解决。比如选择题。有人问我，你喜欢什么花？我想了想，不知该选择什么。好像喜欢的花不少，但真正能让我刻骨铭心，触动我灵魂的，我却说不出来。就像读书的时候给别人写同学录，"你喜欢的颜色是什么""你喜欢的食物是什么"这一类问题一度让我不知所措。以至于后来，我花了很长时间去想我喜欢的颜色和食物。选择性障碍不仅仅存在我个人，它应当是一种普遍现象，尤其是对于有选择性强迫症的人更是如此。一个形而下的小小选择题，都令人如此困扰，那么，形而上呢？是不是更难解决？在我们那漫长的一生中，庸庸碌碌的我们究竟能解决几个真真正正的问题？

关于喜欢什么花，我也不知道花了多少时间去思考。因为不愿下一次有人提起这个问题时我再次语塞。一直以来以为自己喜欢梅花——疏影横斜，暗香浮动，冰雪绰约，冷艳孤傲，那便是我一直憧憬的画面。可是，这样的认知仅仅来自古典诗词。直至一次旅途中，我匆匆见了梅，才知道梅究竟是一种怎样的植物。那不是我认知中的梅：它既无曲，又无奇，也无疏。整个密密匝匝的，成簇而立，零乱臃肿，毫无古典的姿态美。原来，我的认知、憧憬与我接触到的现实有如此大的差距。不过说来可笑，记忆堪忧的我不能确定，自己究竟见没见过梅。也许，那时我看到的并不是梅；也许，只是我一厢情愿地认为那是梅吧。

对于一直憧憬着的美好的东西，一旦有一天接触到真相，发现如梦幻泡影时，你不愿承认那是现实。于是，在这样一种不确定状态中，我依然对梅有着种种憧憬和遐想。我想，真正的"梅"并不如我所见，它一定会以最完美的姿态继续等待着我的到来。

也曾觉得自己喜欢水仙，因"凌波仙子"四个字。"凌波微步，罗袜生尘。"凡是超然于世的东西，我都情有独钟，都奉为图腾。梅花不可见，水仙倒容易买到。那一年临近春节，我从市场买来一株水仙，配了个古朴精致的小盆。注水埋石，水仙就在我的书桌上自顾自地生长着。没过多久，花开了，洁白的瓣，浅黄的心，倒是不错。可看久了，便觉出它的稀松平常来。它单独地立于我的书桌上，无特异之姿，也不张扬，更不娇艳。总之，就是那样平淡无奇。想来，先前对于水仙的认知与情感还是受别人言论影响的，一心以为水仙是超俗之物。如今看来，"凌波仙子"之名多半只是因为其水栽而得。于是，心生失望。再过一段时间，水仙凋了。我的书桌只剩下一盆枯败的草，更显凌乱不堪。

不论是梅还是水仙，我对它们的认知都和现实有着不小的距离。我知道，寻求某种问题的答案，不能受别人言论的影响。忽然想起在微信圈里一位朋友发过格桑花图片。那一天，他们路遇格桑花。车随意而停，一家人欢喜地下车观赏格桑花。我先前只听说过这种花，并未见过。当看到那种在杂草丛生的荒山野岭间率性而立，随意而长，肆意而开的野花时，心底久未被触碰的领地被击中。那种感觉，就像你从未遇到过令你心动的人，当有一天，她突然出现在你面前，心就那样被柔柔而甜蜜地痛击一般。这样回想起来，从小就对野生植物有种说不出的欢喜：水边的芦苇，路边的蒲公英，山间的狗尾巴草……都是我童年最美的记忆。记得有一次，当看到一大片紫色的薰衣草在我面前洋洋洒洒地铺洒开来时，心里突然被欢喜填得满满当当，不留一点空隙。于是，喜欢上了薰衣草。

对于薰衣草和格桑花的喜欢，不是缘于它们"浪漫""幸福"的花语，而是一种莫名的情绪。不喜欢牡丹、玫瑰，是因为它们属于尘世之花，雍容得过于富丽和喧嚣。少有人注意到，远离尘世的山间，野地，沟渠，会悄悄地盛开一些自得的花。空山荒地，茅屋三两，杂草蔓延，总有些不知名的野花，从土里挤出来，从岩石下探出来，从杂草中挺出来，寂然而立，默然而开。它们在那喧嚣繁华的尘世间辟出了属于自己的一隅。在山间，路旁，溪边，岩下，它们开出了一朵属于自己的尘世之花，清清浅浅，绵绵流香。

于是，有了超然脱俗的灵魂。

我终于知道，自己为什么一直对野花有那样一种深深浅浅的欢喜，有那样一种丝丝缕缕的忧伤，还夹杂着黯然魂伤的悯默。

原来，自己一直有最喜欢的花种，只不过一直被尘世间厚厚的土壤深埋而不自知。那些梅花、水仙，那些玫瑰、牡丹……都不曾如此真切地走进我的内心深处，抵达我灵魂的角落。可是有一天，当面对郊外的一大片不知名却开得洋洋洒洒的野花时，我却久久地立于跟前，再不前行。我倾听它们的声音，分享它们的欢喜，感受它们的孤寂。那些卑微的小花离尘世与繁华如此遥远，却开得如此自得，如此喜悦，如此丰盈。这不是我一直向往的生命姿态吗？

突然为之前受困于喜欢什么花这个问题而自嘲。想来，世间种种选择题，不论是形而上的，还是形而下的，原本都不难解答。答案一直在我们心中。只不过，人心有深浅之分，有宁静与喧嚣之分，还有功利与超脱之分。

如果再有人问我喜欢什么花，我决不至于语塞。因为我知道，在我心底，一直有几欲喷薄而出的强烈向往。

在那漫山遍野盛开着紫色小花的地方，有风儿在对着你歌唱。

Part 2： 最美的菩提

所谓菩提子，原是天地灵气的最大造化。它是生命最后的结晶，是它们一生修行的"正果"。原来，但凡有生命之物，或是植物，或是动物，甚或我们自己，只要历经风雨、苦难后，仍能怀着一颗坚强开花的心、结果的心，便是菩提。

最美的菩提

远在云南的小四让我帮他采集一些"菩提子"。

我说："菩提树的果实？你让我上哪儿找去！"

他笑了，说了一句禅语："菩提本无树。只要有心，处处皆是菩提。"此语高深莫测。我赶紧百度，才明白，菩提树本是没有的。只因佛陀于树下顿悟，此树便被后人称作"菩提"。

小四说，一切植物的果实或核，只要坚硬，都可用作菩提子之材。云南的植物种类不及广西多。而广西，以山清水秀的桂林为甚，产的"菩提子"便多。

他让我帮他寻一些铁树子。铁树桂林的确不少，但我从来没注意铁树是否开花，是否结子。

这天晚上，我出门，没想到，小区里便有铁树，有几株还真是结了子，一个个椭圆形，红得鲜艳，十分好看。

我摘了十几颗回来，拍了照片，发给他看。

小四说："形和色都很漂亮。阴干后，便可用它作菩提子了。另外，还可去皮。用沸水煮两分钟，然后小心地把红色外衣剥下，便可见里面白色的、纹路雅致的'菩提子'。"

没想到，小小的果实里竟有这样的玄机。于是，我照做，果见一白色核，纹路清晰美观。

我说："纹路如此漂亮，串起来一定很好看，怪不得你要用它来作菩提子。"

他说："去皮不去皮皆可。不论红白，都是一颗菩提心。"

他让我以后帮他多留意各种植物的果实。

我便问："为什么非要用这些果实作'菩提子'呢？"

他告诉我："因为一棵树结了果，便是自然的造化。不论一年长成，三五年长成，还是十数年、数十年长成，能聚化灵气，结而为果，便是天地间最神圣、最造化的事情。"

我才恍悟，所谓菩提子，原是天地灵气的最大造化。它是生命最后的结晶，是它们一生修行的最后"正果"。

原来，但凡有生命之物，或是植物，或是动物，甚或我们自己，只要历经风雨，历经苦难后，仍能怀着一颗坚强开花的心、结果的心，便是菩提。

正如这位作家小四告诉我的"人间处处皆菩提"，只要我们怀有一颗菩提心，自己便会是那颗最真、最善、最美的菩提。

车　禅

沾上了一种古怪的瘾——没事也要坐公交车。倒不是闲得发慌。实际上，对于时间，我苛刻得像个吝啬鬼。再则，虽然沾染了这样的一种癖好，但是，舍得花时间去解我这个"馋"的机会实在不多。这个癖好大抵如此：从公交车的起点坐到终点，又从终点返回起点。没有任何目的地，也没有任何意义。虽看似荒唐，但细想来，世间种种事，又有多少有真正目的，又有多少有真实意义呢？

如果你要问我，这样毫无理由、毫无意义的行为有什么乐趣？我要说，兴味大着呢。上了车，选择最里头的那个角落静静坐着，靠着窗。这样，就可观窗外，又可看车上人来人往。我不是一个喜欢外出旅游赏风景的人。但是，在行进的车中看城市，对于我而言却算得上一种另类的爱好。在小小的车内，隔着薄薄的玻璃，便感觉与这个城市远了。车进景退，随着车的疾速前进，人流树影、石楼灯柱都在飞速逝去。于是，会产生这样的一种错觉：你坐在长长的人生列车上，时光刷刷地向后倒退。在这样的错觉中，你会感觉城市正离你越来越远，时光也离你一截截远去。同时，前方的时光会变得越来越光亮，亮得让你看不清方向。这个小小的城市里的一切，会在车的行驶中被你尽收眼底。除了乘坐时光的列车，还有什么的比喻能形容这种奇异的感觉呢？

是的，我的的确确有了恍若隔世的感觉。佛说相由心生。我不知是不是由于平日里对于这个城市和俗世过于抵触而总是有意无意地在心底把自己与它们割裂开来才有了这样的感觉。不过，我倒是很享受这样的精神错觉。好比醉酒，明知感觉不真实，却如此深深地恋着它。

我们是一个买票者——买的是时光列车的票。然而，我却在窃喜：除了我，这辆车上没有一个人察觉出我们是坐在一辆时光列车上。因为，我会透视——透视人们的心理。我猜，他们此刻一定在想着要赶快到达目的地；我猜，他们一定在想着烦心的工作；我猜，他们一定在想着人世间的种种经营。想得如此之多，但他们就是没有想过，自己是乘坐在一辆飞速的与世远隔的时光列车上。

如此想来，我不光与车外的世界隔得远了，与车内的人也渐渐疏远了。相由心生，难道我也有了离群索居的念想？在这辆车里，看人来人往，便如同观尘世的众生往来。来的人不知什么时候来了，去的人也不知什么时候去了。来的没有意义，去的也没有目的。每个人都有自己的人生起始，也都有自己的人生终结。而总有一些人，在他们身后，默默地注视他们的起起落落和缘起缘灭。

难道，这样的领悟就是一种"禅"？

车禅？

喜欢下雨的时候，雨点噼噼啪啪地打在玻璃上，劲头与声音比别的时候听起来都要大。车外冷雨轻洒，车内温暖舒适。喜欢起风的时候，疾风钻窗而入，丝丝有韵，比别的时候听起来都要来得曼妙。车外寒风掠树，车内温暖惬意。喜欢人多的时候。可以观人来人往，观众生百态。喜欢人少的时候，车内比任何时候都来得安静。有的时候，坐在没有乘客的末班车上，车外漆黑，车内寂静，整辆车成了我一个人的世界。没有比这更安然、更宁静、更自得的去处了。

癖好就是癖好，另类，怪异。所以，我只能这样独言独诉，磨磨叽叽。不过，倒希望你不要厌烦。因为，我想说的是，不论这尘世间多么繁华，多么喧嚣，多么浮躁，我觉得，我们都应当找到一个属于自己的方式让我们的心静下来。因为，繁华久了，心便不淡；喧嚣久了，心便不静；浮躁久了，心便不沉。

找个什么样的方式？读书，听雨，饮茶，钻山，入林等，无不可。总之，我们得找个时间，找个方式让自己孤独一下，静一下。肉眼合上，心眼才会打开。城市生活，我们未必要远离，倒不妨做个踏踏实实的入世修行者。在嘈杂与喧嚣的世间，闭上眼，启开心智，安分地做一个"隐于市"的静心行者。这样，才能听到灵魂深处最真实、最宁静、最亘古的声音。

做一个生活的行吟诗人

同事在一起聊天，说到自己憧憬的生活，一位女同事说："退休后我一定要找块田地。闲暇时种种菜，多好！"

刚说完，一位男同事立刻反驳："种菜？工作了大半辈子还闲累得不够？我才不干这种傻事！"

有人道："真没生活情趣！"

有人说："一听就知道是个不懂生活的人。"一时间，他成了众矢之的。

种菜，是一种操劳还是一种生活趣味？对不同的人来说，有不同的答案。

在乡下种了一辈子田地的人，对种菜说不上讨厌，也谈不上喜欢。对他们来说，那只是一辈子要做的事。不过，他们会把种地看作一种辛苦活，并尽可能让子孙不要像自己一样，一辈子面朝黄土背朝天。类似的，还有打鱼的人。如果有人问渔民："你觉得打鱼是一件有生活趣味的事吗？"他会给你一个白眼：神经。试想，一年四季都要出海打鱼，同海浪、天气、恶鱼做斗争，你还会把它当成一种生活情趣吗？但是，如果你问城里人："你喜欢钓鱼吗？你想去打鱼吗？"估计很多人都会流露出满心的向往。

所以，对某件事喜欢还是不喜欢，取决于你把它当成工作还是当成差事。当成差事，你就会心生厌烦；当成兴趣，你就会充满喜悦。

喜欢种菜的人，骨子里肯定不是农夫，而是诗人——充满诗情画意的田园诗人。就像陶潜，一辈子种地也乐此不疲。因为，他能从官网和复杂的人事中脱身而出，最自然简单的生活，对他来说就是一种极致的喜悦。而对城市里的人来说，他们与水泥楼房打一辈子交道，与形形色色的人打一辈子暗战，能脱身而出种种菜，面对泥土的清新与质朴，那是一种喜悦。

对待工作、生活的道理和对待种菜是一样的。试想，你是把工作或生活当成了一种负累还是一种享受？以生活为累的人会觉得沉重而痛苦，享受它的人却总能从劳苦中咀嚼出生活的甘甜来。一个懂得生活的人，会在每一件事情上，在生活的每一个节骨眼上，挖掘出生活的清泉来。所以，真正懂得生活的人身上也一定拥有浪漫的诗人气息。

没事的时候，我们去种种菜，钓钓鱼吧。收获那一份份鲜活生命的同时，我们也能收获一份份简单的欢喜。不妨把经营人生当成享受种菜，在这条长长的人生旅途上，我们可以做一个自得的田园派行吟诗人：一边劳作，一边长吟；一路负重，一路长歌。如此，不论生活多么劳苦，我们依然恬淡自得；不论经历何种伤悲，我们依然笑靥如花。

不慕芳华自在开

立冬已过，天气越见寒冷。楼下的一方泥土里，青菜却生机勃勃地长了出来。那是楼下一户人家开辟出来的菜地。

青菜很大，此时长势正好。天自寒，雨自冷，风自劲，它们却安然自得地舒展着那几片叶。冷雨一下，人身与心都变得寒冷起来。可它们却安于那个小小的一隅，无所畏惧，无所彷徨，无所胆怯。在冬风中，宽大的叶喜盈盈地摇摆着。

旁边还有一方小小的泥土，刚被翻新过，松软柔和，透出新鲜的泥土气息。旁边是污垢、碎石和沟渠。不过，这一方松松软软的泥土却独善其芳，留得一脉清香。泥土间，碎碎的青芽零星地冒出来。那是崭新的生命。那些嫩绿的芽，遥遥地与天空的点点繁星相呼应。天上是蓝的星，地上是绿的芽，菜虽身处低地，却营造出自己的一片高远天空。

两方土块，两方世界。地小无可小，土简无可简。无园林者的护佑，无上苍的眷顾；它们不为人知，无人观赏。它们就是这个大千世界里小得不能再小的生命。可是，它们却紧紧相依，共围绿色，共建生命芳华。在这个偌大的尘世间，它们找到了属于它们自己的一角，独自安详，独自曼妙；不慕芳华，不慕高天，只享着这一片小小天地带给它们生命的欢喜。

冬去春来，春去夏至。那一株株小小的菜，不知能走过多少个日子。它们的生命比谁的都短暂，都脆弱，可是，它们比谁都更眷恋、更珍爱这个尘世、这段生命。当百花竞放之时，它们早已化作尘土，不复于世间。然而，它们从不问前世，也不问来生，只是珍惜每一个日月浮沉，一如既往地生长，自足地笑着。笑对浮生年岁短，不慕芳华自在开。

我想，这就是为什么种菜人要辟出这两方菜地的原因吧。

花开不为人

夜来香开花的季节是夏天，可是南方到了入秋时节，夜来香仍会开放，夜间依然可以闻到它的香味。不过，这是一种很奇怪的植物，什么时候有香气，什么时候没有香气是一件说不准的事。

前些天晚上与朋友在外小聚，附近有一丛夜来香。我见淡黄的小花似乎是开着的，可没有香气，不禁有些惋惜。夜来香，如果夜间不开花，还有什么意义呢？可是，没想回家的时候，路过院子里的一丛夜来香，竟闻到了它的香气。

终于闻到夜来香，也不枉这个晚上出去一趟，可是也不禁惘然：为什么先前的那一丛夜来香无味，而这里的夜来香却有香呢？

同是夜来香，同在一个城市，却有不同的命运，我不禁唏嘘。这本是一种不引人注目的花，如果晚间不开花，那它就更显冷清了。

忽地想起这些年的桂花来。记得许多年前的中秋节前后，城里的桂花都开了。可是近几年，中秋前后竟闻不到桂花香了。对花开花香的相关常识，我掌握得不多。我不知道，桂花开花与气候有多大关系。我只是单纯地为花不开，花无香而悲。

　　记忆中，儿时满城桂花香及中秋赏桂花的情景渐渐模糊了。不过，也许是我记忆的错觉造成了我认知上的混乱。也许，从前的桂花也不至于"满城飘香"；也许，从前那些年的中秋，桂花也并非如此浓烈。是不是年岁隔得久远，我的记忆因怀旧之思而变得混乱了起来？这样想来，不论是夜来香还是桂花，应当从来没有异常过。温度和湿度不同，植物微小的差异也许也并不反常。看来，只是我过于敏感、多心罢了。我只是单纯地认为，花该开时就当尽情开放，该飘香时也该尽情飘香。要不，无人问津，岂不是一生最大的悲哀？

　　不论如何，聊以慰藉的是，夜来香还是夜来香，桂花还是桂花，它们终究还是要开花的，终究还是要散发出花香的。也许，下一场秋雨，它们便会开始自己绚烂的生命。一个夏季，或是一个秋季，它们不会错过自己一生中最美的年华，也是它们最后的生命时刻。无论人们知与不知，无论人们在意不在意它们开花还是不开花，它们飘香还是不飘香，它们都会静静地开放，静静地溢香——不为人开，不为人知。

　　花开如人，花香如人。有的时候，我们就像那夜来香一样，就像那桂花一样，没有多少人在意你开不开花，飘不飘香。我们只需要自己在意就好。不为人开，也不为人败，在静默中开花，在静默中流香，做一个寂寞隐忍的开花者，挺好。

别让你的鱼缸空着

去朋友家，见有一个大大的鱼缸。缸里早没了鱼，里里外外擦得干净，摆在大厅的一个角落里。

我问："怎么这里摆着一个空鱼缸？"

"这个房子，我们已不常住。只是在我们有空的时候偶尔住几次。"

因为去过他家两三次，每一次都觉察到房子不对劲，但也说不上具体是哪儿出了问题，便也没怎么放在心上。这一次，把目光移到那只空鱼缸上，才知道，是这个大大的空鱼缸让这个屋子没了生气。

"难怪我觉得别扭。你不觉得这个空鱼缸让这个屋子有死气沉沉的感觉吗？重新养几条鱼，让这个鱼缸和屋子重新焕发出生气来吧。"

我在想，如果这个鱼缸被挪到大厅的显眼位置，而不是放在那个不起眼的一隅，如果鱼缸里能再养几条鱼，那鱼儿还能在水里吐几个泡泡，整个屋子就活了。

我不知道"风水"是一个什么样的东西，也没兴趣了解它，但这一次，我却好像是一个"风水大师"的样子，说："摆个鱼缸在这边，养几条鱼进去，'风水'就好哦！"

有风有水，有鱼有植物，有生命的呼吸和摆动，这难道不是最好的"风水"吗？

我的另一个朋友家里也养着几条鱼，每次一进门就能看到几条欢快自在的鱼在水里吐着泡泡，人的整个心便跟着欢喜起来。仿佛没有鱼儿，没有泡泡，没有水草，鱼缸就不是鱼缸，屋子就不是屋子似的。可是有一次，我再去，发现鱼缸里已有两条鱼翻了肚皮，没有生气的样子，我觉得既可惜又可怜："怎么这里有两条鱼成这个样子了？"

"不会养，快要死了。"

晕，不会养，你弄几条鱼进去干什么？

再过一些日子，又去他家做客，竟发现鱼缸里的鱼儿全没了。我问："这鱼缸里的鱼哪儿去了？是不是被你用来做鱼吃了？"

我发现我对鱼缸里有没有鱼这件事变得特别敏感起来。屋子里没鱼缸倒罢了，有鱼缸好歹养几条吧，别整个空鱼缸在那儿。本来好端端的一个屋子，因为那一个大大的空鱼缸显得颓败萧条，人似乎也跟着颓败萧条起来。如果有了鱼，那就好好养吧，别养得半死不活的。照料鱼如此慵懒，对待其他生命，对待他人，包括对待自己恐怕也会有些懒怠吧？

"少开玩笑了。不是我吃它，是我让它们吃死了——喂的食过多的缘故。"

"你完了，整个房子的风水全给你败了！"我挤对他，"趁早养几条金鱼，或可免你的灾，改你的运。"在生命的存在与消亡面前，我有点较真。

"好好好，知道你是'半仙'，过几天我买几条鱼重新养就是。"

我受不了鱼缸里没鱼的景况，就像接受不了池塘里没鱼，树枝上没叶，花上无瓣一样。我以为，生命原本应该是这个样子：枝上开满花，溪流里溢满水，天空飞着了快活的鸟儿……那才是生命，才是我们原本该有的鲜活的世界啊。

这样想来，我们的心不也是一个大大的世界吗？有鱼，有花，有风，有云……在那个空旷的心的世界里，总该装得下几件你一辈子该做的事，总该装得下几个你一辈子该爱的人。没有了这些该努力去做的事，没有了几个该努力去爱的人，你的心不就像那个大大的空鱼缸那样，空落落的吗？那样的话，即使你的生命再长又有什么意思呢？

耳有蛙鸣

有一次，朋友和我聊及失眠的话题。他说："曾经有一段时间为失眠所扰，尤其是下雨的夜晚，雨点四处击打，嘈杂而令人生厌，难以入眠。"

我说："下雨不是挺好吗？怎么会影响睡眠呢？"

朋友说："雨点太大，声音便大，搅了那份宁静，心便烦躁。"

我还是无法理解。在我长期以来的认知里，雨声永远是最美的声音，尤其是晚上，当世界静下来，雨点渐次洒落，敲于叶，敲于棚，敲于瓦，敲于窗。声音由缓而强，由缓而急；强似振鼓，急似瀑布。在那样寂静的夜里，只有雨的声音，风的呼号，静静地躺在床上，任风侵体，任雨入心。如此，便可与天合一。

我无法理解他所在的那个世界。想来，他也定是无法理解我所处的这个世界。事后，我问了许多人，大多说雨声大了会影响睡眠，即使不失眠，也常常会被惊醒。我才明白，每个人的确都处于与旁人不同的世界里。每一个人都有专属于他的声音，有专属于他的审美体系，有专属于他的心灵所求，旁人永远无法理解，也无法入内。

还有一个例子。我的左鼓膜是有问题的，凹陷进去，所以，左耳便患耳鸣。据我了解，所有患耳鸣的人都因耳里尖锐、长鸣不息的吱吱声而深受其害。那的确是值得理解和同情的：当万籁俱息，正要入睡，但耳里总是传出那样吱吱的叫声，扰乱了这片宁静，这份心态。于是，烦躁便起。长此以往，各种病患就因睡眠不足和心意烦乱而侵袭人体。不过，我却是一个另类——耳鸣从未给我带来困扰。那吱吱的声音的确不息于耳。然而，我却从未受其所扰。相反，久而久之倒是"随遇而安"了。我把它当成一串风响，一片蛙鸣。将睡时分，声音渐息。此时，一片蛙鸣于耳边响起，让我有了归于田园之感。那不绝于耳的蛙鸣声仿佛送来一片清悠的稻香。于是，便身处稻香的梦里了。

还有什么声音不能搅我清梦，可以伴我入梦的？且不说"雨中山果落，灯下草虫鸣"，单单是人流车响这类的尘世之音，只要不过大，在遥远的地方听来，都有一种朦胧的隔世之感。还有那绚烂的烟火声。过大节的时候，烟火冲天，声响异常。在别人看来，是扰了自己一份清梦；在我看来，却是一份祥和之声。烟火璀璨，照耀寒冷的夜空，再伴随着一阵阵冲天之声，绽放之声，在一个局外人听来，听出了喜悦与幸福的意味。你会想到，放烟火的人们此刻一定在相视，在相拥，在仰天，在长笑。那样的时刻该是多么美好，多么幸福。那样的一份份喜悦与祥和，通过一声声烟火传递给每一个人。如此，不是世间最美好的声音吗？

所以，声音于我，既是遁世之物，也是入世之声。倾听雨声，让我心归夜色；耳听蛙鸣，让我梦入田园；远听烟火，让我重归尘世……远可听天籁天梦，与天合一；近可听人情人事，分享幸福。我的出世与入世情结就这样通过声音统一了起来。因雨声、耳鸣声、烟火声、人语声而无法入眠的人，又何必为声音所扰？心有宁静，则永远不会被它们惊扰，惊醒，而是顺着它们去往另一个世界。

声音如此，生活何尝又不是如此？心有天籁，耳边自有蛙鸣；心有宁静，万物自然一片安详。

如是，方入恬淡豁达之境。

朋友并不是越多越好

认识什么人，交什么朋友，交多交少取决于一个人的动物本性。

有的人是鱼，成群结队，形成一个庞大的群体。这样，就能在弱肉强食的环境中生存下来。比如海豚，即使是最凶猛的鲨鱼，在海豚面前，也毫无抵抗能力。它们会把鲨鱼围起来，然后凭借着快速灵巧的优势用坚硬的喙撞击鲨鱼柔软的躯体和骨骼。再强大的鲨鱼，在海豚团队的攻势下都无招架之力，即使不是海豚，哪怕是最弱小无攻击力的小鱼儿，结成团队，也能形成一个很好的保护圈。因为，当敌人来临时，它们会立刻四散，让大鱼顾此失彼，小鱼从而获得逃脱的机会。

有的人是狼，具有很强的生存能力。但是，不论是力量、速度还是攻击力，都比不上虎豹。所以，它们需要结群，以便集体照应并协作猎敌。

如鱼如狼的人，想必都是信奉"多个朋友多条路"的交友原则，他们交友有一定的功利驱使——遇困境时有朋友相帮，遇猎物时可结伴围攻。

但是，有的人并不这样，他们选择了独居。比如老虎。虎是强者，少有生物能危及它的性命。它们无须通过同伴的帮助猎食。所以，它们不必结群，它的领地只允许它存在。

还有的人是鹰。它是独行侠，并不结伴而行，只在自己的天地里自由翱翔。它有自己的广阔天地。在那苍茫的天地间，它独自飞行，自在来往，无拘无束。它凭借着敏捷强劲的身手衣食无忧，生存无患。所以，它同样不需结群。

不论是虎还是鹰，它们都没有"多个朋友多条路"的交友原则。

那么你呢？你是愿意广交朋友还是离群索居？朋友对于你来说意味着什么？是用来保命、围猎，还是用作其他？

很多时候，功利性强了，未必能交到真正的朋友，因为没有人愿意你把他当成生存的工具和攀附的权杖。佛经里说：有友如地，有友如山，有友如花，有友如秤。意思是：把你当如花者，当你好看时会把你戴在头上，你不好看的时候就会把你踩于脚下；把你当如秤者，会权衡你的权势身份，然后决定是否跟你套近乎；把你当如山如地者，则并没有功利上的考量，你们的情谊只会如山固，如地广。所以，朋友并不是越多越好。你把"朋友"当花当秤，"朋友"自然会同等待你。所以，有的时候，朋友越少反而越真。

有的时候，朋友劝我："多出去走走，广交天下友吧，生活圈子别太狭小了！"

我却说："人多了，世界就杂了。在自己安静的世界里更自得，更能做许多有意义的事。"

的确，我的圈子没有那么复杂，我不必以功利的标准去择友，也不必参与那个大大的圈子里本不属于我的活动和事件。在自己的天地里，自己有着浅浅的自得。在那一片天地中，做着该做的事，既不平庸肤浅，也不野心勃勃。所以，我倒希望做一只鹰，它的天地很大，它的世界很广，它不用应付交际礼仪，不用应付人情冷暖。尽管它的伙伴寥寥，但它一样能成为天空的王者。

所以，有的时候，大可不必刻意去结交各种朋友。结交多了，一则世故，二则功利，没有几个人愿意真心待你，就像你从始至终未对别人推心置腹一样。与其表面敷衍，倒不如真心去结交几个知己。

如鱼如狼，还是如虎如鹰，全在于你对交友的认知。每个人都有每个人的活法。但是，不论哪一种活法，都别把朋友当成自己谋生的工具和攀附的依据。不然，别人也会这样待你——捧你时如珍宝，弃你时亦如敝屣。

冬日种菜

那个时候，母亲身子仍健朗，屋后有一大片荒地，母亲便垦了荒，撒种子下去。一年四季都是可以种菜的。这与我从书中得来的"春种秋收冬藏"知识全然不同。秋冬之际，天渐寒的时候，母亲把土铲松、抚平，将种子撒下去。然后，用细竹在地表轻轻扒一遍。种子被泥土覆盖，这样就不怕生禽啄食了。

我问："妈，天已经越来越冷，菜能种成吗？"

母亲说："我们这里是南方，气候条件正好。况且，我们种的这些蔬菜容易成活。"

没过多少日，果见菜发芽了。松柔平整的泥土里，柔嫩的芽满满的，如翠绿的星，充满着生机。

再过些时日，天气越见寒冷。风雨交加，每下一场雨，天便冷一分。可是，每次雨寒风劲时，青菜长势却越见喜人。一大片一大片厚实的叶子，在风中尽情摇摆。雨水沿着菜叶唰唰而下，把菜叶洗得更青翠。原来，这些可爱的小生命是喜风喜雨的。越是寒冷，生命力越是蓬勃。

如是，几个月之后，地里所有的作物都长熟了。而此时，恰值寒冬，我和母亲穿得厚厚的到地里摘菜。母亲摘青菜，茎壮叶肥；而我负责拔萝卜，萝卜深藏，从菜叶上分辨，我并不知根的大小。一棵棵被拔出，只见个个洁白浑圆，这便是最欢喜的时刻了。因为，我们有了冬天里最美的收成。

自从儿时与母亲种菜之后，我便知，冬季是可以种菜的，任何寒风寒雨的时候，生命都是可以健硕成长的。

如今，又是一个寒冬来临。我们早已无地种菜，可是，平日路过菜园，看着一株株肥硕的青菜时，仍心生欢喜。因为，我知道，不论冬天如何寒冷，不论风雨如何强劲，那小小的青菜都会迎风而生，沐雨而长。在那一场场风刀雨剑的摧残中，它们正经历冬天里最坚韧、最美丽的成长。

城里的人们，如果仍觉得冬日是不能种菜的，那就试着去种一畦青菜吧。因为，在那样的严寒中，我们种的是青菜，收获的却是生命的欢喜啊。

生命之河

学校出访马来西亚，从一所小学带回一首歌曲《生命之河》。这是那所学校里每一个孩子必学的一个手语舞。歌词大致如下：生命的河，喜乐的河，缓缓流过我的心窝。我要唱那一首歌，唱一首天上的歌。天上的乌云、心里的忧伤全都洒落……

歌词虽简单，却蕴含隽永之理。旋律动听，甚至似有纯净圣洁意味。因为喜欢，所以在网上搜索，想作进一步了解。然而，却找不出太多的信息，甚至，连我要找的那个版本都寻不到。带回来的那个曲子是童音版的，而在网上搜索出来的却是悠扬舒缓的版本。虽也动听，但却隐隐觉得少了点什么。

学校决定，让每一个孩子都学这个手语舞。歌词旋律简单易学，手语也不复杂。不到半节课的时间，孩子们便学会了。于是，每一次学校晨会，全校师生便同做这个手语舞。一千余师生，边唱边演，唱得动听，演得感人。"生命的河，喜乐的河，缓缓流过我的心窝。我要唱那一首歌，唱一首天上的歌……"欢快的鼓点，动听的旋律，切入灵魂的歌词，整个校园回荡着恬淡欢愉之喜，悄无声息地感染着每一个人，让灵魂也变得澄澈起来。

有一日，正做着手语舞，一个孩子回过头来轻声问我："老师，为什么这首曲子鼓点这么欢快，却掩盖不了那一份淡淡的忧伤呢？"

我一听，动作突然停下来，心里一震，原来，这首曲子有忧伤的意味！难怪我在网上搜索的那个版本如此不同，如此不让人喜欢，竟是这个缘故！舒缓的曲子不带悲感，清新喜悦；而童音版的鼓点密集，节奏欢快，却多了忧伤的意味……

我愣了许久，才说："啊，是的，有点淡淡的忧伤呢……或许，这就叫'悲悯'吧……"

是的，或许这就是"悲悯"吧？历经苦难，顿悟得道，便脱离了苦道，获得了永生的恬淡之喜。然而，细想，那一份恬淡之喜却夹杂着抹不去的忧伤。何故？世间苦难，众人多苦，心底会装下更多的人。心里念念不忘的不是一己之喜，而是世间之悲喜。于是，自己的喜悦便显得多么微不足道，显得不纯净，不透明起来。所以，世间便诞生了如"慈悲""悲悯"的大觉悟者。这首曲子，不论曲调还是作词，旨意都是劝人修一颗恬淡喜悦之心。"天上的乌云""心里的忧伤"并不可怕，只要唱一首"天上之歌"，生命之河、喜乐之河便会流淌至你心窝，心便恬淡、喜悦、丰盈起来。

想来，如《生命之河》一般，世间所有的欢快背后都隐藏着浅浅的忧伤。只不过，众生并不能彻悟罢了。为物而喜，为欲而欢，为名而争，为利而扰。不论收获多少，不论如何辉煌自满，都掩盖不了深藏于灵魂深处的那一份孤独与忧伤，因为，那些东西永远不是灵魂真正想要的东西。于是，在自己看来，人生得意了，尽欢了，可是，在灵魂深处的那个悲凉的影子看来，在真正的智者看来，他的一生弥漫着挥之不去的悲哀。

或许，人的一生，或多或少都活在自己的欢喜曲调之中，活在一片虚幻的欢快、虚幻的鼓点当中浑然不觉吧？然而，像那个孩童那样听出欢愉背后悲凉意味的人又有几许呢？寥寥罢了。这是何等的悲哀！

听一听《生命之河》吧，唱一唱《生命之河》吧！用心去听，用灵魂去唱。只有这样，你的蓝天才不至于阴云密布；你的心中，才不至于愁苦满怀。你会回归于一条平静的河流，那是最初的生命之河，是至恬至喜的生命之河。

智者寡言

小时候与人争论，喜欢辩个你死我活，且认死理，认为自己说的必然正确，容不得其他意见，如有意见相左，便会说"不信咱俩打赌"。这尚且"情节轻微"，荒唐的是，有时甚至会推搡起来。具有讽刺意味的是，不论如何笃信，不论争得如何面红耳赤，那些言论，到头来大多都被证明是错误的。

少年学习时，与人争论，言此题如何如何解法。在坚信之余还不忘嘲笑他人一二。而事实证明，越是较真的，往往错得越离谱。这样的性格，直至工作，才略有改观。虽仍然执于己见，但已经不那么盛气凌人了。

看着身边较真与执拗得过头的人士，略感悲哀。那人会认为，自己眼中所见便是一切了，为此，他不惜钻牛角尖，不惜冒着牺牲友情的风险与人争吵。争吵中，不仅不能明其理，反而越辩越混。不论旁人如何劝告，不论事实如何铁证，他都只认死理，局于自己的语境中，失了理性。这是一种认知上的悲哀。所以，长大后不喜吵架。不过，不知什么时候开始，倒不自禁地"好为人师"起来。

单位里有一些年轻教师，每逢他们要上比赛课时，都喜欢邀我相帮。于是，我倾囊献计。不过，许多次下来，发现不论我如何努力，都不能把我的想法完全作用于他，以至于没有达到期望中的效果。才明白，每个人都是一个完整的个体，每个人都有属于自己的一片天地，都有属于他自己的那一份独到的理解与感悟，强加不得，替代不得，改变不得。

从儿时到成年，再到工作，一点一滴地回想起来，明白有二：一是不论自己如何坚持，言语中都会有错；二是哪怕自己是正确的，也不可能把自己的想法施加于人。于是，不再像儿时那样争吵，不再像成年后那样固执，不再像往常那样"好为人师"，心便渐渐豁达起来。

老子说："大音希声。"庄子说："人籁为下，地籁居中，天籁为上。"人籁为丝竹之声，地籁为风吹窍穴之声。天籁，则听之不闻，视之不见，却充满天地，包裹六极。想必，那应当是一种心灵之声，一种纯净邈远之声。世人皆以人籁、地籁为喜，能闻天籁者凤毛麟角。音声如此，言也尽然。孟子说："人之患，在好为人师。"每个人总是认为自己言之确凿，都认为自己智慧通达，便尝试把自己的想法强加于人。于是，便有了庸人自扰的喋喋不休与世间无穷无尽的争吵之声。殊不知，真正的智者，似青山，似汪洋，沉稳、内敛、厚重。

少年心幼，壮年气盛，真正的智者应当是鹤发童颜、慈眉善目的长者。经历了人生的洗练，一切都了然。他已明白，言语过多无用，有则言，无则闭。哪怕确实需要讨论或劝诫时，他会看着远方，说："那青山，厚重，深沉，睿智……"他或许会轻言而止，或许会"顾左右而言他"。然而，看似寥寥，看似不着边际，却充满无尽的智慧。他需要做的只是拈花一笑，不必把话说完，也不必把话说透，更不必把观点强加于人，只留下无尽的哲理让旁人自行体悟。

我希望，在人世间行走的过程中，我也能寡言少语。不必多说什么，只是微笑，只是颔首，只是捋须。言语三两句，足矣。

终场哨

在教室里，突然听到楼下足球场上传来终场哨声。那是三声响，最后一声拖得长长的，似乎能把听哨人的心给揪出来。

是谁胜了，是谁败了？谁欢喜了，谁悲伤了？谁还想继续，谁还想重来？我不由得替那些素不相识的人忧心起来。

最听不得那样的哨声。看过数不尽的比赛，每到终场哨声响起的时候，都不忍心见那般景况。有的时候，自己在意的球队获胜了，心确确乎乎是欢喜的。但是，一旦瞥见球场上另一个角落另一番景致的时候，心便开始疼痛起来——他们在掩面遮泪，在跪地长叹，在相拥而泣……这个时候，不论多大的欢喜都会被冲淡，被浇灭。

你在想，为什么这个世界上一定要让悲凉与欢喜同在？为什么在球场上偏要如此紧凑集中地把悲剧和喜剧聚集在一起，形成如此强烈鲜明的对比冲突？足球场上，竟如同一个剧场。上面演绎的是一个紧凑的四幕剧。在最紧凑的时空内展现最强烈的冲突，冲击你的情感，冲击你的灵魂。

于是，你开始憎恨起那样的哨声起来。你不愿比赛过早地结束，你不愿结局过早地来临。那长长的哨声在撕破队员的心，同时也在撕破你柔软的心。

你在替别人担忧的同时，不禁想到了自己：我们自己的人生不也是一场长长的球赛吗？我们满心欢喜地走进人生的球场，满心欢喜地期待我们的表现，满心欢喜地享受我们的比赛，又满心欢喜地等待我们结局的来临……然而，当比赛的终场哨声响起的时候，我们才知道，一切未必尽如人意——一半是欢喜，一半是忧伤；一半是畅快，一半是疼痛。

那就是最残忍的终场哨声哟。

在我们那长长的人生中，也分为上下半场吧？或者，分为童年、青年、中年、老年这四节，在这样一场长长的人生竞技旅途中，我们尝尽喜怒哀乐，我们一边奋斗一边流泪。如同一场不可能不完结的球赛，我们的人生也是如此。当上帝吹响了那长而凄然的三声哨音时，一切都完结了。不论结局如何，我们都无法改变。

也许，你是一个胜利者；也许，你曾有过一丝欢愉。但是，当你目睹人生的悲凉，目睹戏剧里的悲剧角色从你身旁划过的时候，不论你有多大的成功，多大的喜悦，都掩盖不了背后那隐隐的苍凉。因为，你是一个柔软的、悲悯的人啊。

你想改变一切，想挽回一切，想拯救一切。可是，上帝那最后一声哨音早已响过，你只能无助地停留于人声的最后一个句点上。

想来，为什么终场哨声分三——一定是不敢相信的问号，惊讶慨然的叹号，最后是无奈悲凉的句号吧。

浮生一梦

　　小时候我常做噩梦，妖魔鬼怪不断袭来，惊扰本是平静的梦。后来，噩梦做多了，应付经验便随之而来：只要一做噩梦，"我"便会突然停下狂奔的步伐，然后就地而坐，闭上眼睛，坐等梦醒，因为"我"知道，这仅仅是一个梦。就那样闭眼坐着，再也不见怪物。于是，在那个阴魂不散的梦里，"我"获得了心灵的安宁。那是一种很奇妙的感觉，"我"清晰地意识到自己在做梦，"我"分明感受到两个"我"的存在。然而，我却不能唤醒自己。在那样的平静中，"我"迎来了梦醒的黎明。

　　这是"我"不能唤醒自己的情况，有的时候，"我"会努力唤醒梦中的我。由于睡眠尚浅，也由于对恐惧进行了抗争，"我"最终从噩梦中醒来了。在初醒的那段时间里，蒙眬的我仍然分不清梦境与现实。那阴森可怕的气息仍然弥漫在我周遭，使我觉得鬼怪仍然缠绕着我。那是一个梦境与现实交错的奇异世界。但是我知道，我已经醒过来了，再可怕的梦都将随之而去。

　　做梦也有欢愉甜蜜的时候。我会梦到甜美的爱情，曾经梦想的，世外桃源的，浪漫的爱情会光临我的梦境。我会与一个古典的女子邂逅，展开一段轰轰烈烈、可歌可泣、荡气回肠的爱情故事。有的时候，它还带着浅浅的忧伤，当我醒来的时候，眼角仍然挂着泪。躺在床上，我重新闭上眼睛，想重温那半是明媚，半是忧伤的梦，可是，那美丽的梦再也无法捕捉。我多么希望自己永远永远不要从那个梦中醒来。这样，我就可以永久地守候我梦中的人和梦中的情。可是，我终究还是远离了梦。那甜美的女孩，忧伤的爱恋，纯美的桃源，留在了我的梦境深处，永不见。

我在想，我的人生也是一个长长久久的梦吧，一半噩梦，一半爱情；一半疼痛，一半甜蜜；一半恐怖，一半忧伤。当我在生活中遭遇苦难与疼痛时，我如同经历了一场噩梦：恐慌着，挣扎着，逃窜着……一次两次，在那样的痛苦中，我以为遇到了人生中无法逾越的坎，于是，心灰意冷，枯槁颓败。可是，数次之后，我才发现，人生中所有的疼痛不过是一个"梦"——它们终究会有过去的一天。我终于明白，人生如梦。于是，一如对待噩梦一般，我会静静地守候黎明的到来。于是，心渐渐平静了下来，或者，如从梦中挣扎着醒来，我会尝试着振作起来，努力从困境与苦难中抽身，迎向人生的黎明。当成功地甩脱苦难之时，我喘一口气。虽然彼时痛苦犹在，阴云犹在，但我知道，我已面向光明，我心已静。

生活中，也有遇到美好的事，如成功，如幸福。虽不见梦中那样的女子，也不见梦中的桃源，但我心足够甜蜜。经历人生顺境之时，我喜不自胜，忘乎所以。可是，数次之后，我心重归平静。因为我知道，欢喜亦如梦，再美好的梦都会有醒来的那一刻。明白此点，我知道，我要做的事有二：一是平心对待；二是尽可能地挽留我身边美好的人，美好的事和美好的情，让他们不至于过早地从我梦中离开，让他们伴我走过长长的旅途。如此，才不负人生。

浮生若梦，梦如人生。生命终究不能永恒，梦境亦然。不论疼痛还是欢喜，一切都终将落幕。于是，我释然：不论梦魇还是佳境，一切都须以一颗平常心待之。如此，才能长享真实、宁静、恬淡而又美好的人生。

归去来兮

　　每一天，我们走过长长的街道，经过曲折的小路，拐过许多路口，到达我们的目的地，然后开始了忙碌的一天。在那一天中，我们经历繁忙与重压，经历成就与失败，经历欢愉与悲伤……历经所有之后，我们原路返回。重新拐过许多路口，经过曲折的小路，走过长长的街道，如同时光倒带一般，重复我们曾经的动作，回到当初的起点。到家后，说："我回来了。"

　　"我回来了"与每天早上说的"我出去了"两相照应。我们知道，不论走过多少路，不论出去多久，终究是要回来的。

　　不过，并不是每个人都能真正"回来"。在那长长的一天中，我们很多人会失去许多珍贵的东西：有人为了某个目标变得世俗与功利起来；有人为了某个欲望走上一条不归路；有人为了前面的征程舍弃至亲至爱；有人为了铜臭与权势割断彼此维系过的纯真美好的情感……

　　还记得《爱心树》里的那个男孩吗？在儿时那最美好的光阴里，他与树结下了纯真美好的情感。男孩每天都会跑到大树下采集树叶、荡秋千、吃苹果、捉迷藏、睡觉……可是，随着小男孩长大，他渐渐失去了年少时的那颗心。他不再爱那棵大树，他向它索取一切——他取走苹果，砍掉树枝，砍断树干，让曾经深爱过的大树只剩下一截枯槁的树墩……当画面定格在那个年迈的"小男孩"坐在那个残存的树墩上时，我们的泪再也控制不住。我们唏嘘，那个孩子已经回不去了，那段简单质朴的情感回不去了，那段美好的时光回不去了……

是的，一切都回不去了。

当有一天，我们自己也面临这个问题的时候，我们会痛心不已，追悔不已。然而，一切都来不及了。电影可以循环，时光却不能，它不能倒回到我们纯真善良时，不能倒回我们那简单质朴的情感，不能倒回我们最美好的人性人情……

我们何不珍惜当下呢？每天上下班走过长长的街道，经过曲折的小路，拐过许多路口的时候，我们何不想想：如何经历？如何行走？如何对待？想明这些，我们在人生的旅途中行走时才不至于失去太多，不至于迷失太久，才能在傍晚回到家的时候发自内心地说一句"我回来了"。

那一声"我回来了"是真正的"回来"。你未曾丢失，未曾迷失，也未曾丢弃任何一个人，任何一份情感。你还是你，你爱的人还是你爱的人，你们的情感还是既有的那份纯真美好的情感——你只不过是出去走了一趟。当你"回来"的时候，一切安然美好。在那一刻，你才明白，你已获得了人生真正的归宿与圆满。

听　风

朔风劲，天气寒。某一日，心血来潮，邀几个朋友去徒步。

我们所往的是市郊的一座高山。出发之时，正值清冷的早晨。北风烈烈，沾着清晨的寒气，吹得人脸生疼。从山脚出发，沿着山路曲折向上。路虽不艰难，却蜿蜒盘旋，看似遥不可及。为了缓解旅途疲惫，一朋友拿出手机，放起了音乐。周围很静，音乐声很大，给徒步带来了热闹欢快的气息。一路上，大家一边听音乐，一边调侃，好不热闹。

渐行渐远，至一拐角处时，只见一个七八岁的女孩在一中年男子的牵引下向我们走来。

"叔叔，你们好！请问可以把音乐关掉吗？"小女孩开口说话了。声音很清脆，婉转如莺啼。可是，我们却发现，她的眼睛似乎什么也看不见。

"小朋友，你的眼睛……"

"嗯，我的眼睛看不见。可是，我能听见声音。叔叔，你们听，这儿的风声是不是特别好听？"

在小女孩的请求下，朋友把音乐关了。音乐一停，我们才发现，自己已经身处一个风的世界。先前沉迷于音乐，沉迷于聊天，虽听得风声，却并不仔细。这里的风似由各路之风汇聚而成，于此处形成一个大大的风堂。朔风凄凄，松涛烈烈，如劲风吹旗声，又如簸箕筛谷声。耳边是那数不尽的风鸣风动。再看看四周，我们不得不嘲笑自己的木然——居然没有察觉到此处的风景与来时已大有不同：老木纵横，树干或巨大，或笔直，或奇崛……此地，此树，既葱茏又略带阴森，仿佛一古朴的森林，难怪风声到了此处变得异常奇特。

我们不自禁慨叹起来。许久，我们才想起小女孩说的话。

我问："小朋友，你经常来这儿听风的声音吗？"

小女孩正要开口，旁边的中年男子说话了："你们好，我是她父亲。这孩子自小患病，在很小的时候就失明了。可是她很喜欢声音，风声、雨声、鸟声……大自然里所有的声音她都喜欢。所以我常常带她各处走，听听各地的声音。走了这么多地方，孩子最喜欢这里。她说，这里的风声最美，仿佛是从天的最高处吹下来的。于是，一有闲暇，我便带她来这儿，听听风声。"

"叔叔，这里的风声比你们放的音乐好听一百倍。你们一定也会喜欢的！"小女孩说这一句话的时候，脸上抑制不住喜悦之情，就像浸了雨的花瓣。

突然间，我隐隐觉得：孩子之所以把我们叫住，绝不仅仅是想让我们把音乐关掉，让她静听风声，而是想将这样的天籁与我们分享，将她心中那一份看不见的欢喜与我们分享。她一个人在自己的世界里听风声听得太久，太孤寂了，以至于她渴望有哪怕一个人能理解她内心那份独有的愉悦与恬淡。

事实上，我们也是一路听着风声走来的，可是，我们只专注于流行音乐里的喧嚣，只专注于琐事的调侃，却忽略了耳畔的那一片宁静，那一份至美。

我们谢过孩子，继续上路。在去往山顶的路上，我们再没有开音乐，甚至说话都轻如蚕食。我们在尽情享受一路风声，一路静美的同时也在享受着小女孩那颗喜悦与恬淡的心。

人生何尝不是如此呢？我们所见，未必最好；我们所闻，未必最美。只有内心的那一片宁静与恬淡最真实，最芳华。不要被那一份喧嚣与躁动迷了我们的灵魂。

人生如听风，听听那风声吧。

心灵的邂逅

夜晚，附近楼里传出一阵音乐。曲调缥缈空灵，穿透沉沉夜色，像月光一般，柔柔地飘来。细听，原来是新世纪音乐。平时不听流行乐，更不听摇滚，因觉此音乐与自己平和的内心需求相背离。所以，对于音乐的喜好全投于新世纪上了。这样来自远古的声音，来自天空最高处的曲调，仿佛能叩击灵魂的深处。然而，熟悉它的人并不多，喜欢的人更少，所以平日里并无可交谈之人。

于是，渐渐有了孤寂的感觉。可是，在这样宁静的夜晚，居然能邂逅如此的音乐，让我有了惊喜之感。于是，我在痴想，那是怎样的一个人？喜欢这样音乐的人的内心一定纯净、祥和吧？或许，还是一个多愁善感的姑娘，她也会与风交心，与花同悲欢吗？呆呆地立在阳台上，四处张望，想听听是从哪栋楼、哪间房传来的。可是，月色如水，风声飘忽，只听得曲声，却辨不清方向。

接连数日，每到夜晚时分，这样的音乐都会突然飘来，让我满心欢喜。曾有一次，我穿着拖鞋急急下楼，循着声音寻去，在一栋楼前停了下来。然而，那曲声戛然而止。我呆呆地立在楼下，痴痴地张望，不知该走向何方。蓦地，我不由苦笑一声：相逢何必曾相识，又何必执着于听曲人是谁呢？

于是，每晚曲子响起时，我都会立于阳台，不再执着，不再追寻。我知道，在这个小区里的一角，有一个与我一样的人与我同在，这使我不再孤单。这样想时，心里便有了浓浓的暖意。

生活中，常常有美丽的邂逅。一段音乐，一缕风，一朵小花，往往会突然撞进你心灵的空间，既让你猝不及防，又让你喜不自胜。

楼下有一方小菜地。说是菜地，其实也是一个小小的百草园。楼下人对本是荒芜的土地进行简单翻整，然后在里面种起菜来，小青菜、辣椒、葱花是主角，杂草虽是配角，但配角却日复一日地增多。于是，觉得这是处丑陋不起眼的百草园。有一日，突然发现小园里居然多出了一株茉莉。也不知是自生自长，还是楼下有心人刻意栽进去的。因了这株初生的茉莉，有一段时间关注起这小园子来。每日上下班皆要瞅瞅花开未开。但花儿始终不露，也便把盼花之心放下了。觉得杂草众多，茉莉长势不好，恐怕不会有开花之日了吧！可是，忽一日，天寒之时，我偶然一瞥，却惊奇地发现，它竟然开出了洁白的花瓣。一朵，两朵……虽寥寥，却清丽惹眼。花瓣白得纯净，白得彻底，还飘出沁人心脾的芳香，似一片流香的云。旁边还有几许未绽放的花苞。在这颇高的草丛中，这些小花俨然入夜空中的繁星，闪出淡淡的光芒。蓦地觉得，这片百草原由于茉莉的存在而变得高洁雅致了起来。于是，"百草园"这个名号在我的心目中也变得高雅了许多。

于不经意时，见一朵花开，心里不禁十分欢喜。于是，每天上下班时分，多了份顾盼与眷恋。曾经几次想采撷而去，却于心不忍，于是，留得花枝在，让它日日伴我出门，夜夜伴我入梦。

　　我惊觉，原来这个看似不起眼的小区却藏着如此美好，只是先前并不用心，才导致错过了许多美丽的邂逅。一如生活，繁杂如斯，每个人皆忙活于世事，却未曾想，每一天，自己都会与一段音乐、一朵花、一缕风进行一场美丽的邂逅。于是，我们的心便蒙上了厚厚的尘埃。我们，也便生活于尘世的迷雾中了。

　　想明至此，便更努力地用心去寻觅生活中的美丽。花繁花落，风起风息，水流水歇，让它们都跃入我甜甜的梦中，荡涤我那浮躁的灵魂。

　　如果有一天，你也与它们邂逅了，请不要惊动，不要执着。你不必知道音乐人在哪，不必让花儿离开枝头，也不必挽留头顶的那片云。让那音乐恒在，让那花儿恒开，让那云恒飘。它们是你我最美的梦。

为生活的音符驻足

那一天路过学校，音乐教室里传出了琴声和师生的歌声。琴声不断，老师带着孩子们一遍又一遍地唱着歌曲。其间还有指导，还有玩笑，曲声悠扬，气氛融洽。脚步突然停了下来，就那样，被声音吸引住，再也动弹不得。

我双手握住铁栏，头贴着栏之间的缝隙，使劲向里张望。教室在几棵树的后面，看不真切。门是闭的，窗是开的。不能见教室里的任何情况，只能听见声音。想看情形却不能，虽有遗憾，但并不见得是一件坏事。往往，隔着些距离，反而更具审美意味，更值得去遐想。

于是，我在想，老师，一定是和蔼可亲的吧？她这时候一定在微笑地看着孩子们。孩子们，也一定是天真而可爱地看着老师，或许，还会有个别淘气的孩子在小调皮。老师一定是满心愉悦的——从歌声可以听出来，或许她的工作是繁忙的，或许她的生活是艰辛的，但我想，此时的她一定是喜悦、幸福的。此时她的世界里，只有面前的这群可爱的孩子们。孩子们也一定是喜悦的吧？因为，我小的时候上音乐课就是满心欢喜啊。跟着喜欢的人在一起，听喜欢的歌，唱喜欢的旋律，一定就是最美妙的事情了。

这样想时，心里便沾染上了他们满满的喜悦与幸福。仿佛自己回到了二十多年前，仿佛自己正坐在那个小而简陋的音乐教室里，仿佛自己正听着老师在那架陈旧的风琴前弹着曲子，仿佛自己便是面前不远处的那个教室里的其中一个……

就这样，站着，遐想着。久了，反而没有了先前要进去的念头。

他们并不知道有我这么一个局外人存在，我却知道，有这么一群可爱的人在。

一阵悠悠的歌声，竟让我静立良久，满心喜悦。所有的情感与记忆之门，都因那简单平常的音符叩开了。小门深处，儿时的记忆，昔日伙伴的记忆，可亲的老师的——向我走来，翩翩着，踏出一路歌声。

小小的生活，原来处处充满了喜悦，处处充满了音符。

常怀一颗宁静的心，生活的音符也会因你而驻足，喜悦和恬淡便会长驻你心。

做一个世界上最愚笨的人

不喜欢挤公交车，也不擅长挤公交车。车还未停稳，一群人便随形而动。车门打开，人们蜂拥而进挤，唯恐落后。其实，很多时候，车上有的是空位。只不过，人们习惯了这样的一种生活方式。他们不争心里便不舒坦，他们觉得，凡事若比别人慢一步，便会失去许多宝贵的东西。我则不然，生性是一个木讷的人，不擅抢先，不擅争利。在生活中，凡是遇到排队、争先、争利之事，我总是落于人后，不与人争。等他们上完车后，我才优哉游哉地上车。有坐则坐，无坐则站。往往别人挑剩下的，我视若珍宝。比如，车上，或是其他的公共场所，角落的座位没人要，我却选定了它，因独喜那份远离喧嚣的宁静。

不知是不是书看得多了，人便有些傻气。自小受到书里价值观的影响，做人处世，总是以别人的角度出发，为他人着想，为他人谋利。于是，自己的所得与所失便顾得少了，看得轻了。比如，不喜占别人便宜，不喜受他人恩惠，别人多找了钱，我决不肯据为己有；别人帮上自己哪怕一点忙，自己便浑身不自在，想着如何十倍地偿还。

可是，却未曾想到，别人从不这样想。买东西，我多付了钱，别人却偷偷地收下了；我帮了别人的忙，别人却一脚把我踹开；我与人为善，他人却与我为恶……于是，心里便常常有了凄楚之感。

常想，为什么自己固守的那份做人理念和价值取向却容不下这个时代，容不下这个社会。难道，我终究注定是这个时代、这个社会的异类？我终究要被这个时代、这个社会淘汰？

单位里的评先与争利，我也从来避而远之。能力在，荣誉获得不少，领导也曾多次欲提拔重任。然而，生性不是那种追名逐利之人，于是，在利益面前，在物质、地位诱惑面前，我从来没有去争取过。以至于，至如今，我仍然一无所有。没有金钱，没有名利，没有地位。想来可悲，觉得自己是世界上最愚笨之人。

不要以为我是一个没有进取心的人。相反，年少的梦不少，一直以来的努力也不少。然而，我错在，总是天真地认为，一个人只要通过自己的才气、能力与努力便能获得属于自己的成功。然而，智商上的缺陷还是注定自己失败了。我并没有懂读这个社会。我不知道，要想成功，除了才气、能力与努力之外，还有许多重要的东西。

当我明白这些的时候，似乎已经晚了。不过，感慨唏嘘之余，心里很快便坦然了。尽管至今仍然一无所获，但是，内心还有一份浅浅的追求。那份追求很简单，就是写写文字。想通过文字认识一些真诚的人，一些善良的人，一些与我一样愚笨而没有心机的人，与我一样不善争利之人。也想通过文字来传达我落后的世界观、人生观、哲学观。我想，既然我是世界上最傻的人，那我的文字也一定是最傻的。说不定，这样一份傻气，会让我的文字成为独特而另类的风景线。文字的世界很纯净，很简单，没有那么多功利，没有那么多名利，没有那么多势利。我想，那样的世界才适合世界上最愚笨的人生存。

天下之人，熙熙攘攘，为利而来，为利而往。而我，却始终是个不追名，不逐利的愚笨之人。明白自己的秉性，心里便踏实，便心甘情愿地一辈子做个傻子。也罢，在这个庸庸碌碌的红尘俗世里，不论天下万般利诱，我都不动心，不浮躁，不妄动。随心而行，随心而动。失去的，是物质与名利；收获的，却是一份淡泊，一份宁静，一份坦然。

就这样，做世界上最愚笨的人吧。我想，这样的名号，总该没有人与我争了吧？

我是一只飞过你窗前的鸟

蓝天，白云，一只鸟划过，从我的窗前划过。

它扇动着柔柔的翅膀，翩然，优雅，曼妙。似惊鸿一瞥，倏地出现，倏地隐去，只在我心湖留下一道浅浅的涟漪。

窗是我的框，蓝天白云则是我框里的画。蓝天白云是底，飞鸟则是画中之画。那苍茫辽阔的背景就是为了一只飞鸟而存在的。静止的时候，了无生趣；当一只飞鸟划过，画面便有了流动之感，于是有了"生"的趣味。虽然仅仅是短短的一瞬，但鸟儿每天都会光临我的窗，每天都会光临我的生命。一日一日，相继而来，成了生生不息的生命画卷。

于是，我的窗前便有了这样一幅生命的、流动的、不息的画。

有的时候，鸟会落在我前面不远处的楼顶上。它扭动着小小的身躯，摆动着灵活的小脑袋，砸吧砸吧嘴，还扇动一下小翅膀。更多的时候，它只是在定定地瞅着我。瞅久了，便会尖叫几声，很急切的样子。见我无动于衷，它会突地一下，振翅飞走。一只过后，另一只又来了；另一只来了，再一只又来了。只只复只只，串连成不息的叫唤，不息的眼神，不息的身影。

我不知道，它们为什么每天都要出现在我的面前，为什么每天都要那样瞅着我，为什么每天都要那样朝我鸣叫。我不知道，它要去往何方，它会领略多少美丽的风景，它会遭遇多少风吹雨打，它会在哪一片云朵上停歇，它会在哪一个终点落脚……对于它，我的脑子里写满了问号。

每一日，我都坐在那个黑暗的、小小的屋子里。那样的眼神，那样的叫唤，那样的身影不断地串联起来，出现在我脑海里……我想，它们必是在唤醒我，与它们一同飞去，它们要我像它们一样，飞向自己的远方，飞向自己的风景，飞向自己的生命高空吧？

它就是那个莅临我生命中的哲人？

一直认为，每一个人的生命中，都会有一位属于他自己的哲人降临。哲人会给予他启迪，给予他智慧，给予他全新的生命。然而，并不是每个人都会明白那个哲人的暗示。对于一切未知的暗示，对于一切哲理性的暗示，许多人都被厚厚的尘埃遮掩而迷失了心，因而变得麻木和无动于衷起来。

我想，为什么那些鸟儿长期以来飞过我的窗前，光临我的生命，一定是这样的原因了。

想明此点，我决定振翅飞去。我要飞向自己的远方，飞向自己的风景，飞向自己的生命。我会像它们飞过我的窗前一样，也飞过别人的窗前，也画出一道优美的弧线。我在追逐着前面的身影，同时，也留给自己的身影让别人去追逐。

在这样的追逐与被追逐中，我要飞向生命的制高点。

亲爱的你，不要忘记，有一天，我会经过你的窗前。到那时，我会立在你窗前那片最嫩的叶子上。我会望着你砸吧砸吧嘴，会望着你扇动翅膀，会望着你尖叫……不要疑惑：为什么我每天都会出现在你面前，为什么我每天都会那样瞅着你，为什么我每天都要朝着你鸣叫……当你无动于衷的时候，我会突地一下，振翅高飞，划过你窗前的那幅画，滑过你的心湖，留下一道浅浅的涟漪……

于是，在那样朦胧的生命悸动中，你会被我的靓影牵挂。

亲爱的你，总有一天，会和我一样，远离你的窗前，振翅起飞，飞向广袤的蓝天，飞向属于自己的生命高空。

天空中，你我相视一笑，并翅翱翔。在苍茫的蓝天下，在辽阔的草原上，在柔软洁白的云朵间，就这样，你我一起，飞往下一个人的窗前……

登山的境界

弟子问师父："我欲云游参学，并向众生宣讲佛法，不知可否？"

师父说："你现在的修行还不够，先去爬一爬那座山吧。"

"师父，我自小就在这跟您修行。那座山我不知爬了多少遍，为什么现在还要再去爬呢？"

师父一笑，说："当你看到与儿时不一样的风景的时候，便是圆满之时了。"

他决定一试。

第二天，他回来了。弟子说："师父，我从来没有爬到那么高的地方。儿时，我只在山脚徘徊，看到一些花花草草便满足了。然而，这一次，我爬到那么高的地方，才明白，原来山上有如此奇妙之景。师父，我现在可以远行了吗？"

师父微微一笑，说："不行，还远着呢。你再去试试。"

这一次，他沿着昨日足迹往上攀登。到了昨日登过的最高处，已无可登之路。他想，今日所见，与昨日并无不同。难道要往上，才能看到不一样的风景？可是，向上便是悬崖峭壁，如何能上？

思忖过后，他决定，冒死攀爬而上。

两日过后，他疲惫且伤痕累累地回来了。但是，他脸上却很高兴，说：“师父，上面的植物并不繁多，也不奇妙。可是，云雾在山间缭绕，恍若天境。这就是师父所说的‘不一样的风景’吗？”

师父微微一笑，说：“不，还差得远呢。你再去试试。”

他顾不得疲惫与伤痛，再次前往。三日过后，他回来见师父。弟子一脸平静，说：“师父，我决定留在这继续跟您修行，直至圆满。”

师父拈须一笑。

许多年之后，师父圆寂，他下了山，云游讲学，最终成了一代高僧。

有一天，他跟他的弟子说起那时登山的经历：每一次登山，我都只注意脚下的风景，却从未想过上面还有更妙的景致。在山脚，我以为见到的奇花异草已是稀奇之物，却从未想过，山间的云雾更为神奇；登至山腰，见云雾缭绕，恍如天境，却不知自己已被云雾所迷；而当登至山顶，遍览天下，才明白，何谓真正的“境界”。于是，才真正明白自己的渺小，才不会满足于曾经所见之景，才会向着更高之境勇猛迈进。

观　世

谁也不知道，他是从什么时候开始在这儿的。她只知道，他已经在这儿很久了。其实，她也在这里很长时日了。他知道。

这样想来，谁也说不清楚，是他先在这，还是她先在这。

他刚强，沉稳，厚重，深沉，不喜动，不善言，不张扬。所以，这么大个子一动不动地立在那，显得有些木讷和愚钝。他只是站在她旁边，看着她。

不过，谁也不知道他是不是专程守在这儿看她，守护她的。因为他还看飞鸟、晨曦、游云、落日，似看风景，又似看人。在看人和看景中，他得到小小的满足，所以，谁也不知道他这一生意欲何求。

这样想来，他竟是个无欲无求之人了。

她柔软，灵动，曼妙，张扬，喜动，善言。在他旁边，她总是不断地说些什么，或是唱些什么，声音悦耳，如铃似莺。谁也不知道，她是不是因他而言，因他而唱。只知道，那一份份音乐柔情似水，洁白若云。

可是，她在他身旁待不长久，甚至仅仅是短短的一瞬。说过，唱过，便走了，只留下一段声音在他耳畔回响。

不过，第二天，她又来了。第三天，她又来了……

谁也不知她因何而来，因何而去；谁也不知她为谁而言，为谁而唱。只知道，一来一去间，一言一唱间，她获得了生命的意义。

他兀自在那儿，她兀自来去。他们形同陌路，又似彬彬之君，寡言志却合。

一刚一柔，一静一动，一阳一阴，形虽不同，质却一致：本真，质朴，坚毅，无欲。比起世人的奢欲奢求，他俩的要求简单得多。所以，他们冷眼观世，不动声色地向世人传达万物之道。

可是，世人愚钝，尘埃迷心，没有人在意他们的存在，即使是看，也隔着一层薄薄的纱，所观并不真切。于是，他俩默契地相依相偎，达成了一个共同的约定：你在我便在，你亡我便亡。我两一起，看世人，看世相，直至世人梦醒，直至天荒地老。

他是青山。她是绿水。

为你落一片叶

南方，即使是冬天，也少有树落叶。行走在大街小巷上，是一种乐趣：一路行走，一路青翠；一路风景，一路生机。

也有枯的，石榴树便是一例。见前方不远处，一棵并不高大的石榴树已褪去叶子，只留下一树残枝。不过，叶子未褪尽，仍有几片将坠未坠的叶子挂于树梢，颤颤巍巍地在寒风中抖动。我想，毕竟还是有生机。于是，疾行前往，观赏这"一息尚存"的枯树。

行至树下，见得分明。几片大大的叶子挂于树梢。多半已枯黄，只有一两片尚存绿色。于是心想，哪怕只有一片也是好的。

可是，猛然醒悟，这根本不是此树的叶子！石榴树的叶子何来如此之大？再一细看，果然如此。原来，它旁边立着一棵高大的梧桐。是它把叶子落在小小的石榴树上，让它看起来还有一丝生机。

突然间，立于树下，仰望着那棵大树，木然发呆。

一棵树，高高地守护着与它相依相伴十数年的矮小卑微的树。在它最无助、最艰难、最凄寒的时候，有一个高大的身躯，厚实的胸怀守卫在旁。

一片叶，哪怕凋零，也要落在石榴的头上，为它枯槁之躯添上一抹绿色，一抹生机。

一片绿叶，也不安分地挣脱下来，盖在石榴的秃顶上。这样，叶既可以仰望大树，又可以给石榴一丝温暖了。

大树，石榴，因了这叶，便有了牵连与挂念。

我不知道，它们彼此之间是一种怎样的关系。不过，我却知，我曾经也享受过母亲那只宽大的手和温暖的胸怀；我却知，我曾经享受过某人的挂念与温存；我也知，我也试图如此陪伴过想陪伴的人。于是，我们便在爱与被爱，挂念与被挂念，牵连与被牵连中维系着我们人类说不清道不明却刻骨铭心的"情"与"爱"。

一棵树，当有了牵连与依附，便拥有了芳华；一棵树，与同伴离得远了，便失了芳华与生的意义。

树如人生，叶如人情。

我要为你落一片叶，我想。只有这样，你我才会构成寒冬里最温存的一道风景。

不必抢一个坏苹果

小时候难得吃一次水果，每一次，母亲买回水果后，我和哥哥都抢得很凶。他年长，力气和反应能力都比我好，所以，我常常抢不过他，难得的几次"胜绩"也是母亲尽力劝解的缘故。

有一次，我在屋门口迎着母亲。母亲刚进家门，我便从菜篮里抢先拿了一个又大又红的苹果。可是，未拿稳妥，哥哥便从身后蹿出，一把夺走，抢了我的苹果，还把我的胳膊撞得酸疼。我使劲哭，还紧紧地拽着母亲的衣角，母亲不忍，冲着我哥说："这么大个人了，还不懂让着弟弟！"

一番训诫之后，哥哥才舍得把手中的苹果放下，转身离去。那个鲜红的苹果我失而复得，抹了把泪，把苹果洗净，跑出屋外，一大口咬下去。

在我还未来得及享受这份刚到手的喜悦时，失望和沮丧感扑面而来：苹果肉是坏的。再咬下去，仍是如此。我尽力掰开，才发现苹果已烂透。外表看不出任何异样的大苹果，没想到，里头竟烂成这般。

这时，不论是先前的难过还是之后的喜悦，种种心情都不复存

136

在，失落感弥漫我心。捧着那被掰开的两半苹果，我呆呆地出神。

隐隐地，我懂得了一个道理：有的时候，你拼了命去抢你认为的好东西，其实只是一个坏苹果。

从那时候开始，我逐渐长大。我知道，人生中有太多的东西，不值得我去争夺。该争的争，不该抢的不强求；该是自己的就是自己的，不该是自己的，抢到手也会变质。甚至，我们还会丧失与"苹果"相比更珍贵的亲情、友情和爱情。于是，我开始懂得谦让，懂得放手，懂得不再执着。我明白，如果一个人把争夺当成一种习惯，一种根深蒂固的病态，那他就已经丧失了人格和人生，他得到手的，只会是一个烂透了的苹果。

拈花一笑

在我面前有一尊佛像——仅仅是一个头部，额大耳，眼睛紧闭。尽管如此，这尊佛像仍能让人感到他的安详。这尊佛像与苍生，与世间显得格格不入，人来来往往，路过佛陀，未睹一眼，只在循利而往，循名而去的匆匆中度过浮躁一生。

我不知道，我面前的这尊佛像为什么是闭着眼的；也不知道，为什么世间大多佛像也都是如此。是他在入禅静观，还是不忍睹世相昏昏？苍生蝼蚁，执迷不悟，于是，佛把眼闭上，由观外转而为观内吧？当佛陀把眼闭上的时候，我们的这个世界已经妖魔纵横，乱象横生了吗？所以，菩萨便低眉，而金刚却怒目，以便保护这个濒临破碎的世界？

在这个茫茫世间，执于名，执于利者芸芸。佛在世间观了千万年，法旨也传了千万年，可是苍生至今不悟。于是，悲而悯之的佛陀轻轻把眼闭上了，世人究竟给佛陀之心带去多大的冲击，以至于让佛不忍观苍生？我在想，佛是会否流泪？当他闭眼观世，睹悲苦乱象之时，是否会有一行悲悯、无奈、痛心之泪从眼角滑落？

我静静地看着佛陀，佛陀也在静静地看着我。只是，他并没有睁眼看我。他没有给我任何佛的启示，只是在用心传示：闭眼静听，你也会观世，观心，从而顿悟。我了然，虽然佛陀闭上了双眼，但是他仍在静静地宣讲佛法，能听者便有悟性，便能得道。原来，在人世间，佛虽闭了双眼，但一直未离我们远去，从未抛弃芸芸众生。喧嚣之世，自有无数僻静之角，在那一隅又一隅，总有一尊佛像默然而立。法相庄严，双眼微闭，在入定，在观照。

车水马龙，人嘈车响。看着这尊佛像，忽然觉得：越是喧嚣，我的心反倒越是宁静了起来。忽见，闭眼的佛陀竟缓缓睁开双眼，身体四肢也渐次显现了出来。他坐在一朵莲花上，手轻轻上举，拈着一朵花，朝我微微一笑。

一墙之隔

已过立秋，持续的高温仍然没有止歇的势头。这天傍晚，倒是喜人地起了一阵大风。毫无征兆地，说来就来了，像是受到沿海台风的影响，它来得如此剧烈，如此畅快。所到之处，吹沙撼树，有不可挡之势。屋子里，门窗被吹得乒乓作响。再过片刻，雨点渐次洒落，顷刻间，凉意袭人。我索性把门窗全部敞开，让凉气一拥而入。

我终于盼来了与风雨一聚的机会。

看这样子，强风急雨应该能持续一阵子。可是，令人失望的是，没过多久，风停了，雨止了，随着风雨远去的，还有屋子里的阵阵凉气。它无情地离开我和我的屋子，追寻风雨匆匆而去。这短暂的风雨并没有给屋子带来根本性的转变，又重新回到暑气逼人的状态。探头窗外，却发现室外暑气荡然无存，一片清爽。

屋内屋外两个世界。

一墙之隔，本是如此近的距离，却让我觉得自己距离风雨如此遥远。它在窗外尽情游走，我却无法将它纳入，我没有抽身去室外享受它的清凉，只是一个人呆呆地坐在屋里发怔。

　　我终于明白，世界上的许多人或物看似很近，其实却很远。远得你觉得能够与之长久相伴，但到头来却发现此生此世你永远无法与之走近，就像我面前的风一样，听得见，摸不着；想留住它，它却倏忽而去。它匆匆而来，匆匆而去；不为我来，也不为我去。尽管我如此中意它，如今，却只能留下无尽的想念和怅惘罢了。

　　其实，我知道，我与它的距离仅仅是一墙之隔罢了。只要我毅然跨出那个屋子，便可与它相伴，不留下任何遗憾。

　　这就是所谓的距离了。

　　想来，世上多半的距离都是一墙之隔。而归根到底，那一墙之距，便是一心之念。你与你喜欢的人，喜欢的事，是近是远，全取决于你的一念之间。犹豫了，便错过此生；跨出去了，便可与之相伴。

　　大概，这就是为什么世间会有分分离离之故吧。

花开花落两由之

赶在春节前买了水仙，选了个古色古香的小花盆，置于我的书桌上。加入浅浅的水，然后放芽。芽是经催过后的鳞茎。置入水中，再放几粒精致的鹅卵石，固其根茎，也作装饰。于是，就安心地等着它叶长和开花。

天气寒冷，白天把它置于阳台，晚上则收回。倾旧水，换温水，以便它能在夜里舒适暖和。一而二，二而三，芽日日见青翠，夜夜见高长。没过多少时日，花苞终于从长长而青翠的叶中吐露出来。青黄稚嫩的苞，一颗两颗，每日越见增多，每日越见喜气。

过年时，花终于开了。加了她洋洋的喜气，年味更足。静女其姝，选水仙而养，正是看中了它此点品性。静静地立于书桌之上，它为我单调的书房带来暖暖的亮色。如此，既不显冷清，又不至于像牡丹那样热闹张扬。

性之所至，对于花的喜好自也不同。每日于桌前读书写字，喜盈盈地看着它，心生怜爱，不忍多闻，更不敢触碰。它非凡中物，自碰不得凡人手。也不愿把它置于窗台。一因温度高，花期短；二因窗台景俗，不愿屈它之身。

我小心翼翼地呵护着，然而，它的生命终于开始走向终点。那一朵朵蔫黄的花，低低地垂着，不甘而又无奈地向命运屈服。每天看着一朵又一朵地枯黄，每天看着一朵又一朵递减，心有凄恻，却无力挽回。终有一天，它败尽了，只留下一簇不堪入目的"草"。曾经的静姝，曾经的淡雅，曾经的高洁，终不复存。

一年生草本植物，命运终归如此，虽令人唏嘘，却只能看着它如此终老。

不过，水仙花后，是百花起时吧？这样想时，心里便有了虚假的宽慰。

花开花落两由之吧，我想。也是，人生何处不春花呢？

你是谁的小提琴

喜欢乐器，因为觉得乐器是有性格和情感的。

我曾经以为二胡是一件悲凉的乐器。拉的人悲凉，拉的曲子悲凉，拉的情致也悲凉。在我的印象中，拉二胡的都是老头，坐在那黑暗的巷子里，咿咿呀呀地拉着二胡，也不知拉的是什么曲子。但是，不管曲调多么不着调，曲声里都透着凄凉，拉的情致也悲凉。最能代表二胡这个乐器的人是阿炳。他在那看不见的世界里，拉着自己的辛酸凄凉，曲子也悲凉。

《二泉映月》《病中吟》《长江水》……能听得人落泪。哪怕哀而不伤，郁而不绝，哪怕孕育着不甘和孤愤，曲声里的悲情都永远掩盖不了，即使再优美舒缓的曲子，经二胡拉出来，听着都像是带着哭腔。所以，一直以为二胡而悲。但是，有一次在现场听乐手演奏《赛马》，才彻底地改变了对二胡的认知。那种在草原上纵情的奔驰，那种汪洋恣肆，那种淋漓尽致的生命奔腾，就连对马儿的描摹都如此大开大阖。我第一次听出了二胡骨子里的欢腾与喜悦。

才明白，一直以来对二胡存在偏见，它只是用它的悲情掩饰蓬勃的内心和对生命的向往，不让外人知，只让知己晓。

小号是一件恢宏的乐器，铜管乐器都是阳光乐观的，那一身漂亮的金色就是它们性格的表象。小号就像一个潇洒的小伙子，身形漂亮，歌喉高亢嘹亮，不知疲倦地唱着动听的歌。《凯旋进行曲》《西班牙斗牛士进行曲》《马刀舞曲》……或激昂，或战斗，或勇敢，无不体现着帅气小伙子刚强、勇猛、率性、豪爽的一面。可是，如果你看见一位小伙子在血红的夕阳下吹奏一首曲子，你会发现，不论他吹的是什么，听着听着，你都能听出空荡、孤寂和苍凉的意味来。所以，就像二胡一样，小号也是一种把心事隐藏起来的乐器。在众人面前，它表现出阳光和微笑。可是，一到了夜晚和孤寂的时候，它就会独自忧伤，独自哭泣。

这样想来，所有的乐器都有它自己的情绪，都有它缠绵的心事。

最喜欢的乐器是钢琴。它庄严，稳重，你不知道它的性格是像二胡那样凄凄，还是像小号那样坚强。它可以并且擅长表现所有的情绪，不论恢宏如钟，还是婉转如流，不论欢快如歌，还是悲伤如泪，它都能把情感演绎到极致。所以，真不好概括钢琴的性格是什么。如果非要作个描述的话，那就把它理解为丰富、深沉和细腻吧。那样不显山不露水，不张扬又不内敛，的的确确是作为一个庄严稳重的王者形象存在的。所以，如果做人，最好还是做钢琴。

有的时候，又希望身边有一个小提琴作为知己，柔情似水，情意缠绵，才色俱佳。钢琴是王，那它必然是后了。它一定是穿着欧式宫廷礼裙的红粉佳人，身形似柳，眉目溶情。不论是发声还是行走，都充满着古典情致和温婉之姿。但是，它的内心绝不单调。它也有浓烈似酒的情思，也有月光如水的夜曲，还有浪漫激情的狂想曲。浓烈似酒，温婉如水，奔涌若海。不论它如何变化，骨子里都是"水"做的。

所以，男人要做就做钢琴；女孩，要做就做小提琴吧。每一个女孩，都在期待自己钢琴王子的到来；每一个男人，都在用一生的时间寻找自己梦中的小提琴佳人。

那么，你又是谁的小提琴？或者，你又是谁的钢琴呢？

找个理由去看球

我们圈里有一个女性朋友，平常不看球，但到了世界杯期间，总会与我们凑热闹，一起看球，一起聊球。有的时候，我们不能熬夜看的球，她却执意半夜爬起来，第二天，眉飞色舞地跟我们说起昨晚的赛事。

世界杯是个空前的盛会，它能把所有的人都聚在一起——不论是球迷还是非球迷。有的时候，那些非球迷的激情甚至会盖过真正的球迷。所以，有的人说，世界杯是个伪球迷的节日，他们会不明所以地去看，会不明所以地去崇拜和狂热。

世界杯四年一次，数着看世界杯的日子，竟是数着自己的流年。没看几次，人已经渐渐老了。一回首，才发觉年少时一起看球的那些伙伴渐渐走远了。

读书的时候，寝室没电视，更没有电脑，我们会偷偷地溜出去看球，回来时少不了被训责。有一次，一个家境不错的同学不知从哪弄来了一个近乎小型电视机的稀奇东西。深夜，我们一堆人围在那小小的屏幕前看球，周围还有啤酒和零食。那个时候，不论是懂球还是不懂球的，都来凑一份热闹；懂球和不懂球的，全跟着歇斯底里地喊。

这就是年少时的青春，年少时的轻狂。

时至今日，身边依然有这样一些爱凑热闹的人：有不懂球的男同胞，还有几个女性朋友。有的时候，喝着几瓶啤酒，球没踢完半场，朋友便醉了，躺在椅子上半睡。等到进球了，我们把他摇醒，他才起来跟我们一起欢呼。

这是一种很有趣的场面，也是一种很温馨欢快的场面。平常，我们很少有这样召集朋友狂欢的机会。世界杯给了我们一个这样的理由。所以，我们一旦逮住这样的机会，就拼命闹腾。其实，世界杯的比赛不像欧冠，难得有几场是真心好看的，大伙就图个热闹而已！

世界杯四年一次，看着看着，人就老了。所以，趁着年华，多找点方式，和你的朋友聚一聚，聊一聊，闹一闹，这就是一种生活的方式啊。比如，我不会做菜，但是，我总嚷着："嗨，星期天我们到某某家做菜、聚餐啊！"我不会做蛋糕，却嚷着："嗨，我们一块来弄个蛋糕！"也不知，到头来弄的东西究竟能不能吃。

谁管你是内行还是外行，谁管你究竟是来吃的还是来玩的！开心就好，爱生活就好。人生，是需要一点理由，需要一点借口来为我们的生活加点盐，添点醋的。这样，我们才是一个懂生活的人啊。

走一条自己喜欢的路

与朋友出游，见大路旁有一条细长的坎。我突然兴起，弃大道而走上那一条长长的坎。我把手伸向两侧，以保持平衡。朋友见我颤巍巍的样子，便说："怎么突发童心了？当心摔着。"他提到"童心"，让我突然想起，自己小时候就是这样，总是喜欢走不寻常路的，喜欢另辟蹊径。

读小学的时候是20世纪八九十年代，城里的路不好走，除了少有的几条公路，其余的都是小道。比如，田间路、池塘路、山脚路……其他孩子上下学走的都是大马路，而我选择了田间小道。小伙伴问："为什么不跟我们一起走大路？你那样多费时！"

我说："小路好玩。"

的确是这样的，田间路充满了野性和趣味。除了庄稼，路边长满了野草、小花和刺丛，还有我吃不尽的野草莓。夏天荷开，池塘里大大的荷叶，粉红的荷花也成了我手中的把玩之物，还有那一路的蛙鸣和蟋蟀的鸣叫也给我带来无尽的乐趣。在曲曲折折的田间小路上，我不知耗费了多长时间。我只知道，走过了一个又一个夏夜。其时，虫鸣在脚，星星在天。

读师范的时候也是如此，学校外是广阔的乡村田野。寻个空闲的日子，走田地，钻树林，摘花草，成了我的乐趣。看着那些河道似的弯弯曲曲的小路，心也会跟随着去很远的地方。周末回家，别人走平坦大道，我则选择乡村小路。路很坎坷，在上面骑着单车，哐当哐当作响。走得艰难，心却异常宁静和欢愉。

我现在住的小区，路也不止一条，深夜回家，我选择一条没有灯光的林荫小道。两旁的树把头顶遮得严严实实。清风在耳，明月在天。披着一身月光，踏着一地落叶，走在那样寂静的小路上，能听得到心跳的声音。朋友问："走这样幽深的路，你不怕吗？"

我说："是有点吓人。不过，正因为它吓人，所以这样才更有意思啊。"

时至今日，我走路依然不规矩，以至于朋友说我"童心未泯"。跟朋友出游，他们一般不让我发表意见。他们知道，如果让我作决定，就会走一条"非常"之路，他们会跟着遭殃。他们视我为"异类"。

他们说："你为什么有大道不走偏选小路？"

他们会说："那条路太难走了。"

他们会说："当心弄脏了你的鞋。"

凡此种种，理由都无懈可击。我不与他们争，只坚持走自己的路。因为，在择路这个问题上，我从不在乎它的曲直，也不在乎它是捷径还是坎坷。我只知道，要选择一条自己喜欢的路。那一路路的野草小果，那一池池的草响蛙鸣，那一缕缕的月光，岂是大道能比？那样行走，或许费时，或许坎坷，或许幽深，但是，选择自己喜欢和信仰的东西，总得付出一些"代价"吧。

我不反驳朋友，只跟他们说，路，并不是越大越平坦越好。如果大家都挤上一条光秃秃的大马路，那就俗气了。为了自己喜欢的路，走长一点，曲折一点，艰难一点，又有什么关系呢？

开水白菜

生活应当是这样的：早上起来，你第一眼看见她熟睡的脸。你轻轻下床，不惊动她，也不惊动一只蟋蟀。洗漱过后，你出了门，在社区里小跑，呼吸第一缕清风，身披第一缕阳光，问候第一只麻雀。

当你回来，发现她已做好一家人的早点。你也不必谢她，匆匆吃过，就去上班。

白天，你要做日复一日相同的工作。但是，你却能不断弄出新意来。因为你知道，你得发挥你的聪明才智，得不停歇地努力，一家子才能因你而幸福。漫长的工作日，就因为你的信念和辛劳变得充实和有意义。

虽然有时工作中难免有不如意的事，但你也能泰然处之。人际关系，能解的解；工作问题，能处理的处理，剩下的硬骨头，就当生活给自己的一个教训。生活就像一杯茶，一杯咖啡，不带点苦就不是味儿。

你不会把一天的烦恼带回家，不会让一份不悦变成多份。你倒是特别留意这一天内的欢喜事。哪怕是别人对你的一声问候，一句赞赏，一个玩笑，哪怕是你在回家的路上看到两只狗在谈恋爱，你都会回来与你爱的人分享。喜悦的事，分而为二，为三，就是多倍欢喜。

饭当然是由她来做。因为在这方面，你实在不在行。吃过饭，你们可以干点别的。或是散散步，或是坐在一块儿吃吃零嘴，看看电视；或是问问家里人想干什么，你们都可以去做。在那之后，等月亮爬得高了，你们就伴着月光安然入梦，憧憬着明天的生活。

到了周末，你们会精心安排你们的活动，或是分头行动，见见各自的老朋友；或是全家出游，找个渔庄，听听身后的流水，看看头顶的桃花，吃吃河里的鱼，喝一两杯小酒，既是放松，也是享受。

我们的生活没有那么复杂，没有传奇，没有轰轰烈烈，没有惊天动地，有的只是平淡，简单，朴实。

在四川，有一道传奇名菜，叫开水白菜。这道菜后来成了招待外宾的"国宴"。清汤盛在白净的碗里，里面搁着几棵白菜心，一星油也看不见。谁都以为那是最寡味的一道素菜。可吃在嘴里，味蕾却因此全部绽放。你会把这道菜惊为人间绝味。白菜开水，秘诀就在那看似不起眼而又丰富细腻的"清汤"里。汤汁是这道菜的精髓，也是魂魄。

生活就像白菜开水：一天开水，一天白菜，日复一日，永不停歇。不会生活的人就是把开水弄成开水，把白菜弄成白菜，抱怨着生活；会经营生活的人，却能把它烹调成美味佳肴，恬淡而幸福地享受着。

我们不是天才，不是伟人，也不是小说中有神圣光环的主角，我们没有那么多传奇经历。可是，我们有我们自己的生活。踏实，自足，善良，这就是属于我们自己的食材。能不能烹调出开水白菜这道美味来，就看你有没有一颗恬淡自得的心了。

一场风的负意

习惯来到那一家早餐店用餐。有一次，我跟老板说："老板，争取把这家店做成百年老字号吧。这样，我就可以一直在这里吃了。"

老板笑笑，说："好，好！"

但是，没过多久，有一天早上，当我再次经过这家餐馆时，却发现店门关了。门上没有留字条，不知是家中有急事，还是有停业。再过一阵子，店铺装修，店名更换。我才知道，它已经易主了。为此，不免一阵失落——我在这家店用餐已经多年，怎么能说没就没了呢？当初老板不是"答应"我要一直开下去吗？

一个人在失意的时候，总是一厢情愿地认为对方不能负己意。实际上，或许对方根本就没有许过诺。我知道那一句"好，好"仅仅是为了我善意的玩笑而回应的客气话。

虽知如此，但我依然不能释怀。

想来，世间最不可接受的，恐怕就是"负意"了吧。

不论是朋友之间的，还是爱人之间的，甚至人与其他种类之间的，负意都是一道深而又看不见的伤痛。

比如，小时候，有个小伙伴不断地说起他过生日的情形。末了，他说："到生日那天，我叫上你吧。"顿时，你满心向往，可是，到了那天，他几乎叫上了所有人，唯独缺了你。

还比如，有人会说："过年时，我会送你一张精美的贺年卡。"可是，到那一天，你却两手空空。也不知道，他是有心伤害你，还是无心让你难过。你只是在一个又一个负意中历练，成熟。渐渐地，你成为一个比他还世故的人，或许这时候，你也学会了对别人"负意"。

最残忍的负意是在谈恋爱的时候。你们一见钟情，信誓旦旦，山盟海誓，可是到头来，终究有一方负意了。什么"山无棱，江水为竭，冬雷震震，夏雨雪，天地合，乃敢与君绝"，什么"执子之手，与子偕老"……相爱的时候，他念的比唱的还好听。到头来，那终究不过是《诗经》里最美丽、最虚幻的甜言蜜语。这时候，你才明白，爱情誓言是人生当中最不可信的许诺。不然的话，世间怎么会有那么多痴男怨女呢？

几经等待，几经风雨，跨越了许多疼痛，你才得以脱胎换骨。可是，到那个时候，你也已经老得差不多了。

我们的一生，就是这么一个负意别人与被别人负意的过程。

甜着甜着，就疼了；疼着疼着，就老了。不过，不论我们如何疼痛，不论我们如何老去，我们依旧怀念青春年少时的场场负意。仿佛没有那些，人生就不完整似的。你不愿相信那是一种残酷的现实；你不愿相信，那一场风花雪月仅仅是一场梦；你仍然坚信，那个伤你的人，最初的本意并非如此，他依然爱着你。

盛夏时节，期待一场凉意。有一天，突然起了风，天黑云暗，风疾树摇。我以为要下一场雨。可是，令我失望的是，那样的云语风响，终究是一场虚幻。它对你许了一个美丽的诺言就走了，留下你一人孤单。于是，你在等待着下一场与风雨的相遇。夏天的天气，总是那样捉摸不定，你根本看不透它的心思。有一天，又等到一场风。你满心欢喜，来到室外，准备迎接着夏日的第一场疾风骤雨。然而，等了很久，它依然只是说："你等我，我会来的。"就这样，它让你在又一场等待中留下一道伤痕。

正如经历爱情那样，没有人愿意相信那是谎言。我也不愿去怀疑那一场风的善意和初衷——大多数爱情的初衷，不都是美好和真诚的吗？我只好给自己一个安慰：她一定是有什么苦衷才会与我擦肩而过。

每一场风至，我都欣喜异常，哪怕它最终离我而去。我想，即使结局并不完美，能享受一下凉风的吹拂，享受一时的凉意，我就可以心满意足了。

所以，不要让什么伤了你的心。世间大多人和物的初衷，其实并没有恶意。我们需要的，就是保持我们那颗乐观喜悦的心。

没有什么东西是永恒的，负意也不例外。就像夏天的雨——终归有一天，它会来的。

Part 3： 母亲是守护屋角的檐

如果说，孩子是墙角那朵羸弱残缺的小花，那母亲一定是头顶上那片宽大厚实的檐。她挺起了孱弱的身躯，为孩子遮挡一生风雨，为他盖住一世风霜。于是，那个小小的角落里，再没有风雨，没有寒冷，没有阴暗，有的，只是一世的温暖——那是母亲暖暖的檐。

母亲是守护屋角的檐

2012年10月12日，《中国梦想秀》第四季开播，一位女士走上舞台，她展示的才艺是弹奏自作的钢琴曲。原创钢琴曲，许多人为她的才艺而赞叹。不一会儿，琴声响起。可是，令观众感到意外的是，琴声稀松平常，甚至不成旋律。更令大家诧异的是，还未听个明白，曲声便终了。

主持人也不禁疑惑，问："为什么只有这么一段呢？"

她显得极不自然，面露尴尬，两手还不自觉地拉拉衣角，半晌，才支支吾吾地说："其实，我一点都不喜欢音乐，也没有音乐细胞。但是，为了儿子，我学了整整十年的音乐……"

这个女士叫郑亚波，是一位单亲妈妈。她有一个十五岁的儿子。可是，这个孩子刚刚上五年级——他是个智障孩子。

十五年前，孩子出生了。对于一个女人来说，这是一生中最快乐幸福的时刻。可是，这样的快乐和幸福仅仅伴随了郑亚波四个月。四个月后，孩子被检查出脑积水，随后引发智障。接下来的两年，孩子一个词、一句话也不会表达。丈夫是个医生，他告诉妻子："这是一个几乎无法治愈的病，你放弃治疗吧。"

可是，她并不认这个理。强大执着的母爱促使她走访全国各大医院，求助于各地专家教授。可是，所有的专家都告诉她："这是不治之症。趁着年轻，你还是再生一个吧。"郑亚波心里被重重一击，她心里一直燃着的那点希望几近破灭。更残酷的现实是，在孩子四岁那年，因为她的执着求医，家里的积蓄已被掏空，生活窘困，丈夫因此离她而去。

郑亚波呆呆地立于雨中，茫然不知所措。她感觉，自己就像是树梢上那片最孤苦无助的叶子。

不过，它未曾坠落。风雨的摧折反而让它更加坚强。郑亚波坚信孩子终究会好起来。多方走访后，有一天，她从一位钢琴老师口中得知，教孩子弹钢琴或许可以开发孩子智力。于是，她毅然给孩子报了钢琴课。可是，仅仅第一天，孩子就被"开除"了。老师说："这孩子我教不了，你还是另请高明吧。"郑亚波苦苦哀求，老师还是没有收下他。

于是，她继续寻找钢琴老师。不过，每一次，孩子都被老师"退"了回来。孤苦无助的她心想，试着学一学钢琴吧，兴许我能成。于是，对音乐"一点都不喜欢"的郑亚波，"没有一点音乐细胞"的郑亚波，从未触摸过钢琴的郑亚波，年逾三十的郑亚波，开始自学钢琴。一下班，她就看钢琴教学视频，她一点点地学，然后一点点地教。

在她的爱心与坚持下，孩子从一无所知到对键盘了如指掌。渐渐地，孩子的琴技越来越棒。同时，他的智力也有了起色。七岁的一天，他弹完琴后，居然发出了"妈……妈"两个音节。说得异常艰难，可是，妈妈却听得异常清晰。

"孩子，你叫我什么？"

"妈……妈……妈妈……"虽然仅仅是两个音节，可是，郑亚波兴奋极了。她从来没有那天那样欢快，仿佛经过了漫长的黑夜，终于见到太阳，触摸到了温暖。

孩子一日好过一日，表达也日益清晰。有一次，在妈妈因被抢劫而痛哭时，孩子学会了安慰："妈妈不哭，我再给你买一个手机。"顿时，妈妈破涕为笑。被抢劫的痛苦烟消云散，两千多个日夜的辛酸苦楚烟消云散。她等待的，就是儿子今天这一句温暖的话呀！回忆起往事，回忆起孩子成长的轨迹，她的脸上绽放出从未有过的灿烂的笑……

这时，孩子走上舞台，他很礼貌地与主持人和现场观众问好。在与梦想导师周立波的交流中，可以看出，他的表达基本已经无碍了。母子俩共同表演了一个节目，叫《亲爱的小孩》。孩子弹奏，母亲唱歌。孩子手指翩翩，好看极了，琴声悠悠，没有一丝停顿。母亲展开歌喉："亲爱的小孩，今天有没有哭……"旋律愉悦，却不免夹着一丝悲伤。

音准和音色都平常极了，可是，那声音却有着别样的感染力。母亲唱得极动情。两千多个日夜的辛酸，孩子的不幸运仿佛都含在了她的歌声里。灯光下，只见她泪水涟涟。旋律高处，情至深时，母子合唱，歌声愈见感人。看着母子的表演，所有的观众都流下了感动的热泪。

母亲已泣不成声，琴声依旧不断。

最感人的一幕出现了：孩子奏完最后一个音符，他竟然起身，为母亲拭去脸上满满的泪。手掌反复，泪未止，手未停。手掌翩翩，宛如刚才弹琴时的翩翩指法，像极了花丛中起舞的蝶。孩子越抹，母亲泪越见增多。最后，儿子只得紧紧地把母亲搂住，久不分开……

"就算全世界都放弃你，妈妈也绝不放弃你！"妈妈说。

是的，当父亲抛弃他时，当钢琴老师抛弃他时，当所有的人都抛弃他时，却依然有一个最爱他的人守护在他身边，容不得任何人伤他分毫。如果说，孩子是墙角那朵羸弱残缺的小花，那母亲一定是头顶上那片宽大厚实的檐。她挺起了孱弱的身躯，为孩子遮挡一生风雨，为他盖住一世风霜。

于是，那个小小的角落里，再没有风雨，再没有寒冷，再没有阴暗。有的，只是一世的温暖。

那是母亲暖暖的檐。

母亲的花田

春暖花开，绿遍山原。母亲从房子里出来，心有所感，于是开始干了起来。房子四周是一大片荒草地。翻新过后，她在土里种下一粒粒瓜子。过了几日，土里长出了嫩嫩的芽，翠绿翠绿的，充满了生命的欢喜。

除了工作和种地，母亲把所有的时间和精力都放在了儿子身上。可是，儿子变了，变得并不领情了。往常，母亲回到家，他总会立刻扑进母亲怀里，欢快地嚷着。可是，自从发生那次事故后，他完全不一样了。每天从早到晚，他只是呆呆地坐在墙角，什么也不说，谁也不理，就像一块坚冰，浑身散发出令人窒息的气息。

可是，母亲依旧带着最甜美的笑容回家，尽管这孩子目不视物——是的，他几乎什么也看不见。前不久，他的眼睛才被判了死刑。也就是说，不论如何努力，不论如何治疗，他的眼睛都不可能被治愈了。现在的他只能分辨出微微的光，那些强烈的光线，色彩鲜明的物体，他大约可以看出轮廓。也难为这孩子了，从出生开始，他便被确诊为白内障。支撑到今天，也算是奇迹。这大多归功于他的父

163

母。十一年来，他们为他的眼疾劳心费血，奔波四方，耗尽家财，最终仍然无法治愈。尽管如此，母亲仍未放弃希望，而一直反对治疗的父亲没有勇气继续如此"无意义"的追寻，终于在一个风雨交加的夜晚决绝而去。

母亲独自支撑着这个破碎的家，为了生计，为了孩子，她只得早出晚归。每一次回家，她都疲惫得不堪入目。谁也不知道，她在外面干了些什么——孩子更不知道。母亲回来，孩子依然面对墙壁，冷冷地道："要我干什么？我就是个没人要的瞎子！"

母亲紧紧地抱住他，控制住泪水，道："孩子，妈就是你的眼睛……"

母亲知道，孩子的生命和意志已经如他那日渐消亡的目光，如果再不为他做点什么，恐怕她将会有一生的遗憾。

那一天，她见屋外春暖花开，生机勃勃，于是，有了辟荒、种植的念头。她要种出世界上最大最美的花田。

辛劳了一个多月后，她种下的第一批苗已经现蕾了。翠绿的叶子和那星星一样的花盘每天都向着太阳转动，像是跳着一支生命的芭蕾。又过了一个月余，已经有花开始绽放了。当夏天完全来临的时候，屋前屋后开满了金黄的向日葵。所有的花儿，都朝着太阳升起的方向，吹奏着夏日里最响亮的生命之歌。一日复一日，随着时间的推移，开花的地方逐渐扩大。第一批种下的开花了，第二批种下的也陆陆续续开了……最后，那饱满的花盘开遍了整片土地。

有一天，一位游客来到这个地方，目睹了这一片金色的花海，不禁啧啧赞叹。孩子的母亲恰好也在这里。

他问："这一片花田真美，是你种下的吗？"

"是的，这是我为我十一岁的孩子种下的。他需要一片向日葵。对于他来说，向日葵就意味着一颗永远朝向太阳的心。"

他静静地看着那片向日葵，夏风中，花儿轻轻摇摆，芳香四溢。

母亲等了这么长时间，终于等来了这个机会，她不能错过，于是，她动情地恳求道："我种下这片花田，是希望人们能来看看它们，看看我的孩子。你能带更多的人来看看这片花田，看看我的孩子吗？如果他不能感受到这个社会的温暖，恐怕他一辈子都要生活在黑暗中了。"这位艰辛而可敬的母亲把他孩子的遭遇跟那位素不相识的人谈起。从出生说到治疗，最后说到孩子父亲的离去，说到自己的孤苦无助……

绿遍青原花满山。

七月，是旅游的旺季。如母亲所愿，那个陌生人把这个消息告诉了他身边的每一个人。一传十，十传百，最后，所有的人都知道了这个消息：在遥远的小小村庄，有一片如海的向日葵花田。来的人一批又一批，他们的足迹遍布整片土地。其中，还包括许多与那孩子同龄的小伙伴，还有那些和向日葵一样青春的大学生。他们来这里，并不仅仅是为了看花田，更是为了看那个深居黑暗中的孩子。同龄的孩子为他带来音乐，带来同龄人数不尽的话题；那些青春的大学志愿者们，则把他带到他们的活动与游戏中去。

自从父亲离去后，孩子第一次迈出那个黑暗的屋子，他第一次看到花田。那是母亲的花田。

浩瀚如海的、金黄的、芳香四溢的向日葵花田。隐隐地，他看到了。他看到了那强烈的光线和鲜明的色彩。还有，向日葵旁那张久违的母亲的脸。

他冲上去，紧紧地搂住母亲。他很久很久没有这样长时间地搂过他的母亲了。

一亩花谢后，另一亩花起；一拨人走后，另一拨人来。花谢花开，人和花永远没有完结。孩子明白，不论身陷何种黑暗，总有看不见的人和看不见的爱一直陪伴在他身边，告诉他：活下去。

我老死后，谁来为你做饭

1

朋友约好吃饭，可临时有变，他来不了了。于是，饭局作罢，我只能回到家中。

母亲正坐在大厅里，见我回来，她一惊，说："怎么这么早就回来了？不是与同事吃饭吗？"

我说："本来约好的，可临时有变，取消了。"

"吃饭了没？没吃我赶紧做。"

"还没……"我话还没说完，母亲便张罗起来。她起身之后，我才发现她的晚餐竟是一小碟青菜，一盘豆腐和一碗米饭，饭菜早没了热气。在这个空荡荡的大厅里，母亲竟这样独自面对一份冷饭冷菜。我不由得鼻子一酸，说，"妈，你怎么吃这个……"

母亲用"习以为常"的口吻说："平常你在外面吃饭的时候，我都是这么吃的。一个人，吃不了多少东西。"话里那么随意，那么不经意。

母亲忙碌开了，我却满心凄楚，在我许许多多个外出吃饭的日子里，母亲竟这样孤零零地坐在大厅里，面对着这样的冷饭冷菜！

心里似有一把刀，一刀一刀地剜着我的心头肉。

2

从那以后，我尝试着带母亲外出吃饭。可是，母亲吃得极少。有时还说，这菜做得不怎么样。她却不知道，朋友请客，挑的是这一带最好的饭店。

带母亲前往的次数并不多，因为我们常喝酒，母亲在一旁并不好。所以，有的时候，我只能单独带母亲外出用餐。可是，大多数情况下，母亲总是说："还不如自己做，自己做饭好吃。"于是，带母亲外出的时间便越来越少。

可是，我在外的饭局并没有减少。每一次吃饭的时候，我都想：母亲那饭菜凉了吗？她还是吃那简单的白菜豆腐吗？

我狠狠地骂自己，自己在外大酒大肉，可母亲却在空荡的大厅里独自凄凉。

3

母亲常说，一个人吃饭没什么意思。母子俩吃饭要好一些，但还是有些冷清。于是，为了图个热闹，在母亲六十岁大寿那天，我叫上了许多人。

饭店里，每一个人的脸上都溢满了笑。觥筹交错，祝福声不断，母亲的脸上也露出了笑。

这是我第一次为母亲举行这样隆重热闹的庆生会。

回到家，我问："妈，这一次够热闹吧？"

母亲微微一笑，说："难得你有这样一份孝心。热闹是热闹，就是感觉有点累……对了，那个坐在我旁边的叫什么名字？"

祝寿会上，我已经为母亲一一介绍了，可是，毕竟人多，母亲记不住。于是，我又一遍一遍地为她介绍。

末了，她去洗漱。转身时，她嘀咕了一句："这么多，真难应付！"

我心里一惊。我不知母亲口中的"真难应付"指的是人名还是人，只是，细细回想起来，才察觉，今天母亲所有的话语与笑声都是那样勉强，那样艰难。

原来，母亲一直忙于"应付"，她只是为了成全我的那颗心。

4

母亲常说，饭店里的菜既贵，又不好吃，还不卫生，以后少在外面吃。自己做的饭菜多好。

我问："什么是最好的饭菜？"

她想了一想，说："就是你能一扫而光的菜。"

为了让我"一扫而光"，母亲总是问我："你喜欢吃什么，今天做什么？"

我总是说："就青菜吧。"

她说："别整天吃素菜，营养会跟不上的。"她反复询问，见问不出我什么来，便自己琢磨：今天吃什么，明天吃什么；中午吃什么，晚上吃什么……

她常常为我的食谱伤神费心。

尽管我的的确确只想吃点素菜，可是，母亲总是不信。她总想给我做最好的菜，总想让我吃到世上最好的东西。

曾经有一段时间，因不想母亲过度费神操劳，我故意不吃荤菜。看着剩下的大盘大盘的肉，母亲便焦急地问我："这样的饭菜也不合胃口吗？究竟什么样的饭菜才是你喜欢的呢？"

有一天，我下班回家，经过菜市，见母亲呆呆地立于市场中间，整个人似乎没了魂。我慌忙过去，问："妈，怎么了？"

母亲焦急地说："我都不知道该买什么菜了。好像这样你也不吃，那样你也不吃……一个上午过去了，我什么也没买到！"

我心疼痛不已，在那个人流如织的菜市场里，我不敢想象母亲那苍老瘦小的身躯在人群里来来往往地挤了多少次，我不敢想象母亲在一个又一个摊位前观看、挑选、询问了多少次，我不敢想象母亲要承受多少奚落或斥责，我不敢想象母亲操劳、焦躁、忧虑了多少次……

此时，站在我面前的母亲，竟是如此苍老，如此憔悴，而原因，仅仅是为了她儿子的"食谱"！

有一天，她责问我："我已经老了，你还不赶紧成家！等我死了以后，谁来为你做饭！"母亲滑下两行泪，落到我眼里，滴进我心里，如刀似箭，刺进我心底那最不堪一击的角落。

一条哭泣的牛仔裤

城里的孩子，谁没有过一条心爱的牛仔裤呢？男孩女孩，只要穿上一条浅蓝色的牛仔裤，那就是百搭裤了。这样，不论穿上什么衣服都好看。可是他，却从来没有过一条百搭裤。为此，同学们对他没有什么好感，其实，就是觉得他有点土。

他想，只要有一条和大家一样的牛仔裤，他就能和大家一样，是个十足的城里孩子了。可是，家里条件并不好，妈妈舍得拿出这些钱来吗？他想来想去，有了主意。

有一天，上体育的时候，他拼命地练习跳跃运动，并且不断故意摔倒，到最后，他干脆一屁股滑倒在地上。最终，他如愿以偿——屁股磨坏了一个大洞。同学们哈哈大笑。可是，他不在乎，一想到回家后可以请求妈妈给他买一条牛仔裤，他的心里就美滋滋的。

"妈，我的裤子破了一个洞。我想要一条牛仔裤，可以吗？"他说这番话的时候心里不知有多高兴。他从来没有因为衣服破了一个洞而这么高兴过，从来没有因为摔疼而这么兴奋过。

"来，我看看。"妈妈温柔地说，"这洞还不算大，妈给你补一补吧。"

"我想要一条牛仔裤！同学们每人都有一条牛仔裤。"他发了疯似的叫了起来。随后，竟然开始了哭泣……

日子仍然如常地过着，他每天仍旧穿着那条裤子——母亲在破处巧妙地打了个补丁，几乎看不出破绽。可是，他坐的时候却浑身不舒服。

他有好一阵子没有说过话了，哪怕在吃饭的时候，他的话也不多。不过，有一天，他终于察觉出了异样——晚上，妈妈总是做好了饭菜留给自己，可是却不见妈妈的身影。于是，这一天，他再也忍不住，走在大街小巷间，去寻找妈妈的身影。

突然，在一条人流密集的临街处，他看见了那个熟悉的身影——朴素而瘦小的母亲，更令他惊讶的是，母亲竟然在擦皮鞋！

与旁边的擦鞋者不同，母亲并没有悠闲地坐着，她一直站在来往的人群中，当有人经过，她便不断地点头弯腰，笑容满面地与过客交谈。有时，还禁不住拉拉他们的衣服。母亲一直在想办法揽更多的活。在瑟瑟的秋风中，母亲恍如一株卑微的树，被风雨吹打着。

原来，自己每天吃晚饭的时候，母亲就这样一直在大街上忙碌着呀！她多病的身子，怎能禁得起这样的操劳？顿时，他泪眼蒙眬，觉得自己仿佛就是那树梢上最高的一片落叶，在寒风中，瑟瑟着。

五分悔恨，五分悲伤，充满了整个心间，连日来的任性与倔脾气被风吹雨打尽，只剩得点点梨花落。

他再也忍不住，奔上前，声音颤抖地叫了声："妈。"

"儿啊，你怎么来了？"母亲惊讶地道。

"妈，您这样的身子……别干这活了，咱们回家吧。"他的声音已经哽咽。

可是，母亲怎么肯？她一心所想的就是儿子那条浅蓝色的牛仔裤。

往后，她仍旧每天早早出门，仍旧到街上擦皮鞋，直至深夜才回。终于有一天早上，母亲站在儿子床前，捧出了一条他盼望已久的浅蓝色的牛仔裤。

他从床上爬起来，搂住母亲的脖子，激动得泣不成声地说："妈……我不要什么牛仔裤……我只要你永远健康……"

在他看来，那是一条哭泣的牛仔裤。那是母亲许许多多个日夜拖着她那孱弱的身子忙碌于大街小巷中，卑微于红尘冷眼中的微弱收成。他要永远完好无损地保存它，就像保存母亲那闪耀着浅蓝色光泽的爱。

刺痛的爱

天越来越冷了。每到这个时候，她多病的身子就遭了殃。那几天，她身子难受得紧。可是，她仍然不愿去医院。她想，这小病，挺一挺，总能熬过去的。可是，有一天早上，她头疼得实在厉害。她想，这样下去可不行，身子坏了不打紧，可是没人照顾孩子就糟透了。她不得不去趟医院，她艰难地爬起来，已近午时。简单地洗漱过后，她强打精神，做好了午饭——那是为孩子准备的，她自己什么都吃不下。尽管觉得天旋地转，可是，她还是一步一步地蹭了出去。

"嗨，你怎么了？脸色这么难看，病了吧？"邻居看她下楼艰难，关切地问。

"啊，没事儿，小病。"

"真可怜，没人照顾……"邻居摆摆头，小声地叹了口气。

是的。自从丈夫离去之后，她就一人带着孩子。生活的艰辛由不得她悲观消极。不论是肉体还是精神，她都得保持百分百的状态。

"如果我不在了，孩子怎么办呢？"她正是靠着这样的信念活下去的。

医院里，她打起了点滴。她看着瓶子里的液体一点点滴下，想着孩子该回来了吧……他今天一定和往常一样高兴吧……他会自己热那一份午餐吗……

时间流逝，身子虚弱的她渐渐觉得冷了起来。冬天的风冷飕飕的，打在她单薄的身上，就像寒寒的冰片紧紧地贴着，然后，一丝一丝地，钻进她的肌肤，融入她的血液，渗到她的骨子里去。

这时候，如果有一床被子该多好啊！她看了看身旁的患者：不论老幼，都有亲人陪护，他们除了给病人裹上暖暖的棉衣之外，还谈笑风生。这样看来，在医院就诊也是一件幸福的事呢！

一旁热闹，一旁冷清；一旁幸福，一旁孑然凄坐。

她冷极了，冷得实在受不了了。她想，要不给孩子打个电话，让孩子给我送一件棉衣过来吧？转念一想，又自言自语道："还是让孩子在家好好学习、休息吧。"况且，孩子乖巧懂事。见妈妈久久不归，他一定会打电话询问的……这样想时，她不自禁露出了幸福的笑。

时间一分一秒地过去。事与愿违，她身旁的电话始终未曾响起。她既满怀希望，又颇为失落。但是，不论她如何寒冷，如何焦躁，她都没有拨打手中的电话……

是的，孩子是回到了家。他也看到了母亲为他做的午饭。他想，怎么只做了午饭，没有留下字条呢，一定是匆匆出去办什么事了吧。于是，他没有多想，把饭热了，他捧着热腾腾的饭，来到电脑旁，一边吃着，一边痛快地玩了起来。

一边是热腾腾的饭菜，一边是冰冷的风；一边是电脑旁的欢笑，一边是满心的期待……

终于，点滴打完了。她一步一挪地回家。一路憔悴，一路失落，一路悲凉，到了家，她见孩子已舒舒服服地躺在暖暖的被窝里了。看着孩子恬静的脸庞，她心里五味陈杂。她轻轻地走进厨房，默默地煮起了面，做起了自己的午餐，她的泪不争气地落到了滚烫的汤里……

"妈，您怎么这个时候才回来？"到上学时间了，孩子爬起来。他看见在沙发上用被子紧紧包裹着的母亲，觉得有点奇怪。

"没事，打点滴去了，"母亲突然想说很多的话，可话到嘴边还是咽了下去，只轻描淡写地说，"很冷！"

孩子没有觉察出异样，他欢快地上学去了。关门的那一刹那，母亲的泪再次滑下，闪出冰冷的光。

孩子永远不会知道，母亲的一生会隐瞒多少刺痛的爱。

爱的脚踏车

她很久没有回家了。她的家，她的父亲母亲，她小小的房间乃至童年的玩具都渐渐离她远去。

一天中午，和往常一样，她与同事一同进餐。正聊得尽兴，突然，电话响起，她瞅了瞅号码，是父亲的，她想，真是的，这么大年纪了还不懂事！怎么能在吃饭的时间打电话呢！

"喂？什么事？怎么在这个时候打电话？"

父亲没有察觉到女儿的不高兴，说："你猜今天我有一个什么高兴的事跟你说？"

"长话短说吧！人家正吃着午饭呢！"

"你知道吗？今天我收拾房间的时候，突然发现了你小时候的那辆脚踏车了。还记得吗？粉红色的，小小的。我想拿去给媛媛玩！"电话里，父亲欣喜异常。那份喜悦仿佛枯树逢春，绽放出新生的气息。

媛媛是她的女儿，快满五岁了。

"不用了不用了！扔了吧，媛媛肯定不会玩！"她脱口而出。是啊，城市里的孩子怎么可能稀罕一架破旧的玩具脚踏车呢？

电话那头，如火的热情突然冷却了下来。父亲沉默了好一阵，说："哦，那算了吧。你要注意照顾好自己的身子。"

"嗯嗯。"她把一口饭送至嘴里就匆匆挂了电话。

父亲悄然无声。

挂下电话的一刹那，她才想起，自己是多么不孝。她呆呆地望着前方，忽然想起了往事。

那是孩提时候。有一天，她央求父亲："爸，我想要一个玩具！小朋友们都有玩具！"

"好！爸给你买！"父亲抚摸着她的脑袋，慈爱地说。

从那一天起，父亲便没日没夜地工作。由于疲劳过度，有一次，父亲从高高的梯子上摔了下来。从那一次以后，父亲便有了腿疾。

那辆小小的脚踏车给她的童年带来了最愉快的记忆，她爱它胜过一切。在屋子里，在院里，在马路上，她都可以骑着那辆粉红色的脚踏车，威风凛凛，洋洋得意。这个时候，父亲总是拖着那半瘸的腿守护在身旁，一边趔趄着，一边兴致地指挥女儿前进，拐弯，前进，拐弯……

然而，当她长大的时候，她已经不骑它了。童年的脚踏车在她的记忆里渐渐远去，就像一个粉红色的梦。可是，她却没有料到，自己因忽略而抛却的记忆，却被父亲捡拾了起来——他把它装进了一个大大的箱子里，珍藏着。一藏就是二十余年。

如今，隔了多少岁月，这辆脚踏车重新出现在了她的生活里，竟然是因为她小小的女儿！当年，自己像女儿这么小的时候，父亲就是用那辆脚踏车带给自己无尽的欢愉。而如今，他也想把那份喜悦带给我那小小的女儿吧？

这是一个爱的轮回。

这样想时，她不禁有了酸楚的感觉。继而，"哇"的一声，哭了出来。她刚才竟然用那样的语气跟父亲说话！

她拨通父亲的电话，忍住哭腔说："爸，这个周末我带媛媛回家。让媛媛也骑骑当年我最得意的脚踏车！"

父亲高兴得大叫起来，那份喜悦比任何时候都来得浓烈，来得真挚。

一个物件，一段往事，孩子或许会淡忘，可是，父母却会把它深深地埋进心底，因为，儿女的欢喜是父母最美好的记忆。

母亲一生的等待

　　小的时候，家离学校远，每天上下学都得花上很长的时间。每一天早上，母亲目送我走出家门；晚上，又立在门口等候我归来。

　　那个年代，老师对我们要求很严，我们的任务便繁重。于是，我们很少能按时放学。有的时候，得挨到六七点钟，甚至更晚。当我们走出学校的大门时，天色已黑，没有路灯，有的只是人家的灯火和头顶的那一片淡淡的星光。我们就着灯火，看着星光，伴着虫鸣，一路玩耍回家。近家了，借着家里的灯光，我看见立在门口的母亲。母亲也看见了我，她立刻奔上来，一把搂住我，说："儿啊，为什么现在才回来？我以为……我以为你在路上……"说着说着，竟哭了起来。

　　那时，我怎么都不明白，母亲为什么会担心至如此地步。渐渐大了，我才明白母亲那颗等待的心。于是，每次放学，我不再玩耍，而是急匆匆地回去。有的时候，放得晚了，我便一路疯跑，为的就是不再让母亲流泪。然而，当我回到家，等待我的，依然是灯光下站立的母亲和那焦急欲哭的脸庞。

　　小学的时候，我就在母亲一天一天的等待中渐渐长大。到了中学，我们搬了新家，由原来破旧不堪的小平房搬至楼房。那个时候，母亲省吃俭用，为我买了辆自行车。于是，我骑着自行车上下学。这样，我便可以早一些回到家。尽管这样，母亲仍每天等我回家。到了放学时间，大约六点钟过后，母亲便会趴在阳台上，注视着我回家的方向，等待着我归来的身影。我呢，远远地，还没到家，便一个劲地摇铃铛，让母亲听见。于是，母亲笑着，朝着我的方向冲我招手。

于是，铃铛便成了母亲的牵挂。傍晚时分，每一阵自行车铃铛响过，母亲都会翘首以盼。那一声声铃铛揪着母亲高悬的心。一阵阵铃铛，带给母亲一阵阵惊喜，又送去一份份遗憾的失落。

我不知道，母亲是如何在等待中度过这几千个日日夜夜的。只知，不论什么时候，总有一个苍老的身影守候在家门口，守候在阳台上。那数不尽的日夜，母亲的心始终揪得紧紧的。哪怕回来得晚一点点，她便会担心，便会落泪。在她的心里，世上所有的路都是可怕的，都是充满了毒虫猛兽的。她害怕那条路把她的宝贝儿子吃了去。

我本以为，到了我长大工作时，母亲便不必再等我。可是，不孝的我，却仍然累得母亲苦苦等候。这一等，不是一天，而是一个礼拜。

那一年，我刚参加工作，要做的事情太多，于是，中午便不回家，向单位申请了一个小小的单间作为我的宿舍。母亲已近六旬，没有什么事可忙碌。只是每一天，她都会在家里做好饭菜，等我归来，每天不论多晚，她都等我回家才动碗筷。后来，晚上常常加班，于是，我索性晚上就在宿舍住了下来。一个星期，我只在周末回一趟家。

可是，邻居却告诉我，母亲依然每天做好饭菜等我回来。从六点钟开始，等到七点，确认我不回来之后才动筷吃饭。邻居说，母亲总是盼望我能意外地出现在她的眼前。

遗憾的是，这样的话已经是我多少年后才听到的了。

有一天，母亲等得实在寂寞了，便一路走到我的单位来了。

我说："妈，你怎么来了？"

妈说："在家也没什么事，就出来散散步。可没想到越走越远，最后竟然走到这儿来了。"

我一阵酸楚：家到单位这么远，母亲竟这样顶着寒风一路走过来了！

母亲把手里的一袋东西递给我，说："没想到走了这么远的路。早知道应该在家烧好饭菜带给你。现在我只能在路上买些你喜欢的板栗给你了。"

我几要流泪。我把母亲接到单位里，但她只坐了一小会儿就出去了。她说："你忙，我不能耽误你的工作。"我正准备为母亲打个车，可她说，"不用浪费这点钱。我一路散步回去既暖和又能锻炼身体。"我执意不肯，可是，拗不过她。西风中，一个孤零零的苍老背影渐行渐远，最终消失在我泪眼蒙眬的视线里。

那一天，我才深刻地体会到，母亲等我等到了什么地步。从我小学时候便开始了她的等待：小学，中学，大学，直至我工作……这一等，就等了一辈子。如今，在垂老之际，在白发苍苍之时，母亲依然在等我归去。一如儿那样，等不到，便往我放学的方向一路寻去，直至找到我。而在我二十余岁的时候，不但没能让母亲安守家中，反而让母亲等得更久，寻得更远了。

这是何等的不孝。我才明白，我不能让母亲永远无休止地"等"

下去，不能让母亲在等待中燃尽生命的烛。于是，我毅然退了单位的小宿舍，回到家中。

母亲说："你怎么不住单位了？"

我说："一个人吃饭没意思，人多热闹。"

于是，母亲笑开了。

每天晚上，母亲仍然是六点钟做饭，七点钟动筷。

等我回来的时候，饭菜再热一遍。已冷的饭菜又冒出腾腾的热气，小小的屋子里顿时变得热闹温馨起来。

秋风中不曾停歇的落叶

那一年，我因酗酒，学校考虑是否给予开除的处分。开除？我瞬间想到了母亲，想到了那苍老的双眼，想到了那佝偻的背影……

母亲被叫过来了。大热的天，她蹬着一辆破旧的三轮车，拼命地赶了十几里路。到了学校，她的衣服已经被汗水浸湿了。一见到我，就给了我一记响亮的耳光："多少年来，家里省吃俭用，供你读书，想让你刻苦学习，将来做个有出息的人，可没想到你……你……"母亲气极而泣，"哇"的一声大哭起来。

顿时，我想起十年寒窗，想起母亲的含辛茹苦，我也放声痛哭起来。在校长室里，母亲一把把我推出门外："你出去！滚到外边去！"我走出门外，呆呆地立着，许久，许久。当母亲从里面走出来的时候，她的眼已经红肿。一旁的校长说："看在你母亲的份上，给你一个机会。"

秋风起，秋气寒，秋叶零零落落、层层叠叠地铺满了校园的小径。我以为，往事已交与秋风中，再也不会回来了。可是，有一天，校长突然告诉我说："你母亲病倒了，我们已经准备好了车，正要把她送到医院去，你也一块儿去吧！"

"母亲？母亲怎么会病倒？是在学校病倒的？"我的心已如秋风下的寒叶，碎碎的，冰冷的，撒满一地。原来，那一天，在校长室里，母亲痛哭跪地，她把一生的经历都倒了出来，把她宝贝儿子读书时的用功与出色也一并说了出来。然后，母亲祈求校长能让她替她的宝贝儿子赎罪，能在学校里干苦力，打扫卫生，扫地、冲厕所、干力气活……总之，什么都行。我不知道，母亲为了不争气的我竟然做到了如此地步。

校长同意给我留校的机会，但并没有同意母亲在学校里干活"赎罪"。可母亲执意坚持，她每天早早起床，骑着破三轮车，提前一个小时来学校，开始一天的忙碌：打扫落叶、冲洗厕所、帮学校后勤人员分担工作……然而，她又极小心，白天，总是在我上课的时候工作，下课的时候，就找一僻静之处藏起来。

我的泪像泄洪的流，从我的心里狂奔出来，带着我满心的悔恨和伤痛，带着母亲一生的悲苦，喷薄而出，汪洋泛滥。在医院里，我说："妈，你不能再到学校里操劳了，我的罪由我自己来赎。"

母亲这一生，像极了那落叶，永远在风中漂泊，未曾停歇。我轻轻地捧住母亲的双手，如捧住落叶。我要用我手的热度，温暖她那已冷的心房。

嘘，别惊动了天使

熊嘉琪是个小天使。见过她的人都这么说——尽管她仅有五岁。一袭雪白的连衣裙，一双白白的袜子，只有一双小鞋是粉红的。她像极了冰雪世界里的一片白，梅花梢上的一点红。不论谁看到了，都会说："哟，真是一个漂亮的小天使！"

几乎从出生始，妈妈就刻意把她打扮成一个小天使。小嘉琪喜欢白色，妈妈就把她打扮成一袭雪白；小嘉琪喜欢连衣裙，妈妈就把她打扮成一个小公主；小嘉琪喜欢跳舞，妈妈就把她送到老师那学跳舞。只不过，妈妈把老师拉过一边，在老师耳边悄悄说："孩子得了重病，剧烈的动作不能做。麻烦老师多关照。"

是的，这个孩子得了重病。她天生不是一个小天使，而是一个小"病使"。她出生后不久就被诊断为先天性胆道闭锁症。这意味着，随着她年龄的增长，她会因肝功能衰竭而走向死亡。出生后的第八十七天，嘉琪做了第一次手术；两三岁时，小嘉琪已经是一个肝硬化中晚期重症患者了；到了四岁，医生说，孩子必须实施肝脏移植手术。妈妈的心如刀绞，说："能不能把我的肝脏移植给孩子？"但是，检查后，她被告知，自己不能作为供体。于是，她只能日复一日地在全国器官移植网上等待合适肝源的出现。

一边是天真灿烂的女儿，一边是焦虑万分的母亲；一边是强装的笑颜，一边是被万刃齐刺的内心。看着活泼可爱的孩子，妈妈的心在滴血。她不能告诉女儿真实的病情，只能一天又一天地把女儿打扮成一个洁白美丽的公主，一天又一天地陪着女儿去玩滑梯，一天又一天地去看女儿跳舞。跳舞的时候，嘉琪问："为什么老师不许我做剧烈的动作？"

妈妈说："你的肚子里有小虫虫。等我们把小虫虫抓住了，你就可以下腰，就可以压腿了。"

看到手术后肚子上的那个刀口，小嘉琪问："妈妈，这是什么呀？"

妈妈说："这是天使的印记，只有天使才有。"

妈妈把嘉琪保护得好好的，就像保护着一个刚出生的婴孩。于是，所有人都看到了一个活泼可爱的嘉琪，所有人都看到了一个洁白美丽的小天使。

嘉琪喜欢舞台，她喜欢站在台上的感觉，她喜欢看彩灯照耀，喜欢把美丽和快乐奉献给大家。她说，站在舞台上是她最快乐幸福的时刻。于是，妈妈四处奔波，寻找一切可能的机会让她登台表演。

母亲的辛劳没有白费。2012年4月，妈妈带着嘉琪来到杭州电视台，做客《中国梦想秀》。为了不让嘉琪知道自己的病况，栏目组把她与妈妈进行了短暂的分离，让妈妈先出现在演播厅。在播放了一段嘉琪经历的视频后，观众无不动容。"梦想导师"问："你的梦想是什么？"

妈妈说："很简单，就是希望女儿活着的每一天都快乐美好，希望女儿能圆登台梦。可是，我担心哪一天，梦会突然破碎。所以，我必须尽快帮女儿完成她的梦想。"

随后，小嘉琪登上舞台。一袭白衣，一双红鞋，头上还夹着一只漂亮的蝴蝶，像极了一个人间的天使。她表演的是曲名为"快乐宝贝"的舞蹈，旋律很欢快，听不出一丝忧愁。女孩的跳动富有节奏，充满韵律，恍如一只洁白的蝴蝶飞于璀璨的灯光下。然而，一旁是欢快，一旁却是悲伤。愈是看到嘉琪不知愁地舞动生命，观者愈是控制不住难过的心，主持人努力忍住眼眶里的泪水，梦想导师也在一旁偷偷拭泪，而观众席里，早已有人泣不成声。不过，这一切，小女孩都不知道。她看不见他们的哭泣，看不见妈妈的心声，看不见自己的将来。

节目表演完后，三百个梦想观察员一致让她顺利通过。她获得了全场最热烈的掌声。节目录制完毕，为了不让嘉琪知道自己的病情，制作组特意作了剪辑，去掉所有与病情有关的内容，只保留嘉琪登台跳舞的欢快画面。光盘制成后，主持人专程给嘉琪妈妈送去。

那一天，嘉琪观看到了与全国观众不一样的节目。她到了一个被掩盖过的美丽世界，那个世界，独有她的欢乐。

《中国梦想秀》不是嘉琪唯一的舞台。7月，妈妈带着小嘉琪来到了中央电视台，参加了《回声嘹亮》的录制。8月，小嘉琪参加了中央电视台综艺频道《向幸福出发》的录制。与《中国梦想秀》一样，两场节目录制中，所有人都替母亲隐瞒了病情。舞台上，小嘉琪舞姿翩翩；舞台下，观者泪水涟涟。节目结束后，制作组把一切悲伤与痛苦剪去，留给女孩的，只有欢乐，只有灯光璀璨。

每一次节目，片头都会出现这样的字幕："我们要进行一次爱心接力。我们需要大家的共同配合，编织一个善意而美好的谎言——只为圆一位母亲和她女儿的梦。"

每一次节目结束，又都有这样的结尾："这个善意谎言的延续需要更多人的配合。如果你生活在重庆，或者在其他城市，当你看到嘉琪时，请一定不要提起跟她病情有关的任何事情。希望你能告诉她：你的表演很棒，你是一个美丽的小天使。"

于是，在众人的呵护下，熊嘉琪去了一个与众不同的世界。那是母亲为她精心营造的天堂，是所有人一起为她修筑的伊甸园。那个世界没有悲伤，没有病苦，只有一袭雪白，一片粉红，一园芬芳。

世界上，每一个角落，每一个人都在悄悄地说："嘘，轻点，别惊动了那位天使。"

蚕食母亲

多年以前，家里穷，生计困难，可是，我依然想吃水果。妈妈便努力从菜钱里挤出点水果钱来。挤不出多少，便只能买些坏水果。回到家后，洗干净，把坏的部分处理掉，水果便所剩不多，但是，我依然高兴。母亲看着我高兴便也高兴。但是，更多的时候是难过，因为每下一刀便如剜去心头肉——她总想把更多的好果肉留下。而很多次，水果往往只剩下一小半，她便唉声叹气。

有一次，买回来五个苹果，剜去烂肉后，竟只剩两个苹果可以吃，母亲便着急地说："这两个你先吃着，我再出去转转。"母亲一转，便是整个晚上。回来时，她提着一袋水果，似孩子般欢喜。

长大后，家里的状况好些了，母亲便可以买很多水果给我吃。夏天来了，母亲知道我喜欢吃葡萄，于是买了一大堆葡萄放冰箱里。可是，几天之后，母亲发现，葡萄已经烂了，再也不能吃了。捧着那一大盆葡萄，母亲在我面前哭了起来："我本想多备些，让你吃个够，没想到竟成了这样……"那哭泣的声音如针似箭，扎进我的心底。

曾经有一段时间，母亲总问我菜够不够辣。我便说："还行。"

母亲知道我还能吃得更辣些。有一天，她竟戴着口罩做菜，整个厨房里弥漫的全是呛鼻的辣味，我进不去，而母亲竟里面待了半个小时。尽管戴着口罩，但是母亲仍然不断地咳嗽，打喷嚏。出来时，依然久咳不止。但是，她全然不顾自己，只是十分高兴地说："辣辣辣！这回你吃着可够辣了！"

2015年寒冬，母亲因我喜欢吃腊肉，便做起了腊肉。做好之后，她便想找个地方熏一熏。可是，找了好几个地方都觉不妥。于是，她把熏肉的地点定在厨房。为了不影响我，母亲趁我午休的时候关了门，开始了熏腊肉。我不知母亲在那封闭的厨房里待了多久。上班前，我推开厨房门，见里面浓烟滚滚，连母亲的脸都看不真切。我急着说："妈，您这是做什么？会窒息的！"母亲摆了摆手，示意我没事。我生拉硬拽地把她带出来，说，"妈，腊肉不用熏，自然风干的味道更好！"

母亲固执地说："没事，马上就好。"母亲的脸已经通红。大冷的天，她的额上竟然全是汗珠。我看着母亲坐下，便急匆匆上班去了。我知道，母亲一定不会安分的，她还会进去的，而我只能故作不知情地离去。

母亲总是在我们的背后默默地为我们做许许多多的事。母亲的付出与辛劳，儿女们是永远无法完全知晓的。我只知道，如果不是我推开厨房的门，我不会知道母亲是在几近窒息的情形下为我熏制腊肉；如果不是我走进厨房，我永远不知道母亲是一边打着喷嚏一边为我炒我最喜欢吃的辣菜；如果不是母亲从冰箱里拿出一盆坏掉的葡萄，我永远不知道母亲那颗酸酸疼疼的心。单单在吃的方面，母亲就用她整个身体，整个生命不顾一切地为我做着一切该做和不该做的事。那穿的方面呢？住的方面呢？行的方面呢？生活中一切的一切，究竟还有多少事情是我所不知道的？原来，我竟一直都在母亲那单薄的身躯下生存着。

这么多年来，母亲从来不提一句她的心酸，只是问我："好吃吗？"

我说："好吃。"

我把眼泪咽进肚里去。我觉得，我是在蚕食自己的母亲——母亲的身子，母亲的心渐渐地被我一口一口地咬去。而她，却依然微笑而幸福地看着我。

流泪的龙虾

"今天我家来客人了！"水产摊前，一位七十多岁的老太异常兴奋，"家里很久没来人了……给我来一斤大龙虾吧！"

摊主看着这位头发花白的老太如此高兴，便说："好嘞，我这就挑最好的龙虾给您称，让您和客人吃好！"

老太见摊主手里的秤杆高高翘起，心里乐滋滋的，眼里流露出满心的期待。

龙虾称好了。本是二十八元一斤的龙虾，但摊主见老太如此高兴，便给了她二十二元的最低价。可是，当老太往兜里掏钱的时候，却发现钱怎么也找不到了。

"妹子，真是抱歉。刚刚钱还在兜里，可不知什么时候弄丢了，"老太再一次摸索，掏出张卡来，"要不，我先把这个老年卡押在这儿，明儿我给您送钱来，行不？"

老板娘本想拒绝，但看她这么大年纪，再回想她刚才的那股高兴劲儿，心便软了："好吧，老人家，您今晚就先跟客人好好享用吧！"

老太提着那斤龙虾，幸福地离去。

没想到，过了好一会儿，老太又原路返回，再次来到这家水产摊前。她提着这袋龙虾，神色不自然，说："这龙虾，缺斤少两，我要退货。"

摊主一再给这老太施以方便：称足分量、打折、赊账……没想到，老太这一次返回居然是要退货。卖出去之后，谁知道对方有没有做手脚。缺斤少两？她越想越不是滋味，便说："老人家，当时我称得足足的，谁知道您后来有没有做手脚？再说，这活水产，一旦卖出，怎能退货？"

老太支吾半晌，说："这虾没死，还可以出售的……刚才那位客人打电话给我说，临时有事，来不了了。"

"客人来不了，您总不能让我替您埋单吧？您看看，这些虾都半死不活了……"

几经争执，双方争执不下。摊主无奈，拨打了110，请警察来做个公道。

警察来了之后，问明原委。把龙虾称了称，发现足足一斤龙虾。于是，他便向老太太问道："这龙虾足有一斤多，为什么您还说缺斤少两呢？"

老太呆立一旁，不吭声。

摊主则在一旁委屈地说："就是，怎么可以随便编个理由退货呢？"

警察在一旁，见老太面有难色，便问："老太太，您有什么难事？如果实在有困难，我们就和这位老板娘商量一下，看这一斤龙虾怎么处理。"

见警察如此劝解，老太说出了事情的原委。

原来，她长期一人在家，家里没有备足现金。自动柜员机也不会操作，所以，老人下楼向保安借了五十元钱来买菜。没想到，半路却把钱弄丢了。这虾，本是买给客人吃的，但是对方又打电话说来不了了，于是，就想着把虾退回去。

"那您留着自己吃不行吗？"警察问。

"我一个人哪吃这东西啊，都是女儿爱吃才买的。"

"女儿？"

说到这儿，老太知道说漏了嘴。她蹲下来，埋着头，开始哭泣："女儿很久没回家了……我只想给她弄点好吃的……下午还说要回来的，可傍晚又打电话说不回了。"

警察和摊主这才明白是怎么回事。原来，她口中的"客人"竟是她的女儿。

他们隐约明白，这个老人在家里孤单久了。女儿难得回来一趟，难怪高兴至此。平时，这位老太无论如何都不会买这些龙虾来吃。这一趟借钱出来，全是为了她那久久不见的女儿！

摊主有恻隐之心，便把那一袋龙虾递给老太，道："大妈，这些您先拿着，不用退了，我也不收您的钱。您一个人在家，日子也不好过……"

老太提着那一袋龙虾，泪更加控制不住。

可是，提着这袋龙虾又有什么用呢？对于母亲来说，就是希望能见见孩子，能与孩子坐一坐，聊一聊，能让孩子吃上一顿好饭菜。如今，女儿不回，这一切都变得毫无意义了。

在母亲看，那是一袋流着酸酸的泪水的龙虾。

幸福，就是冬夜里为你暖暖手

他们是年过七旬的老人，身子已经佝偻，肌肤已经褶皱。可是，人们每天都能见到他们在街头操劳的身影。

每一天，他们都蹬着一架破旧的三轮车，并肩而行，白云从他们的头顶飘过，落叶在他们肩上滑落。他们一同来到这条大街上，便开始了一天的忙碌。老大爷把路边的垃圾扫进簸箕，然后倒进垃圾车。老伴则在不远处清理路边的垃圾箱。一近一远，一高一低，既错落有致又和谐相称。他们都穿着清一色的褪色布衣，戴着一色的旧式毡帽，就连鞋子，都是陈旧的老布鞋。还有一致的，是他们那被岁月压弯了的腰。由于各自忙碌，所以彼此间并无太多语言。可是，照面之时，他们都会相视一笑，或是替对方擦擦额上的汗水，或是捶捶那弯曲的脊背。

他们就是这样一对朴素却美丽的环卫工。谁也不知他们在这里干了多少年，只知道，冬去春来，寒来暑往，每一片叶子见证了他们岁月的流逝和人生的沧桑。

起初，人们都认为他们是为生活所迫而不得不在大街小巷之中忙碌。然而，事实并非如此。他们有一个幸福的家庭：女儿三人，儿子一人，是一个多口之家。儿女们都孝顺，不让老人干活。十多年前，老大妈在家里闲得发慌，爱上了打麻将，没日没夜地打，结果患上了脑血栓。所幸并不严重，儿女们送医及时，且陪护得好，大妈的病很快好了起来。经此一难，老大妈便戒了这份不良爱好，拉着老伴的手来到城里，寻找新的生活。一段时间过后，他们爱上了环卫这份工作。儿孙满堂，岂容老人在街头干这样辛劳的活？可是，两老死活不听劝。一段时间过后，儿女们发现，父母的身体竟一天强似一天。于是，他们也顺从他们的意愿，由他们折腾去。

这一干，就是十几个春秋。

天暖倒不打紧，难的是天寒地冻的日子，尤其是大雪纷飞的寒冬。这样的季节，老人仍然按时"出勤"。他们说，我们得替大伙儿扫雪，给他们出行带来方便。于人有利，于己，也益于健康，何乐而不为？

于是，在美丽的四季之景里，便多了一份雪花飘舞中的老人弓背扫雪图。有一天，一位摄影师抓拍到了一个绝美的瞬间：迷蒙的夜色里，雪花在他们周遭飞舞，老大爷握着老伴的手，靠近嘴边轻轻地哈了一口热气。

画面就定格在老人暖手的一瞬间。这个相亲相爱的小小举动仿佛一个温暖之源，融化了这个冰冷的世界，让人们变得温馨幸福起来。

摄影师把照片传至网上，很快，照片通过微博迅速传开。人们为他们如此朴素却真挚的爱而感动。有的说，生命中最能撼动真情的正是每每细微的付出，每每幸福的瞬间；有的说，你若不离，我便不弃，幸福其实很简单；有的说，这就是单纯的快乐和幸福。人之所以不快乐，不是因为拥有的少，而是因为想要的太多。

正如网友所说，幸福其实很简单。老人并非因生活困顿而被迫操劳于街头。他们只不过找到了一种让自己的心灵得到安宁的方式，他们以为身旁的人奉献出一丝微薄之力为乐。并且，在相依相携中，他们还能"相濡以沫"。这不是一种难得的幸福吗？这份幸福如此简单。简单到仅仅是为老伴哈一口暖气而已。想来，是我们把幸福和这个世界想得太过复杂了吧？我们总是试图把生活当作敌人。为此，甘愿远离自己的心灵家园，去追求功利和虚无的东西。可是，却并没有发现，幸福与快乐，近在咫尺。

幸福，就是冬夜里为你轻轻哈上一口热气，为你暖暖手。

如此简单。

幸福如斯。人生如斯。

用我的生命换来你的安详

位于北京西南部的青龙湖镇常乐寺村是个美丽的村庄。村宅所处，大多居青山之怀。门前，牤牛河缓缓流过。人们依山傍水，自给自足。

三十岁的曹付湘来到常乐寺村已有四五年了。丈夫长年在外打工，她一人抚养三个女儿。大女儿六岁，在村里的幼儿园上大班。老二是一对双胞胎女儿，于2011年12月出生，如今才八个月大。虽然她一人照管三个女儿，但是她每天挂满笑容。她说，有孩子的生活是幸福的。

2012年7月21日，一个平静的周末，下起了雨。起初，雨还不甚大，可随着时间推移，雨越下越大，到了傍晚时分，风突然加剧，雨势徒猛，狂风携着暴雨铺天盖地席卷而来。河水急速上窜，越过河道，侵袭村庄。顷刻间，小山村变成了一片汪洋。

曹付湘急忙来到门边，推了推门，发现屋门已无法打开。再看看窗外，巨大的洪流让她不寒而栗：昔日的小河已变成巨大的恶龙，所到之处摧枯拉朽，吞山吐石。房屋、院墙、小车……皆顺着滔滔滚滚的洪水，奔向遥远的黑夜。

"孩子！赶紧带着孩子逃！"形势的危急由不得曹付湘恐惧。强力破门？不行！洪流势必涌进来。那时，屋内会瞬间被淹没。于是，她与姐姐、姐夫一起，带着四个孩子，站上床，打开窗户，来到窗外。"爬厂门，到屋顶上去！"曹付湘看了看周围的巨浪，迅速做出决断。可是，就在这时，一阵洪流轰然而至，所有人瞬间被巨浪卷走。眨眼的工夫，他们已被冲至厂门。铁门成了他们的救命稻草。曹付湘一手死死地抓住铁门，一手紧紧地搂住八个月大的孩子。怀里的孩子已经泣不成声。雨水浸湿了母女俩，水一滴滴滑落，打进母亲疼痛的心房。

"救救我的孩子！把我的孩子抱到屋顶上去！"她把孩子高高举起，朝着不远处的姐夫哭喊。

姐夫离屋近，且年轻力壮，带着孩子，率先爬上了屋顶。他急忙把其余几人拉上来。一人、两人、三人……转眼间，又有三人成功地登上了屋顶！可是，他正要把曹付湘拉上房顶时，一股巨浪袭来，把铁门冲断，曹付湘和她八个月大的孩子再次被巨浪卷走。

洪流中，曹付湘一手紧握铁门，一手仍然高高地将女儿举起。她不断地尝试着借助半截铁门站稳，但是，巨大的洪水却一浪接一浪地冲击她的躯体。跌了起，起了复跌……她就是这样一次又一次地与洪水做斗争。转眼间，水已没至她脖子，至口鼻……她终于精疲力竭，站立不稳，倒在了滚滚洪流中。在颠簸的巨浪中，她的身子恍如一片落叶，沉浮不定。但是，不论如何危险，如何艰难，她都始终高高地擎着右臂："别救我了，先救我的孩子！"被高举着的孩子，一如深海的灯塔，高高地悬挂在母亲的头顶上——那是母亲唯一的求生信念。

"别救我了，先救我的孩子……"在与洪水一遍又一遍的搏斗中，曹付湘一遍又一遍地重复这样的呐喊。可是，水流犹如迅捷的雷电，倏忽而过，没有人能帮得上分毫。

曹付湘的头已经完全浸在了洪水中，可她的右手仍然高高地举过水面。混着泥水，她的声音已经渐渐含糊不清。但是，她的话音未曾断过。"别救我，先救我的孩子"这样的声音一直回响在上空，甚至盖过滔天的洪水，犹如一只折翼却坚毅的雄鹰，竭力而不屈地振翅高飞……

第二天，人们在四千米外的崇青水库的一角找到了曹付湘的遗体。她的左手手指仍紧紧地弯曲着，右手臂则僵硬地伸得笔直。在她右手所指不远处，躺着的是女儿的尸体，令人惊奇的是：生前在母亲手里号啕大哭的孩子，此时脸上却挂着淡淡的笑。人们无法想象，在生命的最后一刻，孩子为什么会这么笑。但是人们知道，这位母亲曾经用最后的生命为孩子换来了难得的安详。

这位感人的母亲，直至生命的最后一刻，都没有放下那只高举的手。那钢筋铁骨似的手臂，那生死关头震撼心灵的呐喊，挟着世间最感人的母爱在天空中激情回荡，最终定格成为一尊永恒伟岸的雕像，坚定地屹立，永不坍塌。

母爱浅欢

上完课，她把他接下楼。擦净黑板，整理好课桌椅，我也收拾东西下去了。下至一层，见他们还在。我在台阶上，他们在台阶下。她正翻看他的作文本。

夜色已临，光线暗淡，她却兴致不减。母亲低着头，凑近本子，仔细地看。九岁的儿子则在母亲身旁欢呼雀跃。母亲很高兴，孩子也非常开心，正神气地向母亲汇报着什么。

我站在台阶上没有下去，他们那一份喜悦与甜蜜让我一动也不想动，只愿这么喜悦地看着他们。他们是如此专注，如此开心，以至于连台阶上的我都没有瞧见。

好一会儿，他们才开着车走了。我仍旧呆呆地站在台阶上。看着他们远去的车影，心里填满了温情的回忆。

她第一次带他来的时候，表情淡然。她是因朋友热情相邀才带着孩子来这儿的。言谈中，可以听得出，她对我仅仅是持着观望的态度。她说："这孩子有点闹，班主任常常因此而头疼。不过，孩子很有灵性，也挺爱阅读，只是没有一个合适的人引导他。希望老师多费心了。"我看了看孩子，发现他正在座位上捧着书自顾自地阅读，也不太愿意和其他人打交道。看着这番情景，我已大致了然。

走的时候，她有了笑脸，说："宝贝，加油！"

孩子头也没抬，埋在书本里，不经意地"嗯"了一声。

站在窗外，她许久不愿离去。

第二次上课，她早早便带着他来了。一改初见时不同，她脸上的笑意多了起来。她说："老师，这孩子可喜欢你了，可喜欢上你的课了！这么多年，我第一次见孩子这么喜欢一个老师，这么喜欢一堂课！"我并不意外，一切都了然于胸。她又说，"老师，孩子就拜托您了！"她的感激之情溢于言表。

我情不自禁地被感染了，心里暖暖的，突然觉得责任重了起来。我说："您放心，这孩子比任何人都好！"

她笑着出去了，仍是抛下那句话："宝贝，加油！"

孩子突然有了朝气，冲出去，撒娇地搂起了母亲，不让她走。看着这情景，看着这天真可爱的孩子，我不禁莞尔。

窗外，她仍然站了好一会儿才离开。

每一次来上课，这位年轻的母亲和这位可爱的孩子都充满了活力，充满了欢乐；每一次离开之前，她都一如既往地送给孩子那句鼓励的话；每一次结束课时，她总是细致地翻看孩子的作文本，津津有味地读起来，然后细细地看我给孩子的批语。孩子则在旁撒娇添乱，在他的"胡搅蛮缠"中，我费力地与他的母亲对起话来。她总是满怀期待地问起孩子的情况，又担心孩子不听话或是表现不好。我则每一次都不吝赞美之词。

我说："他第一次写了一篇这么长的作文。"

我说："这孩子比任何一个人都写得认真，写得快，写得好。"

我说："今天，这孩子的作文最具有灵性……"

她总是将信将疑，以为我尽拿好话搪塞她。我说："放心，这孩子的灵性在。只要恰当引导，他终究会有成器的一天！"如此，她才真正满意地带着孩子离开了。远去之时，隐约听见她说："宝贝，今天想吃啥好吃的呀，妈给你做……"

有一天，上完课后，我不让她当面翻看孩子的作文。她急了，不断询问："老师，是不是这孩子闹事了啊？是不是作文没写好？"

我笑了笑，说："不用担心，这孩子比谁都好。这孩子和我，和你都有一个约定。你听我的，回去再看吧。"

她忐忑不安地离开了。

晚上，将睡时分，手机短信铃声突然响了起来。接过一看，原来是她破天荒地发了条短信给我："老师，孩子今天的作文让我十分感动。没想到，短短的几节课时间，孩子就已经变得如此美好！感谢您的教导，祝您快乐！"

看着短信，我的眼角已湿。所幸，我并没有让这位母亲失望。我想象得出，这孩子当晚做了什么。

他捧着他的作文本对母亲说："妈妈，我们来玩一个游戏吧！我念作文的前半段，您猜后半段。如果您猜不中的话，你得答应我吃一块巧克力哦！"

他开始念他的作文："妈妈，我们来玩'红灯停，绿灯停'的游戏吧！你趴在桌上，数一百下。等我踫你的背，你再转过身来！"

你猜，后面怎么样？

她没有猜出来。

于是，他接着念道："过于疲惫的妈妈睡着了。我轻轻地走进厨房，为妈妈煮了一碗面，端到妈妈的面前……看着妈妈愉快幸福的表情，我笑开了，心想：妈妈平时为我付出了这么多，今天我能为妈妈送上一份充满爱的面条，没有比这更令人甜蜜幸福的事情了。"

这是我布置给他的一个作业——不是作文，而是"做人"。我知道，作为一个师者，我必须正确引导他们，才不至于辱我的使命，才不至于辜负爱子如斯的众家长，才不至于误了孩子的一生。

对于她的感慨，我自十分了然。

每一次，我都呆呆地看着她牵着他的小手离去，看着她因孩子佳作而喜，看着她因孩子受老师夸奖而喜……她让我深切地体会到了，一个母亲那颗因孩子安好而简单喜悦的心。

站在台阶上，看着她为孩子提包，看着她翻看孩子的作文，看着她喜悦幸福的神情，我竟联想到了她。岁月老去，她再也不能像从前那样翻看我的本子了，再也不能捧着我的"三好学生"奖状久久不放了，再也不能享受我学习的喜悦、幼稚的喜悦、调皮的喜悦、一切一切的喜悦……岁月沧桑，她再也不能像面前的这位年轻母亲那样呵护她年幼的宝贝孩子了……

母亲的心就像那个陈旧的杯碗，哪怕点点欢喜，都能盛满她那浅浅的杯口。

我和母亲的年

自从父亲过世后，我们的年就变成了两个人——我和母亲。

先前，还有别的人，但最终，落得只剩下我们两个人。

听母亲偶尔提起，她第一个生下来的是女儿，但是不久就病死了，第二个生下来的是我的大哥。从小，我们家就是贫困户。住在山脚的一间小平房，还是漆黑的、漏雨的破房子。大哥生下来后，要一边上学，一边帮着家里做事。之后，二哥出生了，接着，就是我。

大哥生得早，要替家里分担生计。在初中没有读完的时候，他已经到社会上打工挣钱了。没有知识，没有文凭，没有技术，他只能到工地干一些粗活。在当地干不下去了，大哥就跑到外地寻别的工作。从我记事的时候起，我就很少见哥在家，只有到了年关，大哥才安分地在家歇歇。不过，那时候我对"年"的印象并不好，因为我们能吃的东西实在太少，虽然吃不饱穿不暖，但是，好歹有个家，大家能聚聚，也挺好。

由于长年在外奔波，有一年，大哥病了，整日躺在床上狠命地咳嗽。不论我们一家子如何劝，他都坚决不肯花钱医治。他说，弟弟还需要学费念书呢。那一年，他倒在了床上，再也没起来。

过了许多年后，二哥找了个女人。自从那个女人进家门之后，我们一家没少折腾。后来，我们不堪重负，被迫搬离了家。

又过了几年，父亲由于长年喝酒，酒精肝转化为肝硬化。最终，撒手而去，他去的时候，二哥不在身边。

母亲带着我辗转，租房子住。她辛劳一生，到了晚年，竟落得如此下场。于是，她常常独自流泪。尤其在过年的时候，母亲对着爸爸和大哥的遗像哭得更是悲凄。后来，母亲意识到那样会影响过年的心情，便渐渐地控制住她的情绪。但是，家里的气氛还是不热闹。我与母亲两个人，在破旧的出租屋里，对着几样菜，冷冷清清的。母亲听不得炮仗声，我们便不放鞭炮。周围鞭炮声四起，声音震耳，烟火冲天，唯独我们的屋子清冷无声。

尽管就是我们两个人的"年"，但是，不论哪一年，也不论母亲多么年迈，更不论母亲身体状况有多糟，她都要过一个精细的年。

屋子小而破旧，但是，在年前，母亲都会用心打扫。我说："妈，咱别折腾了，这破屋子有啥好弄的？"我了解母亲，她勤劳一生，从不懒惰，哪怕没有吃穿没有钱，屋子也要打扫干净。这是她的习惯。除了打扫卫生，碗、碟、杯、筷、桌、椅、床、柜都被母亲收拾得妥当。对我来说，屋子并没有什么两样。但母亲说，就剩咱娘俩了，再不过个干净舒适的年，那还像样吗？

除了卫生，母亲在吃的方面也准备得很精细。自从我上班后，有了些钱，到过年的时候，母亲便购了许多年货，基本上都是我喜欢吃的。而她自己，从来不考虑，有的时候，我甚至怀疑母亲在吃的方面从来没有偏好。她这一辈子，把心全用在了我们身上。她知道我爱吃腊肉，就在过年前一个月，买了些肉，腌好，然后，在厨房里用甘蔗渣熏。小小的厨房，透风不好，母亲就在那浓烟弥漫的厨房里熏。那样的屋子，几乎能让人窒息。

除夕那天，母亲得做一些菜：扣肉、粉蒸肉、白切鸡、红烧鱼……每样都精致美味。一年又一年，不知多久了，母亲都是这么辛苦折腾下来的。我总是说："别弄了，就我们两个人，能吃多少？"

母亲笑笑，说："小时候没让你吃好，现在过得好了，都给你补上。"

我心一酸，母亲并没有因为如今的人丁凋零而悲伤。如今，她的心思全部转移到了我的身上。她觉得，只要我吃得好过得舒适，这个年就算过了。

每年年关，天气极寒。母亲一年比一年衰老，身子自然不行。我心疼母亲却又无能为力。她总是说："把这些事情交给你去做吧，我又不放心。叫你做个菜都不行。我不做菜，难道我们过年就吃素？"

的确，有许多事情，我总是做不好。我是最小的一个，我小的时候，母亲就不让我做太多事，只让我用心读书。可是，我读着读着，到头来却发现，自己除了读书其他的事都不会了。

在那寒冷的天里，母亲一操劳就容易病。先是感冒，一旦感冒，其他的毛病连带着都出来了，头痛、腰痛、关节痛……很多时候，母亲过年，是为了让我安心，让我高兴，而她自己却病在床上过春节。

一年又一年，年年岁岁花相似，岁岁年年人却不再。母亲从没有给自己安安分分、踏踏实实地过过一个年，她一辈子的路就这样越走越短了。

这就是我们的"年"，属于我和母亲两个人的"年"。

我们都是母亲的天敌

零岁。他在母亲腹里，把母亲折腾得不得安宁。母亲忍住，柔柔地抚摸着肚里的孩子，幸福地想，这一定是个男孩，以后劲儿大着呢。

出生时，母亲担心剖腹产对孩子生长不利，便选择了顺产。任何一个男人，都不会明白女人生子那一刻经历的疼痛。据说，人的疼痛分为十二级，而分娩的疼痛是人世间所有疼痛的顶端。母亲没有拒绝那样的疼痛，反而接受了那一份承载着幸福的痛。那一年，孩子剥夺了母亲的美丽，红红的妊娠纹像一道刺目的疤痕，爬满了她的大腿和臀部。她开始变得臃肿，她知道，青春与美丽再不复回。

一岁。母亲是孩子的全天候保姆。她的身体每时每刻都处于透支状态，她撑着一副骨头架子，没有思想意识，只有两个乳房提示她的存在——唯一作用就是喂养。母亲没有睡过好觉，只要孩子哭，她的心就揪得厉害，得喂食，得哄孩子，得换尿布。孩子翻来覆去不得安宁，母亲就这样半坐半睡地到天亮。孩子总有生病的时候，母亲宁愿病在自己身上，疼在自己身上。孩子用过药，渐渐睡下，母亲借着月光，看着他的小脸，充满爱怜地亲吻他的脸颊，摸摸孩子胖乎乎的手，让孩子在梦中感觉到安全。渐渐地，孩子把母亲所有的时间和精力都剥夺走了。

六岁。孩子开始上学。每一天，母亲都拉着孩子的手去学校；每一天，母亲都早早地等在校门口，然后拉着他回家；每一天，饭桌旁，孩子像只翩然的蝶，欢快地跟母亲叙说学校里的趣事。后来，有一天，孩子犯了错误，母亲不忍责打，只是对他唠叨了几句。一次又一次，不知从什么时候开始，孩子开始抵触，甚至，开始埋怨起母亲的臃肿与老态。在外面，孩子不愿叫她。那一天，孩子甩开母亲的手，单独奔向学校；那一天，在学校门口，孩子装作不认识母亲，抢在面前飞奔回家。从那一天开始，孩子再不要母亲送他上学，他再也不会在饭桌旁眉飞色舞地说起学校的趣闻。然而，母亲依然欢喜地为孩子做可口的饭菜。从那个时候起，为了孩子能健康成长，她放下了所有的爱好，把精力都放在孩子的生活和教育上。

十三岁。孩子说："你永远不能理解我的想法！"他开始叛逆，有一天，他离家出走了。他结识了社会上的几个小混混，学着抽烟，跟着打架，跟着抢钱。当母亲再一次见到孩子时，已经在派出所了。母亲扬起的手缓缓放下，连日连夜的奔波操劳，再加上她心疼如抽丝，导致她当场晕倒。孩子知道错了，他心有悔意，不过，不论是对于孩子还是母亲，他们都知道，有一些东西，已不能挽回。

十八岁。高中毕业，孩子落榜。为了避开母亲，他远走他乡。他几乎没有给母亲打过电话，难得的几次，他也是嫌母亲唠叨，匆匆挂断。母亲整日捧着孩子的照片，回忆孩子小时候的事情。同时，也在憧憬着孩子将来能出人头地。终于有一天，过年了，孩子回了趟家。

看着孩子狼狈不堪的样子，母亲对孩子在外的状况已了然，但她装作什么都不知道，满脸高兴："回来就好，回来就好。"可是，没过几日，他便走了——他回来，管母亲要了些钱，继续他一个人的世界。

二十八岁。他成家了。母亲感到很幸福，孩子终于长大了，再也不用为他操心。刚结婚那些日子，她和孩子们聚在一起。可是，不知从什么时候开始，她渐渐难得见到孩子了。孩子说："我们工作太忙了，您这身子骨也别成天走动。"母亲一个人坐在空荡荡的房子里，她实在不知该做什么，便煨个汤，烧个菜，带给孩子。孩子说："我们今天要出去吃饭呢。"于是，母子匆匆而别。她不知道，曾经有过的温馨家庭，不知被什么东西拆解得支离破碎。

四十八岁。母亲去世，她手里握着孩子小时候的照片，不放手。没有人来看她，没人知道"他"是谁，也没人知道"母亲"是谁。或许，那仅仅是一个代号。

不过，我们竟如此熟悉。仿佛"他"就是我们自己，或是我们身边某个人的影子，仿佛"母亲"就是我们面前那个年迈的妈妈。

我们会回想起，自己认识的一个孩子在刚出生的时候，就已经把母亲的生命夺走了。我们会想到，某人在一岁时他母亲患上了乳腺癌；我们会想起，在小学时候，自己开始和母亲顶嘴；我们会想起，中学时，自己说了一句"你不是我妈"，于是，母亲"啪"的一下，打了你的脸上。也许，我们身边的某个邻居在工作的时候，或是成家的时候，已经把年迈的母亲遗弃……这一切的一切，竟如此熟悉，如此真切，又如此疼痛。

从小到大，我们与母亲的战争没少过。可是，母亲非但不对抗，反而默默地接受了一切狂风暴雨。在那样的一场场风刀霜剑的压迫中，母亲永远无还手之力。在她有生之年，她一心想着的，只是让孩子过得比自己好。

这样想来，我们便是母亲一辈子的敌人了——与生俱来的"天敌"。在漫长的"斗争"岁月中，我们把母亲曾经拥有过的一切都抽丝剥茧般残忍剥走。颤巍巍地立于我们面前的母亲，剩下的，只是一个遍体鳞伤的躯壳。多少年后，在母亲的那座坟前，不知会有几个儿女怀着一颗愧疚的心，不知多少杂草爬满了她的脸庞。

来生，我想做一回母亲，做一个慈悲、卑微、遍体鳞伤的母亲。这样，我才有可能了解到母亲那不曾告诉我的割心之痛。

Part 4： 在爱的面前柔软

不论世间有多大的厌与恨，在另一种东西面前，我们都会被它软化、暖化，最终变得像她一样温暖，像她一样明媚，像她一样坚强。我想，这就是所谓的"爱"吧。

在爱的面前柔软

公交车来了，人们纷纷赶去。我看到远处路口有一对母子也正急匆匆赶来，儿子六七岁，跑在母亲前面；母亲三十多岁，行动有些迟缓。我上了车，在靠门的座位坐下。不一会儿，孩子也上了车，他并没有急匆匆地寻找座位，而是站在司机旁边。

"叔叔，我妈妈还在后边，您能等一会儿再开车吗？"

司机看看孩子，点了点头。车上一片安静，人们都静静地等候发车。可是，一分钟过去了，车子还未开动，人们便躁动起来。我旁边的一位女乘客分明听见了孩子说的话，她大声斥责起来："你妈没上来就赶紧下车！别耽误我们大家的时间！"其他乘客也跟着抱怨，因为，谁也不知道，这趟车究竟要等到什么时候。

看着车上抱怨的乘客渐多，听到这位女士的斥责，司机准备发动车。这时，孩子更急了，对司机说："叔叔，求求您，再等等，妈妈马上就赶到了！"然后，他走向车门，焦急地望向车外，招手，呼喊，然后又跑向司机，"叔叔，我妈妈就要来了！"

司机看了看孩子焦急欲哭的神情，再看看后视镜，决定再等等。

母亲终于赶来了。一上车，她就感觉到车上异样的气氛，脸上满是尴尬和歉意。那位女乘客又开口了："公交车又不是为你一人开的，凭什么让我们一车的人都等你！"

孩子终于大哭起来，在等待母亲的那一分多钟，他不仅要承受即将发车带来的压迫感，而且还要承受满车乘客的指责和怒骂。不论他如何焦急，他都没有哭出来。此时，见母亲成功上车，他心里一松，不必再坚强挺住，而是扑进母亲怀里痛哭起来。

这一哭，反倒让车上的乘客安静了下来。

母亲心有所感，紧紧地搂住孩子，不住安慰。刷了卡之后，她向里走去。面向那位女士，母亲说了声"抱歉"，然后用眼神示意了一下她的脚。

我在旁边，分明看清，她竟是个跛子。忽地想起，在刚才往站台跑的时候，儿子在前飞奔，母亲艰难跟上的情形。我心有凄恻，立即起身让母亲和孩子坐下。

那位女乘客在母亲眼神的示意下也分明注意到了她的腿疾，于是，脸有愧色，但又不愿服软，神情不自然地望向窗外，再也不作声。

我知道，这位母亲并不想让别人知道她的腿疾，我无法判断她这样做是为了自己，还是为了她的孩子。我想，如果孩子一上车就跟大家说明原委，就不会招来一片抱怨和怒骂了吧？如果这位母亲一上来就跟大家解释清楚，也会迅速平息大家的怨气吧？但是，他们什么都没有说，只是默默地承受。

女士安静了下来，司机再次发动汽车，其他的乘客也安静下来，倒是孩子的哭声愈见增大，伴着车子的哐当声，令人不安。

母亲不断安抚孩子，在他俩断断续续的对话中，我从未听到"跛"一类的字眼。推而想之，在他们平日的对话里，也该很少提及此事。我隐约听见："妈，我怕你被丢下了……"

"孩子不哭……你看，妈不是好好地在这里吗？"

那一刻，心底突然有种被痛击的感觉，母子那份令人动容的爱和坚强让我的心变得疼痛与凛然。

我想对这对令人感动和敬佩的母子说些什么，却又不知从何开口。

车里的气氛很阴沉，人们的神情也变得不安了起来。车子开了一路，孩子也在母亲的怀里哭了一路。

几站后，他俩要下车了，乘客们的目光再次聚焦在他们身上。尽管母子都在极力掩饰，但是，大家都察觉到母亲的腿疾。

许多乘客纷纷站起。先前那位咄咄逼人的女士竟迅速起身，伸手欲扶母亲。可是，母亲却微微一笑，摆摆手，儿子抢着说："我妈妈能行！"泪痕未干的脸上写满坚定和骄傲。

下了车，孩子已然不哭，母子有说有笑，孩子挽着母亲的手，欢快地走着；母亲则一如既往地在人群中努力从容，努力前行，不让人看出异样。

车子久久未开，人们竟然没有一声抱怨，所有人都在目送母子，直至他们消失在视野里。

我终于知道，不论世间有多大的厌与恨，在另一种东西面前，我们都会被它软化、暖化，最终变得像她一样温暖，像她一样明媚，像她一样坚强。

我想，这就是所谓的"爱"吧。

流沙里的生命感动

顾若凡是一个活在流沙里的孩子。在她的生命中，铺天盖地的流沙每天都会向她纤细如初芽的身子上呼啸而过，她的生命也如小小的沙漏——沙粒的流去既清晰可见，又无力阻止。

她在面前撒下一把细沙，指尖晃动下，面前很快出现了一幅沙画：广袤的土地上，一颗幼芽破土而出。

她一边作画，一边讲述："我们是孩子——不同寻常的孩子。虽然我们有许多事情不可以做，但是，我们仍然很快乐……"

顾若凡是一个不同寻常的孩子，她遭遇了常人永远不会遭遇的事。四岁那年，她开始不能跑步，不能跳跃，甚至行走都颇感吃力。而且，运动时间稍长，她便疼痛难忍。医院诊断，她患上了黏多糖症。

这是一种罕见而又可怕的先天性遗传疾病。患此病者在刚出生时与正常孩子无分别。可是，随着岁月的流逝，体内的黏多糖会如流沙般聚集在体内，形成如沙丘般可怕的破坏力，心脏、骨骼、关节、呼吸道系统、神经系统等皆受其害。最终，身体会因"糖"的过度累积、破坏而被摧毁。从出生到被毁灭，这个过程仅仅需要十年。也就是说，在一般情况下，许多病者在十岁左右便结束了他们的一生。

可是，顾若凡今年已经十三岁了。

她说，她很快乐。

在飞逝如流沙的生命岁月里，小小的顾若凡用坚强和乐观偷得了生命的欢愉，也在一层又一层爱的包裹下感受生命的热度。

她继续在沙画里书写她的故事："感谢您，爷爷。谢谢您，用温暖的脊背背起我。感谢您，奶奶。谢谢您，用纤细的手牵着我数星星……"

患病的日子里，家庭因沉重的打击而几近崩溃。爷爷奶奶愁容满面，泪流不止，父母则开始了探寻希望的征程，南来北往的奔波辗转，不但把他们的积蓄用尽，更把他们生的希望摧毁。他们已经身心俱疲。家里讨论，是否要放弃这个孩子，可是，母亲的态度无比坚定："不论遭遇多大的困难，不论希望如何渺茫，我都不会放弃这个孩子！"

父母在外奔波的日子里，是爷爷和奶奶陪她度过了人生中最黑暗的时光，给了她温存和光明。

爷爷已经七十一岁了，可是，为了孙女，他依然撑着他的身体，撑着他的生命。家住六楼，爷爷却每天把孙女背下楼梯。送至学校后，再把她背上四楼教室。春夏秋冬，寒来暑往，爷爷用他那宽厚的脊背为孙女撑起了一片温暖的天空。晚上，奶奶就会把小若凡带到阳台上，跟她数天上的星星，讲美丽动人的故事。

顾若凡就在这样一片爱的星空下成长。尽管她的病情一天天加重，尽管她的身体再也没有长高过，尽管她失去了孩童应有的纯真和跳动，但是，她一直在说："我很快乐。"

除了爷爷奶奶的温存，她还从画画的静谧中感受生之美丽和喜悦。她会在沙画里画她辛酸无奈却并不悲凉的故事，她会在沙画里画美丽动人又充满希望的童话故事，她会在沙画里画无怨无悔地呵护着她的家人……

不仅在自己的小天地作画，她还把自己的画搬上了更大的舞台。2012年11月30日，顾若凡带着她的沙画来到中国梦想秀的舞台。舞台上，她一边作画，一边深情讲述："……然而，我也有梦想，有渴望，而且那么迫切。心里、梦里都在想：梦想的，渴望的，一定会实现。因为，我有一双隐形的翅膀。"

是的，顾若凡是带着梦想去的。

梦想大使问："你的梦想是什么？"

小女孩说："陪着爷爷奶奶一起到老。"

话语看似简单，却饱含了辛酸与苦楚。长大，对于她来说，如同那遥远的天空，是个遥不可触的梦。

顾若凡说："我看着我生命的流去，却无能为力；一天一天地看着爷爷奶奶老去，我也无能为力。他们为我付出了那么多，可是，在我还没有长大，还没有来得及回报的时候，他们就已经老去了。我希望能通过这个舞台，实现我的一个愿望：用上美国正在研发的新药。这样，我就能实现我的梦想了。"

简简单单的几句话，却如沉重的生命之锤，敲打在人们的心坎上。这个令人感动和敬佩的小女孩，在和恶魔搏斗的漫长过程中，在和死神赛跑的岁月里，收获了一份份沉甸甸的爱。原来，如同流沙般堆积的，绝不仅仅是那个可怕的病魔，更是小女孩那丰盈的爱。它潜藏在女孩心底，满满地充盈了她的身心，充盈了她整个人生。在岁月的磨砺中，有什么能比得上爱，越挫越坚韧，越挫越厚重呢？

一边作画，一边讲述。她手指翻飞，抹去眼前的一抹抹浅沙，画面最终定格在一个长了翅膀的小女孩身上。星空下，她正憧憬着美好斑斓的梦……

人们隐约觉得，那不是一幅画，而是生命的色彩，是爱的蓝图。把画铺陈开来，把小女孩的语言贯穿起来，人们看见，顾若凡分明是一个活在流沙里的最动人的生命："我们是孩子——不同寻常的孩子。虽然我们有许多事情不可以做，但是，我们仍然很快乐。感谢您，爷爷，谢谢您用温暖的背背起我。感谢您，奶奶，谢谢您用纤细的手牵着我数星星。然而，我也有梦想，有渴望，而且那么迫切。心里、梦里都在想，梦想的，渴望的，一定会实现。因为，我有一双隐形的翅膀。"

声音的温度

小时候，家贫屋寒，白天，父母不在身边，母亲便留了一只狗给我，屋后山脚还养了一些鸡。在没有玩伴的日子里，我便与狗、鸡度过了童年的一日又一日。周围寂静，多少有些令人害怕。然而，当一声声鸡鸣、狗吠响起时，我的心便踏实了。所以，声音对于我来说，不仅是听觉上的一种信息，更是心里的一种需求。不论是犬吠、鸡鸣，还是虫响、人语，只要有了这些生命之音，一切都不再是死寂，而是充满了暖暖的生命的律动。

当暮色来临，母亲踏着霞光归来。狗声起后，紧接着是一阵温暖的敲门声。于是，一天的孤独与寒冷烟消云散。迎接我的，是泛着金属光泽的锅碗瓢盆之音。

读小学的时候，作业奇多：有时得抄课文，有时得抄试卷，有时是自己要多下点功夫学新知。于是，我常常写作业到深夜。周围一片死寂，屋子里也只有一盏并不明亮的灯。作业未完成，心便焦躁、恐慌起来，母亲则守在一旁，轻声说："不急，慢慢来。"

劳累了一天的母亲，仍旧打起精神，守在我身旁。有时夸我几句，有时说一两句不着边际的话，有时是莫名的自言自语。哪怕是不吱声的时候，我听见有母亲深深浅浅的呼吸声，心里便安静踏实了下来。

从那个时候起，我便认为，声音是有温度的。它会让你在孤独、寂寞、悲伤的时候给你一种说不清道不明的慰藉与安宁。它会让你明白，你的身边总有一个生命在与你承担，分享。

很久以前看过一则公益广告：深夜里，一个姑娘骑着自行车回家。一片漆黑，四周寂静，她唱着曲给自己勇气。在经过一条胡同时，一位摆摊的大爷却照着灯，守候在旁。姑娘问："老大爷，还没回呢？"

老大爷："这就回，这就回。"

当姑娘远去的时候，大爷才收起摊位和灯光，也收起了为这个姑娘守候的最后一句温暖之声。

越是在寂静孤单的时候，越是在困顿欲绝的时候，一个人的内心越是盼望着另一个声音的来临。他希望出现的是那个最关心、最爱自己的人。要的不多，只是深深浅浅的呼吸，只是三两句无端的自言自语，抑或是一两句不经意的关切……所以，声音是有温度的。

哪怕自己是一个不善言辞的人，也请发出一些声音吧。因为，它们对于你爱的人，或是对于你所关注的这个世界都会如此重要，如此温暖。

你已昏迷十年

美国，肯塔基州。丹尼斯沉沉地睡在病床上，护士在他身前身后忙碌着：查看记录仪，换药水。

突然，丹尼斯的手动了一下，护士惊喜异常："能听见我说话吗？你现在在医院里。你会没事的，一切都会没事的。"丹尼斯嘴角微动，随后，头也活动开来。

"我去叫医生，很快就会回来。"护士推门而出。

丹尼斯终于醒来，挣扎着，小心翼翼地活动脑袋和身子。不一会儿，医生来了。

"先生，你好。见到你醒过来真好。你不知道我现在有多么开心。"他查看了下丹尼斯的身体状况，接着说，"听我说，我是詹姆斯医生。让我把床调整一下，这样你会更舒服。我知道你不知道发生了什么事，此刻的你肯定晕头转向，但是不用担心，没事的，一切都会没事的。"

护士进来，对主治医生说："我们已经联系病人家属了，他们很快就会来。"说完，她再次离开病房。

"很抱歉地告诉你，你躺在病床上很久了。你酒后驾车出了车祸。到今天，你醒来时，已经整整过了十年。"

"十年？"丹尼斯惊诧不已，"我的女儿呢？我想见我的家人。"

"护士已经在联系你的家人。"医生安抚丹尼斯的情绪，"让我联系一下我的同事。他会帮助你更好地度过你目前的状况……趁你休息时间，先看一下电视吧。"

新闻主播出现在电视画面里，而新闻里所播的，对于丹尼斯来说，都是"十年后"的事件。

这一切让丹尼斯茫然得不知所措，他想，我真的因为酒驾发生事故而昏迷了十年吗？

另一位医生走入病房。他戴着严实的口罩，深有感慨地说："当你刚住进病房的时候，我儿子才两岁。如今一晃，他现在都已经十二岁了……你现在都还记得些什么？你能想起你经历的最后一件事吗？"

"我只记得我在喝酒，之后的事一件都想不起来了。"

"现在，请闭上眼睛，我来测试一下你的足部反应。"

丹尼斯安静地照做了。

医生的手轻轻拍打他的足部、手部，随后来到他的面部。突然，他猛地拍打他的脸，并大声而愤怒地叫道："有反应了吗？感觉到了吗？你都已经酒后驾车五次了！五次了！"

医生不断地打他的脸，丹尼斯感觉到了疼痛，便和医生扭打起来。一阵冲突过后，医生的口罩滑落了下来。丹尼斯清楚地看到他的脸，惊呼："马布，是你！原来是你这蠢货在戏弄我。什么'现在是

2023年'，什么'美国总统已经变成了希拉里'，什么'美国威胁对加拿大发动战争'，全都是你们的恶作剧！"

可是，马布却严肃地说："嘿，伙计。你可明白，你已经是第五次酒驾了。如果你再不纠正自己的错误，将来，有可能你真的会沉睡十年。甚至，你会失去你的生命，或者你女儿也因此受到牵连。我们这么做，就是不想失去你这样一位朋友，就是不想让更多的人因为你错误的行为而失去生命。"

原来，这的的确确是一场"剧"，是酒驾者尼丹斯的朋友们合起来编排、上演的一场剧。不过，这绝不是一场闹剧，更不是一场恶作剧，而是一场用心良苦的劝诫剧。

那是2013年12月10日，丹尼斯醉酒后，他驾驶自己的车返回。之后，他烂醉如泥。随后，朋友们把他安置在办公室里。他们把办公室改装成一间病房：搬来病床，在床头安放医疗设备，挂好点滴，在前面安置电视，并请来相关人员扮演医生和护士。一切准备就绪后，就等着丹尼斯醒来。于是，有了上面戏剧性的一幕。

这幕场景被录制成视频，上传至互联网，一天内点击过百万，所有人都为他们的精心设计而称好。因为他们都知道，这是一场友善的"恶作剧"，是一种幽默而睿智的劝诫方式。正是这样的一种方式，唤醒了人们对于自身及家人生命的重视。

爱，就是死生契阔的守候

2012年5月23日，重庆七星岗上三八街发生了火灾。眨眼间，浓烟滚滚，火势燎眉。二楼一位83岁的老伯并没有急于逃生，而是忙于寻找她过世的老伴的骨灰盒。眼看就要危及性命，突然，从楼上冲下来一位住户，顺手把他救出，老伯的性命才得救。可是，他亡妻的骨灰盒却被烧得一干二净了。他躺在地上，没有丝毫得救的喜悦，而是痛哭流涕："老伴的骨灰盒我都保不住，我活着还有什么意思？老伴可是伴随了我将近六十个春秋呀……"

2008年，北京奥运会男子举重105公斤比赛结束后，站在冠军领奖台上的26岁的德国选手马·施泰纳一手举起金牌，一手举起亡妻苏珊的照片，高高地展现在世人面前，仿佛在告诉世人：看啊，我和妻子一同站在了世界最高领奖台上！施泰纳激动地表示，他的亡妻苏珊在比赛中一直陪伴着他，给予他夺金的勇气。他说："我所有的期盼就是苏珊在今天可以看到我的成功。我不是一个迷信的人，但我可以肯定的是，苏珊在注视着我。她在我的心里，给予我勇气和力量。这是一场献给苏珊的胜利。"马·施泰纳夺得的这枚奥运金牌不仅是德国

16年来获得的第一枚奥运举重金牌，而且还证明了爱的奇迹。

2002年，一名71岁的美国男子乔·因伯格的妻子艾琳因罹患癌症不幸去世，他每天都沉浸在悼念亡妻的悲痛中不能自拔。他每天都会买一份报纸，把亡妻的名字一天天地记上。有一天，临近妻子诞辰，他突然想到，要在报纸上登个广告，写下一些朴实的语言，来纪念他的妻子。于是，从此以后，每年妻子的诞辰与忌日，他都会重复着这件简单却饱含情感的事。他说，虽然每次登广告都会唤起他内心的悲痛，但是依然希望能用这样的方式来悼念亡妻，来表达自己对妻子"爱你依旧"的不渝情感。2012年，他妻子去世10周年，这位老人在妻子的生日那天登的广告语是："10年了，我们大家仍记得你的爱。"

2012年，乘热气球旅行的男子克里特飞过英国南部格洛斯特郡上空，惊奇地发现下方的一大片树林呈规则状排列，形成一个庞大的"心"形。他几乎不敢相信自己的眼睛，马上拍下了一组照片，登于报上。于是，牵引出了一段浪漫的爱的故事：

原来，17年前，珍妮特·霍维斯因心脏病去世，丈夫温斯顿·霍维斯为了纪念他深爱着的妻子，带着他儿子在自家6英亩的田地里种下了6000棵橡树苗，树林中间留下了一个大大的心形，而这个"心"尖指向珍妮特的家乡。

年复一年，橡树已经长得郁郁葱葱，但是，没有人知道这个秘密，因为从地面根本看不出任何形状。这只是霍维斯自己的秘密，他只想一个人静静地纪念他的妻子。直到那位偶然经过树林上空的热气球爱好者看到地面的心形，并拍下照片，这一秘密才得以揭开。

如今，霍维斯已是70岁高龄。他说："珍妮特去世之后，我画了一个大大的‘心’的轮廓，然后在‘心’的周围种下许多橡树，在内侧建了一道篱笆墙，还种了一些黄水仙。每年春天，‘心’内的黄水仙开花了，就像一圈大大的花蕊。这时候，我会搬来一张椅子，到那里去坐坐，想想珍妮特，想想心事。我想，这是我送给她的永恒的礼物。”

几个故事，都是爱得美丽动人，爱得刻骨铭心。老伯在生命的危急时刻，念念不忘的是他老伴的骨灰盒；奥运冠军比赛时，一直把过世妻子的照片带在身边，与妻子并肩“战斗”；老人乔·因伯格十年如一日地登报纪念亡妻；英国男子则在他的庄园种满了爱的橡树……爱，就是死生契阔的守候。爱的世界里没有甜言蜜语，没有山盟海誓，有的只是默默付出，默默守候。不论生离还是死别，真正深爱着的人们未曾有片刻分离。这样的爱，就像霍维斯的一片树心，一圈黄水仙，安静而又美丽地在世间绽放出最美的姿态，永不凋零。

一个人，只有一个守候。

一个守候，就是一辈子。

爱的真谛

在一个宁静的小镇里有一条河，河边有一家别致的咖啡馆，这是一家很小的咖啡馆，小到店主只能把两张凳子摆在咖啡馆外。

咖啡馆的格调与街巷十分相称，古朴简单的设计，安静却不失浪漫。店主名叫林晨夕，是一个小伙子。他是个浪漫的年轻人，从他经营的这家咖啡馆就可以看出，不过，他的眼睛什么也看不见，可是，他却每天都用地心经营这间小咖啡馆。有客人时，他会笑脸相迎，用心做事；客人少时，他就会抱着心爱的吉他尽情弹唱。不过，能听他弹唱的人并不多，因为他的生意好极了。闲暇时，有人问："小伙子，你不找一个爱人吗？"小伙子没说什么，只是弹着吉他，用歌声回应。

有一天夜里，当人们睡去的时候，小镇里来了一位年轻的姑娘。她神情沮丧，走路摇摇晃晃，像是喝醉了酒，来到了小河边，她轻声念叨几句之后，扑通一声跃入河中。林晨夕听见了动静，放下吉他，朝声音飞奔而去。河水并没有把姑娘冲走，他在水里摸索了一番后，顺利地把姑娘救上了岸。

姑娘还有意识，在吐了一口河水后，她问："你是谁？不要管我，让我死了吧！"

小伙子没有理会她，把她背到了一家小旅馆后，悄然离开。

第二天，夜已深，姑娘来到他面前，说："嗨，小伙子，谢谢你救了我。不过，我还是会死的。"

尽管看不见，但是小伙子仍停下了手中的活，抬起头，像要好好地看清面前的这位姑娘似的："唉，你为什么要放弃这么美好的生命呢？"

姑娘上下打量了一下小伙子，才看出救她的原来是个盲人。于是，她苦笑一声，说："连你自己都是个可怜虫，还来安慰别人？"

小伙子愣了一下，随即明白，笑开了："哈哈！你是说我是个瞎子？"他面带笑容，很阳光。姑娘忍不住多看了他一眼。

小伙子笑容久未散去，就像一江春水，暖暖地漾着太阳的光。他把挂在墙上的吉他取下来，挂在脖子上，轻轻地拨了拨琴弦，唱起了歌。

他唱的是一首民谣，欢快暖人。姑娘动容，久久地看着他，好像在回忆些什么。许久，她的脸上终于浮现出难得的笑。

小伙子放下吉他，说："我给你煮一杯咖啡吧……你可以跟我说说你的经历吗？"

磨咖啡、煮咖啡，小伙子虽然看不见，但一切都很熟练。小小的咖啡屋里顿时溢满了浓浓的香味。姑娘的心顿时变得安静了起来，于是，向他说起了自己的心事："你不该救我，我还是会死去的……我的命并不长了。我很小的时候就生活在这个小镇，但在十岁的时候，我离开了这儿。后来，我在大城市办了一家公司。我的事业很成功，而且有一个很要好的男朋友。正当生活如此美好的时候，我却患上了红细胞增多症。医生告诉我，我只剩下两年的寿命……而我的男友，就在这时离开了我……"说着说着，姑娘的眼泪淌了下来。

咖啡煮好了，小伙子递给她，暖暖的水汽从姑娘面前升腾，姑娘的脸，像是覆盖着月亮的轻纱。

"姑娘，你可别放在心上。你可知道，一个瞎子，他眼前能感受到的是黑暗还是光明吗？"

姑娘看了看，说："你……你不是瞎了吗，怎么还能感受到'黑暗'与'光明'呢？"

小伙子笑了笑，说："别人也是这么认为的。不过，正因为我看不见，所以，我会把自己想象成永远活在白天。这样，我的世界里就没有黑暗。"姑娘捧着暖暖的咖啡，低下头，在想着什么。小伙子说，"慢慢喝吧，我再给你弹唱一首歌。"

还是那首民谣，姑娘再次动容。

曲子完毕，小伙子微笑着对她说："伊紫莲，以后你每晚都到我这儿来吧，我每晚都给你煮一杯咖啡，每晚都会为你弹唱一曲。"

姑娘惊讶地望着他，说："林晨夕，你是怎么认出我来的？要知道，我们已经有二十年没见面了呀！"

小伙子微微一笑，说："这有什么呢？有些记忆是不会抹去的，就像刚才那首我们一起弹唱过的曲子一样。"

伊紫莲落下了两行热泪，一滴一滴，落在了暖暖的咖啡里。好久没有喝过这么香浓的咖啡了，她想。

屋外，河水静静地流，暖风微微地吹。

蓦地，她放下手中的杯子，夺过他手中的吉他，对他一笑，说：

"别忘了，吉他可是我教你的！"

还没等林晨夕反应过来，伊紫莲便开始了弹唱。还是那首民谣。在悲凄中，夹杂着难得的温暖。

林晨夕的表情异常复杂，喃喃自语："二十年了，二十年来没听到这首曲子了……"

蓦地，乐声止住。伊紫莲对他说："如果你愿意，以后，每天晚上我都在这儿弹给你听吧。你只要静静地听着，时不时为客人们煮一杯温暖的咖啡就行。"

于是，每一天晚上，伊紫莲都会来到林晨夕身边弹唱吉他，招揽顾客。有的时候，他们还会合奏一曲。

一年后。

一个月圆风轻的晚上，在这间小小的咖啡馆前，玫瑰满街，歌声响城。一对幸福的新郎新娘举行了简单却浪漫的婚礼。

人们议论纷纷，因为他们谁都没想到这两人会走到一起。

一个人说："那不是瞎子吗？居然会有人嫁给了他？"

一个人说："听说那新娘患了绝症，快要死了！"

一个人说："咳，管他什么瞎啊死啊的，只要他俩彼此相爱就对了。这难道不是爱的真谛吗？"

是的，爱，又岂在乎时间与生命的长短？两个本是悲凄之人，却并没有因为命运的悲惨失掉光明，没有失掉追寻幸福的心。于是，他们走到了一起，获得了幸福与光明。

只要相爱，便是永恒，这难道不是爱的真谛吗？

心灵的天堂

南北两个住宅区之间有一条小街，临街处有一理发店。理发店稀松平常，透过玻璃门往里看，里面的装饰也简单质朴。作为一家理发店，它完全不跟潮流，不追时尚，颇令人费解。然而，令人惊奇的是，小店的生意虽不算兴隆，但也绝不算冷清。每逢路过，都能看到顾客光临。听人说，这个小店一开就是十余年。

路过此街许多次，从未关注过这个简单的小店，更未进去理过发。直至有一次，赶时间，便就近选择了这家理发店。店里虽不奢华，却干净舒适。店主是个中年人，笑呵呵的。一见我，便很热情地上来打招呼。在问明我要求之后，便干脆利落地干起活来。从前理发，大多得被理发师软磨硬泡地推荐美发项目，或是推荐产品。而这一次倒好，他只剪发，话并不多。不过，旁边的顾客与女理发师的对话倒是吸引了我：

"您看我这头发需要焗油吗？"

"您的白头发还不算多，不用焗。我给你挑挑就行。"于是，我看见她用剪子一根一根地处理，一弄就是数十根。

我在想，居然有顾客要求焗油而被店主拒绝，这是哪门子生意？

我剪完发，照了照镜子，很是满意。付了钱，又感叹他收费低。于是，忍不住说："我想办个卡吧，行吗？"

"我看您也不常来，先不办吧。等您以后确实需要了再来办也不迟。"

我第一次见到这样奇怪的店主，有生意上门居然极力推掉。我想，难怪这个店做了十余年，仍然如此简陋不起眼，大概这是店主"安于现状"的缘故吧。

过了一段时间，我再次路过这个小店，却惊奇地发现门上贴出了一则通知："本发型坊于近日办理退卡，谢谢。"

我想，难道这家小店终因生意清淡而要关门了吗？

店主恰在里面，而顾客也挺多，我忍不住推门进去一看究竟。

惊奇地发现，与我剪发的那时相比，店主憔悴瘦弱了许多，还戴着口罩，不住地咳嗽。显然，他病了。他已无力说话，哪怕难得有一两句，也夹杂着咳嗽声。但是，从他与顾客为数不多的谈话中，我得知，他患上了肺癌。两个月前，他因腿部静脉曲张，做过一次手术，但是手术后，他的身体一直没有恢复过来。紧接着，他连续发了十几天低烧，加上右胸疼痛，他不得不去医院做了检查。可是，没想到，这次的诊断结果竟然是肺癌晚期。

他的精神几近崩溃，但是，他却念念不忘店面的事情——不是忧心生意，而是着急如何尽快为顾客办理退卡。于是，在接受一周的治疗后，他坚持回到店里，贴了公示，并忙着为顾客办起退卡手续来。

我听着，心里不禁被温暖了。望了望门上贴的"诚信十年"四个大字，在感动之余，突然明白了这家普通至极的小店为什么能坚挺十余年。

在那里，我待了整整一个下午。令我感动的是，来店里的人大多并不是为了退钱，而是提着各式的营养品来探望他。除了温馨之余，还多了争执——顾客并不想接受退款，而是想把钱留给店主看病；店主却将钱硬塞到顾客手里。他说："我一辈子做事没亏待过人。在这个关头，更不想为这点钱放弃我数十年来本分做人的原则。"

顾客实在拗不过，便只收下一半退款，他们说："老马，这么多年来，你一直待人真诚友善，从不劝生意，也不推荐办卡。我们大家都知道你的为人。你就收下我们的一点心意吧！"

整个下午，这个叫"老马"的店主接纳了几十名顾客，却仅仅退出了不到十张卡。到了关门时间，我也准备离开，但是，不经意间，却听到了他对妻子说的话："还有十多张卡没有退。我看我们还是亲自上门找他们退去吧。再过两天，我就得去接受化疗了……"

在寒冷的风中，我的心仿佛淌过一股无比滚烫的流，灼热了我的全身。突然间，我才明白，这个寻常的店和平凡的店主绝不是我原先想象的那样平庸，而是拥有一颗宝石般稀缺而高贵的心灵。

我想，一颗炽热诚挚的心或许不会给自己带来巨大的利润，但是，却能收获世上最宝贵的东西——心灵。那样，不论你在多么寒冷的时候，都会有人为你捧来一缕阳光，一杯温暖，让你体会活着的意义和价值。

这间小小的理发店，绝不仅仅是一个经营之所，而是人们温暖的心灵天堂。

为爱等待

天气已冷，深夜又兼细雨，冷风冷雨打在人的脸上，哪怕穿得再厚，哪怕撑着一把伞，也觉得冷到骨子里去了。

到了末班车发车时间。在这条漆黑的路上等待公交车是一件令人焦躁的事情，因为道路狭窄，灯光昏暗，就连站台的空间都极为狭小，想挤进去避个风雨都极为困难。忙碌了一天的人们都盼望这一趟末班车能早点到来。

车好不容易等到了，可是，乘客们却不断向司机投去抱怨声："怎么来这么晚啊？你看这天，黑得瘆人。路旁又没有灯光，万一遇到坏人怎么办？"

司机耐心地说："对不起，大家耐心等等。我总不能提前几分钟发车啊。这坏了公司的规矩，也坏了我们与市民的约定啊。"

大家都明白这个理儿，可是，回家的焦急心情还是让他们忍不住嘟哝了几句。司机想，大家的心情也值得体谅，那么今后，就提前一分钟发车吧。

于是，司机开末班车时便提前发车，给予大家方便。大家也颇为满意。但是，有一天，这路公交车却整整延长了三分钟，乘客们抱怨声就来了："你是不是偷懒了？是不是睡了个小觉，错过了发车时间？"

"有你这么不负责的司机吗？"

人多势众，批评声便越加严厉，司机只得不断赔笑道歉。

一天，两天，三天。接连几日，公交车都延长了发车时间。大家看了看表，仍然是三分钟。大家怒火不减。

有一天，上车后，一位乘客说："这路车是怎么回事？我要投诉你们！"

尽管如此，但是，司机并没有立即开车的意思，他四处张望，像在等待什么。突然，他走到门边，喊："阿姨，快点上车！要开车了！"

人们这才注意到，窗外，一个身影正艰难地向站点挪来。

乘客们议论开了："这位阿姨很眼熟的样子。"

"我想起来了，她每天都跟我们坐一趟同末班车。"

"我认得她！她就在附近的一所盲人诊所上班！"

……

"对不起，给您添麻烦了。雨大路滑，我走得慢，真是抱歉！"阿姨上车了。

大家仔细一看，才注意到她是个盲人。

"没关系，赶紧上来，别冻着。"司机搀扶着她上车，把她引到靠车门的一个座位坐下。

是的，她是一位盲人。与大家一样，下班后，她每天都乘坐这辆末班车回家。可是，光线黯淡，大家等车心急，并未留意身边有一位盲人与他们同坐一辆公交车。

盲人阿姨腿脚不便，走路缓慢。曾经有一段时间，司机早发车一分钟，她便错过了这趟车。当公交公司得知这一情形，立即做出了一个决定：为这位困难的盲人阿姨延迟三分钟发车时间！

于是，大家便目睹了这一幕。

听完司机的解释，大家不禁释然。突然，有一乘客说："没事，为了阿姨，您就延长三分钟时间发车吧！我们能等。大家说，是吧？"

一车的陌生人似乎都相知相熟起来，竟然不约而同地起身应和。顿时，原先一车的抱怨声变成了暖暖的谅解和友善。

这是爱的谅解，是爱的宽容，是司机一个小小的善举触发了人们与生俱来的善心，触动了乘客们柔软悲悯的心。

于是，乘客们每日都为了阿姨担忧起来。在等车的时候，他们会向远处张望，看看阿姨是否如约而至。当看到那个艰难前行的背影时，他们都会主动上前去搀扶。有一日，已错过开车时间好几分钟，可阿姨却仍未至，车子只好启动。突然，车厢里所有的乘客都大声叫起来："司机快停车，阿姨在后面！"

于是，已发动了的车又停下来，为了一个盲人阿姨再次启动车门。人们第一次见这样"违反"规则的行车行为。不过，他们并未觉得不妥，反而一致向司机投去了肯定与赞赏："为爱等待三分钟，值！"

是的，这是一辆爱的公交车，更是人们心灵的汇聚点。是爱，让人们善良的心凝聚到一起，让一车本是陌生与抱怨的乘客的心紧紧相拥。

为了爱，等待三分钟，是一件甜蜜而幸福的事情吧？甚或，等待一辈子，也是如此吧？

冷风冷雨仍飘在窗外，可是，透过浅浅的霓虹灯，人们清晰地看见，车子里洋溢着暖暖的幸福的笑。

雪地里温暖的足迹

大雪整整下了一天。白茫茫的大雪覆盖在蜿蜒的公路上，一眼望不到头。公路上已滞留了数百辆车，车身上，盖着厚重的棉被；车轮下，积雪已埋住小半个车轮，动弹不得。

封路已经有一段时间了。从早上到薄暮时分，他还没有进过食，整条公路上的人们也都没有进过食。在这冰冷的世界里，饥饿让他们既感无力，又颇感焦躁。尽管如此，整条公路上的人没有一个人尝试打开车门去寻找晚餐。在这样一条长长而阴森的山路上，他们不知道，除了雪，还有什么可怕的东西在等待着他们。

雪地里出现了几个黑点，由远及近，越来越清晰。一个，两个……来了十几个人。一会儿，那一伙人分散开来，两两一组，分别走到几辆车前。他们拍打车窗，又大声地喊叫着什么。

他听不清楚，不过，他看见，不论他们如何声嘶力竭，车子里的人都毫无动静。

不一会儿，一组人走到他面前。看起来像是一对夫妇。只见他们先是轻轻地拍打车窗，然后把手里的东西提起来，大声问："一天没吃饭了吧？给你们送饭来了！"

他愣了一下，稍犹豫，然后，向车外人摆摆手，示意："我不饿。"

车外人又喊了一阵，见他始终不予理会便缓缓离开，向着前方目标继续走去。

一车，两车……一路下去，他们重复着相同的动作，可是，没有一个人为他们打开车门。

雪地里的黑影散尽，只留下一串足印。

饿了一天的他把头靠在座椅上，闭眼休息了一会儿。

"咚咚咚！"又是一阵敲窗声。他把眼睁开，这次来的不是成年人，而是一个小孩。他略感诧异。

"叔叔，您饿了吧？我给您送饭来了——免费的哦！"车窗外，小女孩扯着嗓子喊。

八九岁的样子，扎着一个简单的马尾辫。虽然身上穿了厚厚的棉衣，但是脸上还是被冻得红通通的。他心里不禁为之一动。想了一想，他打开车门，说："孩子，天这么冷，你怎么到这儿来了？"

"路已经封了一天，叔叔肚子饿了吧？赶紧吃吧！"女孩见他没有接受的意思，继续说，"村子里的叔叔婶婶已经来过了。他们说你们不相信他们的好意。于是，我就主动提出来试试了。我相信，人与人之间还是有信任的。"说完，她咯咯一笑。

他这才明白，先前的那些人的确是给他们送吃的来了。只不过在这样的山路上，人们实在有所顾虑，都不敢轻易打开车门。

然而，面前的这位小孩，却给人纯真善良的感觉，似乎能在无形间把人心底的那份不信任击碎。他终于忍不住，接过盒饭，准备付钱，可是，孩子却说："叔叔，免费的哦！"说完，她粲然一笑，提着身旁的一大袋盒饭，雀跃而去。

他四处张望，惊讶地发现，这条公路上绝不仅仅是这一个孩子，前前后后，大约有十来个！他们都裹着厚厚的棉衣，提着盒饭，在雪地里忙碌着。再看一会儿，发现人们无一例外地都为孩子敞开了原先紧闭的大门。每送上一盒饭，孩子们比受惠人更加高兴。

雪地上的黑影，来了一批又一批。大人们没有传达的善意，都由孩子们传承了下去。

他捧着那一盒热气腾腾的盒饭，并没有马上食用，而是呆呆地坐着。他隐约觉得，在这群朴素的村民面前，自己显得多么卑微与丑陋。

深深浅浅的足迹印满了整个白茫茫的世界，仿佛春天的花，斑斓地绽放着。他知道，这是他见过的最美的风景。

是的。正是由于那一份质朴的善和不求回报的付出，才温暖了这片冰天雪地，温暖了人们久寒的心。

他打开盒饭，细细地嚼起来。一滴泪从他的脸庞滑过。

把爱穿成一片星河

　　她是个不起眼的老人：矮小，苍老，还有些木讷。她在大学里一个不起眼的角落有一个小小的水果摊。她不会吆喝，不会招揽生意，不会包装，更不会打广告。起初，没有什么人光顾老人的水果摊，可是，不知从何时开始，光顾此摊的人多起来。一个，两个……到后来，竟然是成群结队而来。每人都提着大大一袋，欢喜而去。

　　就这样，老人的生意在校园里火了起来。

　　原来，数年前，老人的儿子患上了脑瘤。儿子先后做了三次开颅手术，近三分之一的左脑被切除。因此，他的智力受损，生活也不能自理。为了支付每月高额的治疗费，老人在大学里摆起了水果摊。小小的摊成了她拯救孩子的唯一希望。2009年，几名大学生了解了老人这个艰难而辛酸故事，把它制作成视频，上传至学校贴吧，还发起了倡议："如果你有时间，希望你能去浴池旁老人的水果摊看看，就算不买水果，仅仅是陪老人聊聊天而已；如果你有闲钱，希望你能去浴池旁老人的水果摊买点水果，帮老人缓解来自生活的重压；如果你有爱心，希望你能去浴池旁老人的水果摊帮帮忙，你的爱心会感动更多的人……"

视频与倡议书上传后，全校都知道了老人艰难的处境，于是，买水果的人便络绎不绝。

每天九点，老人准时来到摊位。她几乎不用做任何事。在她身边，总有一群大学生帮忙料理：男生们把摊位收拾干净，把水果箱子摆放整齐；女生们则帮忙清扫周围的落叶。老人想自己整理，可是，总是被这些可爱的孩子们硬生生地"按"回椅子上。于是，老人便乐得个清闲。

孩子们处理完毕，老人便舒舒服服地坐着。从早上九点到晚上十点，她就这样静静地坐着——不用吆喝，不用张罗，自有人不断前来。那是最特殊的经营方式：她微笑着看孩子们翩翩而来，微笑着看孩子们自行挑拣好水果，微笑着看孩子们自行放到电子秤上，微笑着看孩子们满载而去……一整天，老人几乎不必起身，也没有人抱怨老人做生意"懒惰"。

他们说："我们心疼她，老人腿有风湿呢，可不能让她站着卖。"不仅如此，在老人有事或者生个小病的时候，大伙儿都会轮着帮老人打理生意。老人也放心，孩子们也心善。就这样，他们彼此信赖而友善地度过了数不清的日夜，度过了数不清的严寒和酷暑，度过了数不清的风季和雨季。

岁月不停留。学生有来的时候，自然有去的时候。但是，关照老人却成了大学里约定俗成的一个传统。每一年，刚入学的学生都会从"老一辈"的学长那里了解这个故事。于是，他们便主动地接过学长手里善良的旗帜，扛着它走过充实而有意义的大学生活。

如今，这段佳话已经被传承了三年，非但不褪色，反而历久弥新起来。它就像一条美丽的长河，闪烁出人性最美的光辉来。是的，那是天上闪烁的星星，一串一串地，被善良的孩子们用一个长长的签连了起来，成了天上最美的人性之河。

其实，我们的生活并不缺失爱和感动，总有一些平凡的人、平凡的事，在静默中坚守着爱的信仰。他们并没有太多的苛求，并没有太功利的世俗之举，更没有丝毫索取回报之念。他们只是在单纯地履行着爱的誓言。当他们把这样的爱和善举一个接一个地传承下去的时候，人们看到，他们俨然在高举一颗又一颗爱的星星。最终，传递到我们在手上的时候，它们就成了一条闪烁着光芒的爱的星河。

尤坎镇上的太阳

挪威中部有一个四面环山的小镇，名为尤坎。由于高山阻挡，加上小镇靠近北极圈，因此，每年的九月至次年三月，太阳都只是远远地躲在山后。没有把阳光送给小镇，只是留下一片冰凉的山的影子。

是的，这是一个没有太阳的镇子。可是，在这样的一个清冷小镇，却流传着这样一个温暖动人的故事。

那是一百年前，有一位名叫爱德仔的小男孩。他的母亲患上了重病，周身寒冷的她，想见到一缕阳光，想沐浴冬日里的温暖。可是，在这样一个冷寂的小镇，怎么会有阳光的眷顾呢？爱德仔望了望山谷外的天空，想了想，便从家里拿出一面穿衣镜，然后飞也似的出了门。那是个很大很深的山谷，爱德仔需要绕过长长的路，翻过许多山，才能爬到他对面的那座高山的山顶。从清晨跑到正午，他终于到了小镇正对着的那座山上。爱德仔向家门口望了望，朝母亲扬了扬手，大叫着。可是，已经毫无气力的母亲根本察觉不到任何动静。

"快！"爱德仔心里暗叫，他把手里的那面穿衣镜举了起来。好极了，镜子正对着太阳，暖暖的太阳光直直地向镜子射去，然后，反射到小镇子里。

清冷的小镇突然变得温暖了起来。

"看！那里有太阳！"镇子里有人叫了起来。

的确，光线亮堂堂的，像一层金纱。人们纷纷走出家门，来到镇子的广场上。

母亲也察觉到了，因为，那金色的太阳，正暖暖地披在她的身上！她从来没有在冬日里见过太阳，没有在冬日享受过一缕光的温度。如今，她感觉舒服极了，就像是上帝把光明和温暖送到了她的怀里。她终于尝试着挺挺身子，挪挪位置。她看见，高高的山顶上，儿子正朝着她招手。于是，她欣然微笑，也向他挥了挥手。

所有人都知道了，是爱德仔为小镇送来了光明，带来了温暖；人们也知道了，他的母亲需要人照顾。于是，人们纷纷走向爱德仔的屋子，为他母亲披上衣服，为她烧热水，为她端水送药……

太阳正偏西，爱德仔随着太阳的挪移而慢慢挪动他的镜子，以便让母亲一直坐在太阳的光辉里。

太阳终于落山了，爱德仔在众人的欢呼声中下了山，原路返回。

当他回到家时，发现人们依然陪伴在他的母亲身旁。这不得不令他感动万分。可是，这时候的母亲却永远地闭上了双眼。不过，从她的表情来看，她走得很安详，因为，儿子和大家曾经把她送到了上帝的身边。

爱德仔不免悲伤，但是，他没有留下任何遗憾。从母亲的微笑和人们的慰问声中，他明白了自己要做些什么。

办好母亲的葬礼后，爱德仔每天跑向山顶。太阳升起时，他便到达山顶了；太阳落山了，他才踏月而归。在那高高的山顶上，他用那个大大的镜子把太阳的光线反射到小镇，让这个镇上所有善良的人们都分享到了光明与温暖。

"他为这个小镇创造了一个太阳呢。"人们纷纷感激地说。

一百年后，爱德仔和他的镜子早已不在人世。可是，人们一直未曾忘记他为这个小镇做过的一切。为了纪念爱德仔，也为了让一百年前的那个太阳重临小镇，人们开始讨论如何把爱德仔亲手"制造"的太阳重新升起来。很快，他们制定出了一个妥善的方案。

2013年10月30日，尤坎镇终于重新迎回了那个亲切而熟悉的太阳：三面大大的反光镜被牢牢地立在爱德仔曾经站立过的地方。那几面大大的镜子把太阳重新送到小镇的怀里。为了这三面镜子，几年间，人们一共筹集了五百万挪威克朗（大约五百一十万元人民币）。那一天，人们用直升机吊起三面大大的反光镜，将它们妥善地安置到四百五十米高的山顶。一百年前，爱德仔需要随着太阳的移动而不断改变镜子的方向。如今，科技日新月异的小镇，已经能用电脑控制镜子的方向，它们能随着太阳的移动而自动调整角度，以便光线能照进小镇。

那一天，小镇上的三千居民齐聚广场，见证了这个欢欣鼓舞的神圣时刻。他们知道，这是一份爱的传承。是爱德仔的爱跨越了时空，给了他们上帝的启示，才使得这个小镇的人们重新凝聚在一起，共同托举一个爱的太阳。

人们想，如果爱德仔还在世那该多好。因为，这个太阳可是他留下来的最美好的礼物啊。

不必偿还的爱

我看这老头是糊涂了，钓了这么多鱼，却没发现少了几条。不过，一个糊涂的人又怎能钓到这么多鱼呢？

那个孩子又来了，每天黄昏，他总是偷偷摸摸地跑到这条河边，然后，躲在一棵大树的后面，瞅准时机就动手。什么时机？老人钓到一两条大鱼的时候，或是老人微闭双眼躺在睡椅上的时候。

他刷地一下出现，又熟练地抄起一两条大鱼，继而逃离现场，来回不过十几秒。

看那样子，是个地道的惯偷。

我和老人离得远。钓鱼的人，本是心静求安，顾不得外界动静，再加上那孩子动作实在利索，所以，直到最近几天我才觉察出不对劲。

我想追，却追不上了，只得继续钓鱼。

又是一天黄昏，我照旧来到这条河边，老人却早已经在那了。

我先不开工，而是走到老人身边，看了看。他瘦瘦的脸久经风霜，褶皱布满他的脸庞。我总以为他钓鱼的时候眼睛是半闭半睁的，如今才清晰地看到他那双眼睛炯炯有神。我不禁感到奇怪。

他用来装鱼的桶摆得离他较远。我看了看，发现已经钓上了几条小鱼。我看了看表，估摸着时辰要到了，便对他说："大爷，你每天回家的时候难道没发现自己钓到的鱼少了吗？"

老人如炬的目光由江面转向我，嘴角微扬，说："这么说，你每天都瞧见了？"

"每天？不，我是最近几天才瞧出异样的……这么说，你早已经知晓了？"

他的目光又变得深邃起来，继而转向江面，沉沉地道："我知道那孩子。那一年，他母亲患了重病，父亲离他们而去。从此，这孩子一个人照料他的母亲。他每天在外乞讨、捡破烂，换点钱给母亲看病、吃饭……不容易啊。"我终于明白他每天装睡的用意了。

"难得你一片心意。不过，你不担心他因此成为一个惯犯吗？看样子，他简直是一个惯偷啊。"

"不，我相信那孩子。他本性善良。总有一天，他会意识到身边的人是爱他的，意识到这个社会并不是他想象的那样冷酷无情。只要感受到爱，心就不会枯萎，不是吗？"

我心有所感，又颇有敬意，默默地走向我钓鱼的老位置。

就在转身的一刹那，我又看见了那孩子，原来，他早就到了。可是，今天的他，并没有向老人跑去，而是飞速逃离了现场。

那一天，我和老人等了很晚，孩子都没有再出现过。我跟老人说："孩子已经来过了。"

老人沉思良久，说："恐怕，他今后都不会再出现了。"

正如老人所言，从那一天起，他再没有出现过。

时过境迁，如今，我已经没有了钓鱼的习惯。但是，我仍然会在黄昏时分来这里走走。有一天，正当我临江出神的时候，一个年轻的小伙子突然出现在我面前，然后，小心翼翼地问我："请问，你知道曾经在这里钓鱼的那位老爷爷吗？"

"老爷爷？哦，他已经过世多年了。"他愣了半晌，随后，竟呜呜地哭了起来。我满腹狐疑，问，"你是？"

"我就是当年在你们身后偷鱼的那个孩子。"

我端详其身形样貌，往事一幕幕浮现在我眼前。

"你……"我竟不知该些说什么。

"那一天，我听到你们的谈话后，就再没有来过了。我想自食其力，真真正正地做一个人，去照顾我的母亲，也不辜负老人的期望。有一段时间，我白天去找活儿，当晚上回来的时候，却发现屋子里总会有一两条鱼。有的时候，旁边还放着一些零钱。我知道，那是老人一直在默默地帮助我。可是，不知从哪一天开始，我发现，鱼和钱再也没有出现过……这些年，我常常想，如果不是老人的那一番话，我早已经走上了一条不归路。"

我慨然，想必他是来向老人报恩的吧。

他说，他欠老人一份债，一份帮助债、厚爱债、成长债……虽然，他的母亲已经离世，但是他却成长为一个脚踏实地、顶天立地的人。而且，他也已经有了自己的事业。

在我难过之余，又不禁为这个孩子高兴，为他的母亲高兴，也为老人高兴。

我知道，总有一些爱，是我们不能忘记的，是最光明的、最温暖的。世界上，黑暗与寒冷不少，可是，正是我们身边有了这一份份亲人、友人和看不见的陌生人的爱，才让我们看到、感觉我们身处的这个世界并不寒冷和冷漠。于是，我们的心也情不自禁地变得光明与温暖起来。

那样的爱，我们不能忘却。不过，却不必偿还。因为，我们还会把它传给下一位，再下一位，就像一场永不完结的爱的接力。

抢着买单

与朋友在外用餐是一个斗智斗勇的过程，说"斗勇"是因为吃完饭结账的时候，一桌的人都抢着掏钱。起初，我们是在饭桌前叫服务员过来结账的。后来，为了抢个先机，我们把"争斗"的地点移到柜台前。常常，我们顾不得锅里还有菜，便离席去结账。一时间，柜台成了我们难看的"表演"场所，你推我搡，给在场的人看够我们的笑话。虽然也自知形象不佳，但我们别无良策，只好如此。在难堪和艰难的"肉搏"之后，我们重回饭桌，继续我们饭局的"加时赛"。

说"斗智"，则是因为，我们得与时俱进，制定新策略。我们得察言观色，伺机而动。"形势"变得越来越严峻，我们不能仅靠力敌，更应智取。我们把抢单的时间提前。这是第一。第二，我们得把握好时机。比如，酒过三巡，有朋友上洗手间。我们就趁此机会，到包厢外，神不知鬼不觉地买单。同样，我们还可以自己找个上洗手间的时机偷偷溜出去买单。待到酒菜毕，有朋友要抢单时，却不知早已结过账。于是，一桌人欣然而笑。

抢着买单，总比抢着逃单要好。尽管一直以来，我们这群人都自知形象不佳，但是，在一份份善意面前，我们还是感到了无比快慰。一直有人说，你们这样的行为不好，不如像西方那样"AA制"。甚至，还把问题上升到"民族""文化"优劣这样的"纲"和"线"上来。我想，这只不过是一个小小的文化差异，何来民族与文化的"优""劣"之争？那一次次善意的争抢，都是缘于朋友一颗真诚与善良的心。

不过，我们并非一直表现出这样"粗鲁""野蛮"的形象。在漫长的斗智斗勇的过程中，我们的争抢逐渐减少。有的人甘愿一直付出，有的人，则一直乐于接受。比如，在我们几个好友中，老马就是一直乐于接受的，我们也从不让他买单。因为，他年纪渐大，身体欠佳，收入不稳定，又有赡养老人与抚养孩子的压力。所以，我们不让他买单，他也乐于接受。我们没觉得这样有什么不妥。好友之间，岂在乎这点小钱？

《飞狐外传》里有一个小情节：赵半山临别之际，赠给胡斐四百两黄金。但他担心胡斐不接受，没有当面交予，只是把黄金包起来，放在远处的一块大石上，吩咐胡斐待他走后自取。胡斐取过包裹，打开知道是黄金后说了这样一番话："我贫你富，若是赠我黄金，我也不能拒绝。三哥怕我推辞，赠金之后急急走，未免将我胡斐当作小孩子了。"所谓"君子之交淡如水"，大概就是这样的一种表现，不在乎形式，不在乎金钱，不在乎物质，只关乎本质和内心。

随着岁月的流逝，我与他们争抢得也并不那么凶了——能买则买，不能买则欣然接受。有一次，用餐没结束时，我要抢着付账，可没想到，对方的策略又高了一筹——在前一天，他已经在网上付了账。我们用餐无须付钱，只需告知店家密码就可以了。

好友在抢单方面花的心思太多了，我望尘莫及。可是，我心里没什么不安，反而乐于接受。因为，曾经有一次，在我抢着买单后，朋友指责我："你这样做，我不但不会高兴，反而要批评你。你的收入并不高，年过三十，还未买房成家。你该备些钱，为你将来的生活好好着想。"

我心存感动。在我们"争争抢抢"的这些岁月里，有这样一些深深浅浅的看不见的关怀和善意。看似一场场拼死的相争，看似一场场丑陋的演出，却隐含着许多温暖和感人的情怀。过了这么些岁月，我才明白这个道理。我想，这才是我们中国"抢单文化"背后真正令人称道的核心所在吧。

幸福的公式

以前跟女孩子吃饭的时候，基本上不用吃什么，心思在人不在饭。看她的吃相，能幸福到死；女孩吃得开心，自己吃不吃便无所谓了。

有个朋友厨艺了得，每次聚餐，都是她掌勺。聚餐的人多，她的活也多：采购、洗菜、做菜、配佐料……每一道程序工作量都大。往往她头一天就开始准备，到第二天，又得花上好几个小时。等她把一大桌美食摆在我们面前，让我们直流口水的时候，她自己倒不想吃了。她在一旁看着，说："我喜欢做菜。做完一大桌子菜，自己倒累得不想吃了。不过，看着大家吃，我便很开心。"

喜欢做菜的人是不是都这样，喜欢烹饪，却乐于看对方吃；看对方吃好，心里便满足和惬意？

需要注意的另一方面是，做菜的人辛辛苦苦弄了一大桌饭菜，我们应该大快朵颐，还要夸奖和称谢，否则就辜负了对方的一番心意。

我有一个朋友，下班后经常与我们一同喝酒。但是，有一段时间，他却反常了——一下班就往家里跑。我们说："急什么，喝两杯去！"

他却说："老婆在家等着吃饭呢。"

不论我们怎么叫怎么劝都拉不回他，对这个堪称"酒鬼"的家伙，我们着实佩服他的"定力"。后来，他跟我们说："老婆在家里做了一桌菜，就是为了等我回去吃饭。我不能辜负她。以后要喝酒，请'预约'。"

他这么爱老婆，我们不禁为之钦佩。

吃，是人们最基本的需求，是最平常不过的事。不过，在那一份份平平淡淡的"吃"里，却隐藏着一份我们很少注意到的爱：他看着你吃好，她便幸福；她为你们做一桌饭菜，她便幸福；她做好一桌饭菜，等心爱的你回来，也是幸福。

"爱"与"幸福"就是这么平平常常，就是这么简简单单。但是，一旦注意到，却这么令人动容，这么令人动心。

所以，衡量"爱"的深浅其实很简单，如果你与他为了谁做饭这个问题争执不休，那这样的"爱"一定还没到骨子里去。所以，幸福的家里，一定会有一个乐此不疲地做饭的人，此外，还得有一个忠实的"吃货"——不论他工作多忙，不论他有多大的应酬，如果他拼命地赶回家吃你做的那一顿饭菜，那就说明他真的十分爱你。

曾从别人那里听到一个令人感动的"吃货"事件：一个朋友在县城办完事后返家时已近中午了，他开车行驶在高速公路上，突然接到老婆打来电话，催他回家吃饭。他估摸着，下高速路后回家时间恐怕来不及。你猜他怎么着？他直接把车子停在高速路应急车道上，锁好车门，从高速路旁的山坡抄近道回家了。后来，虽然是被交警罚了，但妻子的饭菜却赶上了。而且，事后的他还一脸得意，还好还好，妻子做的饭菜还没凉！

心有爱人，自然会在心里把她装得满满的。对于她所做的一切，无论如何，他都不忍辜负。这，就是爱啊。

所以，一个充满爱的家庭，肯定由两种类型的人组成：一种是享受做饭的人，另一种享受吃饭的人。这就是幸福的公式。

情感是最虚伪的东西

每个人都会遇到自己喜欢的音乐，你会一遍又一遍地单曲循环下去，听千百遍也不厌倦，听几天几夜也不腻烦。而且，这样的音乐，不仅仅是一首，有的时候，你会同时遇上几曲；有的时候，隔几天你还会遇上另一曲。

有一天，当前一首曲子还在被你无限循环播放的时候，你开始发觉，你已经不那么爱它了。你记不清，自己是从什么时候开始不喜欢它的；你也不知道，为什么会不喜欢它。总之，就是腻了。

曲子是腻了，但是，你的情感没有腻。你仍然需要新的曲子代替情感空缺，于是，就有了下一个新欢。

不光是音乐，但凡你喜欢的东西，大多会经历这样的遭遇。所以，有的时候，情感这东西，很虚伪。当然，我并不是说它不真实。相反，它比什么都真实，比什么都刻骨铭心。当它来临的时候，势如洪水，把你冲得天昏地暗，失去理智。

年轻的时候，谁没有死去活来地"爱"过？喜欢上一个人是很简单的。你不需要什么理由，就是一颦一笑都会让你喜欢上他。你一遍又一遍地追求下去，一遍又一遍地缠绕在他身边。如果追求不得，你就会辗转反侧，会在他楼下彻夜守候。

那样的情感很真切，也很凶猛。那样的情感会让你认为，那就是真正的"爱"了。对于爱的人，如果你求之不得，你就开始伤害自己。你绝食，你歇斯底里，你在他面前自残……你通过种种形式把你内心的情感表达出来，以证明你对他"爱"的真实性，证明你对他"爱"得刻骨铭心。

好比他就是那首乐曲一样。当你得到之后，你开始一遍又一遍地"循环播放"，你把他捧在手里，含在嘴里，搂在怀里，千百遍也不厌倦。但是，就在你爱得死去活来的时候，不知从什么时候开始，你发现，有一天，你对他的感觉已经不如当初那样浓烈了。渐渐地，你开始淡忘这一首乐曲，转而寻找下一首值得你"循环播放"的音乐。在你接下来的人生中，你也许会一遍又一遍地重复这样浓烈的情感和看似惊天动地的"爱情"。

所以，有的时候，情感是一种很虚伪的东西。它会以一种最真挚、强烈的态势呈现出来，让你信以为真，让你感动。

没有人怀疑那样一份爱意。但是，这依然掩盖不了它"虚伪"的事实。

所以，年轻时候的爱情，多留个心眼。不要以为，他为你割脉就是真爱了，他为你抛弃一切就是真爱了，他为你如癫似疯就是真爱了。这好比毒品，越浓烈，反而越不真实。兴奋过后，不但回不了真实，反而会伤得更深。

岁月流逝，总有一天，你会明白真相的。那时候，当你跨越那段浓烈如酒、强烈似毒的"爱情"后，你会知道，什么是真正的"爱"。那就是，无形无色无味的东西，连你自己都不敢确认，那究竟算不算爱，尽管，那时的你已经完完全全地拥有了它。

没有爱情的婚姻

小李和小萍是同学。小李是个直性子，性格豪爽又有些粗线条；小萍却有点文艺青年的味儿，细腻敏感又有些令人捉摸不透。读书的时候，谁也没看出他俩的关系有什么异常来。性格喜好不同的他们，没有一个同学想过他们能擦出爱情的火花来。可世事难料，毕业多年后，他们竟然结婚了。

问了朋友，才了解到一些信息。小萍是个电脑菜鸟，电脑经常出问题，而小李是个电脑高手，出于同学友谊，他总是热情地小萍修电脑。本来修一两次没什么，但后来，修着修着他俩竟聊出许多话题来。而且，出于感谢之意，小萍多次邀请小李共进晚餐。就这样，本来兴趣不同的两个人，话题越聊越多，走得越来越近。最后，居然结婚了。

虽然大致了解了他们结婚的经历，但仍不敢相信这是事实。不过，人都喜欢团圆美好之事，谁会不待见呢？友人成婚，我们自然替他们高兴。

可是，没过多久，便传出他们不睦的消息。说是经常吵架，都是一些看似鸡毛蒜皮的小事。听他们的故事便知，他们之间大多没有对错之分，更多的问题是性格和做事方式的差异造成的。我们都想，谁的婚姻没有一点磕磕绊绊呢？于是，虽替他们难过，但也认为事情不会闹太大，只是默默祝福他们。

再过一些日子，他们有孩子了。这是大喜事。我们都认为，有了孩子他们会比以前更恩爱一些。但是，他们的矛盾不见减少，反而越来越严重了。比如，孩子哭了怎么办啊，谁来照顾孩子啊，怎么照顾孩子啊……一旦涉及对某件事的看法时，分歧便来了，吵架便激烈了。

作为朋友，我们都劝他们。但是，越劝越没辙。因为，那是他们骨子里根深蒂固的东西，谁都改变不了。

于是，当年那个对于他们成婚的疑虑再次出现：他俩当时怎么就这样结了呢？结婚之前没想过彼此方方面面的差异吗？

不过还好，他们没有因此闹到离婚的地步，再加上有了孩子，尽管小吵小闹，但谁都不愿轻易放弃这个家庭。

对于这样一场不明不白、欲断不能的婚姻，除了纠结和担心，我们剩下的也只是无奈了。

好友的例子第一次让我如此真切地见识到，世界上，是有许许多多没有爱情的婚姻的。

小李和小萍有过爱情吗？我不敢想象。一个率性豪爽的汉子，一个婉约细腻的女青年，他俩里里外外都找不到一块契合的骨头啊！我想，哪怕当初修电脑之时的聊天，修完电脑之后的进餐、约会，也仅仅是那一段时间里话题投机的表现吧。他们有过相思缱绻、相恋缠绵的爱情吗？没有。聊着聊着，就合了；合着合着，就结了。他们的婚姻仿佛是为了完成人生的一件必经之事。好像不结这个婚，他们就难以找到第二个人似的。

突然想起张爱玲的《倾城之恋》来。在那一场乱世之中，白流苏和范柳原不明不白地走近了，最后不明不白地构筑了一道"倾城"的婚姻之城。经济无所依的白流苏只不过想赢得一场婚姻，而浪荡公子范柳原也只不过想借女人寻找精神的愉悦。两人各怀心事，各自功利，但是，一场战争却让他们最终走到了一起。骨子里，他们谁也不爱谁。他们的婚姻，只有功利和世俗，没有爱情。

这就是张爱玲笔下的悲凉。也是我们红尘世界里许许多多情感和婚姻的悲凉注脚。

不是吗？我们年轻的时候，都追求过一段真正的爱情，但是，却发现我们追求不了一场婚姻；到年龄稍大的时候，我们追求过一段真正的婚姻，但是，却发现，我们的婚姻里早已经没有了爱情。

匆匆忙忙便见面，匆匆忙忙便约会，匆匆忙忙便结婚了。

在那样一场世俗的婚姻过场里，谁也不爱谁，但谁都能成婚。

小说里，香港的倾覆成就了白流苏和范柳原的婚姻，而现实里，什么又成全了我们一段又一段婚姻呢？

经济？家庭？权位？

谁的婚姻刻骨铭心、伤筋动骨地恋过，爱过或是伤过？

不过，想来，真正的婚姻又何须惊天动地的爱情呢？婚姻本没有那么浪漫。而且，惊天动地的爱情，只发生在我们的青春期里吧，只出现在小说和电视的"传奇"里吧？就像张爱玲说的，到处都是传奇，可不见得有他们那样圆满的收场。

也是，婚姻本不需花前月下，本不需朝思暮想，本不需缠绵悱恻。没有爱情的婚姻，日子一样可以过得朴实、自足、圆满。

只是，对爱仍抱有理想的人，怎么都会觉得，那样的婚姻或多或少都掺杂一些无奈和悲凉。

可是，事实已经如此了，又能怎么样呢？许许多多没有经历过爱情的人们，一辈子，就那样过去了。

那样的婚姻，就像张爱玲笔下的胡琴，咿咿呀呀地拉着，在万盏灯火的夜晚，拉过来又拉过去，说不尽的苍凉的故事——不问也罢。

一棵杨梅树的爱情

朋友喜欢往山里走。2015年的某一天，他独辟蹊径，来到一处人迹罕至的地方。见山坡上有一片林子，林子里有二十几棵杨梅，树上挂满了紫红色的果实。他很欢喜。那一天，他再也不往前行，只是把这二十几棵树爬完，尝遍每一棵树的杨梅，然后摘下带回家。

朋友说，那是长在大山深处的杨梅，无人种植，无人管辖。因为没有人知道，所以，它们自生自长，每一棵杨梅树上的果实都个大色正。不过，说来奇怪，他尝遍了那二十多棵杨梅树上的杨梅，唯有一棵树上的杨梅是甜的，其余的，或多或少都有些酸味。

我们暗暗称奇，也称赞他有口福。

他说："要享口福，就多到山里走走，别老待在城市。"

因为尝到了甜头，今年，他又一次往深山里钻。我们拜托他给我们带点，所以，他早早便去了。去的时候，正是端午，回来的时候，他说，没熟。过了一个礼拜，又去，有些酸味。再过几天，第三次去，终于熟了。

他很高兴地把杨梅带给我们。我们吃着，果然吃出十足的甜味和野兴。

我们说："以后这个时节，我们就不买杨梅了，专管你要。"

"好，好。现在我也不买市面上卖的那些杨梅。而且，那山上别的杨梅我也不要，我只奔着那一棵杨梅树去。"

听着他一片"痴心"，我竟觉得，他像是获得了一棵杨梅树的爱情。

不是吗？在偌大的世间，他只认准了那一片林子。在那一片林子里的二十多棵杨梅树中，他也只认准了那一棵杨梅树。如此想来，倒像是杨梅用一生的时间在等待着一个人的到来；而朋友，也像是花一生的时间去寻找他生命中的杨梅。

这样的一片"痴情"，这样的一份"忠贞"，这样的一段"传奇"，即使在我们的爱情小说里也不多见吧？

山林是山林，城市是城市，它们永远隔着一道不可逾越的世俗和门第的坎。世俗和功利的我们，从来都是缘木求鱼，向城市寻找人和物，却从未想过，只有在人迹罕至的山林才有可能寻到我们真正想要的东西。

在茫茫人海中，我们自己又如何能找到那一片悠然自得的林子呢？即使找到了那一片林子，我们又如何觅得生命中那唯一的一棵杨梅树呢？

想来，那一份遥不可及的距离，竟是心的距离。

在某片寂静清幽的山林，在某片无尘无垢的净土，在某个远离喧嚣的角落，一定也有一棵属于我们自己的杨梅树。然而，并不是每个人都能轻易寻找到的。因为，它需要一个心无尘埃的净心者，需要一个返璞归真的修行者，需要一个不畏艰险的入山人。这样，我们才有可能收获一棵属于我们自己的杨梅，才有可能收获一份属于我们自己的生命传奇。

温暖世界的瓶子

土路泥泞，杂草丛生。在这贫瘠苍凉之地，排着密密麻麻的房屋。说是"房屋"，其实更像是简陋的雨棚。这里是菲律宾贫民生活区。由于生活困顿，他们的房子搭得极其简陋：一围泥砖作墙壁，顶上盖着一片粗糙的石棉瓦作屋顶。逢雨天，屋顶便会漏下雨来；逢寒冬，冷风则从并不严实的屋顶钻进来，使一家人饱受严寒之苦。说"不见天日"，还因这里的穷人用不上电，只能使用煤油灯照明。加之四周棚屋密集，因此，即使在白天，室内也暗如黑夜。

一天，一位来自麻省理工学院的菲律宾学生迪亚兹来到此处，看到黑暗里透出一双双孩童渴望的明眸，他不禁心生酸楚：难道就这样让孩子们在黑暗的房子里度过他们的童年？于是，他下定决心，要为他们做些什么。

迪亚兹首先想到的是开天窗。但是，在石棉瓦上开天窗并不合适，而且，一个小小的天窗给屋里带来的光线也并不明亮。有一天，他看到居民区里丢弃的许多大大的可乐瓶，心里突然有了主意。他叫来了他的同学，与他一起操作，实施他的"一升光明"计划。

他们找来一个大塑料瓶，装满一升水，掺入漂白粉，瓶子外围粘上一块铁锌挡板。瓶子处理好后，几个男生爬到屋顶，用电钻钻个瓶子大小的洞出来，再把粘好铁锌板的瓶子妥当地安插在这个洞里。这样，这个一升容量的瓶子的一小半就露在室外，而瓶子的一大半则在室内。这个就是"一升光明"。

当"一升光明"被稳稳当当地插入屋顶的一刹那，奇迹出现了：原先一片漆黑寒冷的屋子顿时充满了明亮的光线，屋顶、地面、墙角，甚至桌底都荡漾着夺目的光。

孩子们欢呼起来，大人们也不禁乐呵，迪亚兹更是欢喜万分。这个小小的"一升光明"把搜集到的阳光折射到屋子里，并且能达到六十瓦电灯的照明亮度。更重要的是，它经济、环保而又安全。人们再也不必为没有电灯而苦恼，也再不必为煤油灯有可能带来火灾而担忧。

他带领当地居民进行废物利用，平日里空闲的老人、小孩都忙碌而欢快地加入收集塑料瓶的队伍中来，当地的木工们则因此揽到更多的活儿。随着媒体的大量报道，"一升光明"很快进入数万家庭之中。更令人欣慰的是，"一升光明"还照进了监狱，囚犯们参与到制作"一升光明"的善举中来。在这样的过程中，他们不但学习了技能，还为千家万户送去了光明。他们说，这是他们第一次做这么有意义的事情。

2012年，"里约+20峰会"上，迪亚兹向来自一百个国家的政府首脑介绍了他的"一升光明"计划。他说，在2012年年底，他创立的基金会要让这样的阳光照进在菲律宾乃至全世界的一百万户家庭。在2013年年底，要让四大洲的四百万个家庭沐浴阳光，享受光明。

就这样，这个了不起的年轻人，慢慢地把光明和温暖照进了全世界的每一个角落。

"一升光明"，即"一生光明"。一个小小的不起眼的瓶子凝聚了一个大学生的爱。这个温暖的瓶子，在折射出光芒的同时，也折射出一个大学生对于底层人民生活和精神世界的关切。他用这样的善举告诉人们：在这个世界上，只要献出一份爱，光明就会来得如此容易，温暖也会传播得如此迅捷、广泛。

黑暗里的生命之光

2012年12月14日，美国康涅狄格州纽敦镇桑迪·胡克小学，上午九点三十分。一年级教室里，传出悠扬欢快的歌，罗伊格老师正带着她的十四名孩子享受美妙的晨会时光。

九点四十分，一个恶徒在向他们逼近。那是一个名叫亚当·兰扎的二十岁男子，他身穿黑色军服、防弹背心，携带两支手枪和一支步枪，他避开校外的警方巡逻车，直接闯入学校。

九点四十一分，他已经闯入第一间教室。

校园里，歌声依旧。

"砰！"第一声枪响。

会议室里，女校长道恩正在与校医戴安、学校心理咨询师玛丽讨论工作。"砰砰砰"枪声持续传来，孩子们凄惨的叫声也随之传来。

她们清晰地听到了声响，道恩和玛丽首先冲出走廊。枪手已经冲进学校主楼。一边前行，一边扣动扳机。

道恩向走廊尽头冲去——她要抢在枪手到来之前关上大门，挡住通往教室的去路。

她正准备拧紧门闩，可枪手已经来了，和道恩正面相遇。"砰"的一声，那扇生命之门还未来得及关闭，道恩已经倒在了血泊中。

大门已经打开，玛丽别无他法，她把手伸向了广播开关，同时，子弹向她袭来。玛丽倒下，广播开启，地狱之门开启。可是，她却做了一份上帝的工作——全校的每一个角落都能从广播里清晰地听见枪声和尖叫声。

信息传来。老师们立即行动，没有半分迟疑和慌乱。在生死关头，他们没有流露出半分恐惧。

一年级的维多利亚老师迅速把孩子藏进壁橱里，枪手破门而入，冰冷地问："人呢？"

维多利亚背对壁橱，冷静地面对枪口，指指窗外的远处，淡然一笑，说："在体育馆里。"

维多利亚用身子挡住了子弹的去向，她用她那单薄的身躯为孩子筑起了最后一道坚实可靠的生命之墙。

孩子们沉着冷静，没有发出一丝声响。

孩子得救，老师死去，枪手转移。

四年级教室里，凯特琳迅速把孩子们藏进洗手间，随后，她拖来一个沉重的书架，顶在洗手间门上。她明白，这是一场近乎绝望的抵抗。但是，她不能失去生的信念。她努力平复内心的绝望，使自己冷静。她语气里透出冷静和坚定："坏人在外面，孩子们好好听话，等待救援。"孩子们那从容的面庞和冷静的腔调中读出了信任与可靠。

有孩子已经嗅出了可怕气息，正要哭出来。可是，凯特琳却一遍又一遍地安慰："孩子们，我爱你们。别怕！我会空手道，能为你们打出一条血路！"

九点五十分，警察到达学校。他们迅速控制了现场，并有秩序地把孩子们疏离至校外。

"咚咚咚！"凯特琳所在的教室响起了敲门声。完了！凯特琳心里发出绝望之叹。

"你好！我们是警察。请里面的人开门！"

凯特琳并没有被冲昏头脑："警察？请你们把徽章从门下扔进来！"

警徽滑进。凯特琳这才松了一口气，于是，她把钥匙扔出。警察顺利地打开门，营救成功。

当警察找到那个罪恶的枪手时，发现他已饮弹自尽。

2012年12月14日，这个可怕的日子。在这场惨案中，二十八人逝去，其中包括二十名孩童。它成为美国历史上第二大校园枪击案。

那一天，没有了放学的美妙铃声，取而代之的是桑迪·胡克寂静街道上悲痛哀号的警鸣；那一天，没有了载着孩子们欢快回家的校车，取而代之的是陪伴着悲伤母亲的警察；那一天，三位伟大的老师为保护学生献出了青春美丽的生命。

这是黑色星期五。这一天里，人们经历了痛彻心扉之伤。然而，在这一场劫难中，人们却看见了人心的善良与勇敢。正是那一份发自内心的、坚定无私的大爱，让老师们获得了伟大力量。在这一场生与死的对决中，她们不仅战胜了恶徒，更战胜了地狱之门。是她们用那单薄之躯封住了死亡之门，把生的希望留给了她们所爱的孩子们。

黑暗里，邪恶犹存，可是，光亮却更加耀眼。

有了爱便有了勇敢，这样，即使再沉的黑夜，也会闪烁出最为耀眼的生命之光。

从今，不容再错过

胡洁，当我提起笔时，窗外正飘着枫叶。一如当年，我们相遇，也正飘着落叶。

你可曾记得？

可曾记得当初我们的相遇，我们的相知？可曾保存着我们十七八岁时那青涩的旧照片？

那一年，图书馆里，我站在书架前，正要拿起《散文》，而几乎在同一时间，你也把手伸了过来。我抬头看了看你，一张灿烂的脸庞与灵动的双眼出现在我眼前。

我把手放下，正欲转身离去，你却说话了："啊！你是文学社社长？我在校刊上看过你的文章！你的文章写得真好！"你那几近尖叫的口吻让我既惊且喜。我没想到，一个内向卑微的人，会有一个这样可爱的人在默默地关注着。然而，我也被你吓傻了，与生俱来的不善言辞与木讷呆滞在这一刻体现得淋漓尽致。

有多少时间？十秒？半分钟？

不记得了。

我只记得，那一瞬间，我们之间的时间停住了。

你觉察出了尴尬，于是，笑开了："我是一年级新生。我叫胡洁，特别喜欢文学，正想加入你的文学社呢！"

"你也喜欢文学？"那段时期，似乎只有文学能让我提得起兴趣。

你把手中的杂志递给我："是啊。学长，这本《散文》还是留给你看吧。"

"不用了。我再找找其他的吧。"

你说，既然这样，那咱俩谁都不看，干脆出去聊聊天吧，聊聊文学。你竟然拉着我的手跑出了图书馆。于是，我就那样被你半拖半拽地出了图书馆。

外面是一片枫树林，枫树正高，树叶正红。落叶在天空中翻飞起伏，宛如翩翩的蝶。

"我在校刊上看过你的文章。很美，不过，却带着令人心痛的忧伤，你能跟我说说吗？"

从文学到生活，从生活到人生，一直是你在滔滔不绝。更多的时候，我只是作为一个旁听者。但是，当提到"你"这个字眼的时候，我下意识地逃避了："要晚自习了，我们改天聊吧。"

我把你撂下了。火红的枫树林里，只留下你孑然的身影。暖暖的容颜，长长的齐刘海，一对少女独有的灵动的双眸。你就这样定格在了我的脑海里。

我知道，你很暖，然而，我却是冰冷的。你不知道，突遭家庭变故的我突然坠入了人生的深渊里，怎么拔也拔不出来。那一段长长的雨季，我把自己封进了一道精神的篱笆里，既不让人进，也不让己出。

我一如既往地一个人行走在校园里，不过，我的生活中，却多了你的身影。

晚自习下课时，我习惯性地搬出椅子，坐在廊上，一个人看看落叶、细雨，而你，经常会从楼上跑下来。见到我，你便停下来，说："怎么又一个人坐在这里了？不到广场上玩玩？"

我说："不用了。一个人清静些。"

我记得，你应当有无数的话想跟我说才对。可是，见我数次淡然后，你的话便少了起来。但是，你却未曾远离过我。一次，我一个人坐在学校树林的一个亭子里看书，你悄悄从我身后出来，出其不意地说："你看，我给你带什么来了？"

居然是《张爱玲文集》，我控制不住激动，说："你怎么知道我喜欢张爱玲？"

你说，刚认了一个"姐姐"，恰与我同班。"因为上次，我刚想问你情况的时候，你却转身走了。所以，我只能从旁人那里了解你了……"

"你怎么老爱打听别人的事？我不接受别人的馈赠。这本书，你还是拿去吧。"我转身离去。

"可是，学长，我想加入文学社啊！"

"不必了，今年文学社不招收新生，"我停下来，突然回过头，补充一句，"而且，或许我也会离开文学社。"

你急了："为什么啊？"

"不为什么，就是不想干了。"

我知道，我深深地伤透了你的心。你是如此温暖，如此善解人意，而我，却如此冷漠。时隔多年，对你的愧疚之情在我的心里沉淀得愈来愈深。有一次，当我打开抽屉，看见那一封遥远的书信时，突然止不住地想起你来，一幕幕往事如磅礴的洪水，一股脑地冲出我记忆的闸。于是，我的泪水涟涟。

是的，你给我的那封书信我保存了十五年。

那一天，离开小树林后，没过多久就是晚自习了。回到教室里，我却发现我的抽屉里多出了一本书——你给我的那本《张爱玲文集》。我捧在手里，心里满是感动。

翻开书，发现里面夹着信封，信封里是长长的一封信。信里，对你自己，你只字未提，而对于我既作叙述，又作劝慰。其中，有一段如此写道："你还未发觉吗？其实，我们是同一个世界的人。只不过，与我不同的是，你在黑暗里待得太久了。我只是希望听听你的心事，只是希望你能走出那长长的黑夜，让自己的心变得光明灿烂起来。就从文学社开始吧，重新招收新会员，给文学社注入新的气息，也给自己注入新的气息，好吗？"

我知道，你是多么希望我走出阴暗，迎向光明，也多么期待我给你回复。可是，那时的我却容不得任何东西进驻我的心灵——一个物件，一缕阳光，或是一个人。

于是，我依然什么也不说，什么也不做。什么文学社，什么新会员，统统抛诸脑后。

我知道，这伤透了你的心。

最不可原谅的是那一次。

那一天，我漫步在校园里，发现一张醒目的海报："文学社招收新成员。"我一惊，谁张贴的广告？我这个社长都不知道？我很快猜测出是你干的。于是，我跑上楼，冲进你的教室，把你揪出来，狠狠地问道："文学社那个招生海报是不是你张贴的？"

你被我这突如其来的举动吓坏了，吞吞吐吐地说："是啊！我只是希望你……"

"谁要你多管闲事？我的事不用你管！从前不用，现在不用，今后更加不用！"我控制不住情绪，言辞像愤怒的雨点打在你身上。

我不知道自己怎么了，我的歇斯底里连我自己都害怕了。我看见你泪光闪闪，我知道，再不走，就会看见你的泪水落下来。

我转过身就跑。

"我这不是为了你好吗……"我依稀听到你的前半句，但不知道后半句是什么。

不过，尽管这样，我还是假装连半句都没有听见。

从那以后，我们很少见面了。

可是，你可曾知道，毕业后的很长一段时间里，那段青涩的往事不止一次地在我心底回响。它不止一次呼唤我回去，可是，我却迟迟不敢正视自己，不敢正视那段枯黄的书页。

你一直尝试着把我从阴暗里拉出来，尝试着用文学拉近我们的距离，尝试着让我变得温暖起来。可是，年少愚蠢的我，却一次又一次无视你，一次又一次伤你的心。

那段历史在我心底沉沉地睡去了多年。直至今日，我才有勇气正视那段荒唐无知的青葱岁月。

胡洁，我曾经错过了一个这么好的女子——不是指红粉知己，而是灵魂上的知音。

捧着你给我的书信，看着你写下的最后一句话，我泪水再次涌出："不论什么时候，我都会在阳光下等你——等你走出你的世界，你的阴影。"

如今，我早已走出了我的世界，走出了阴影，走出了忧伤。可是，胡洁，你还在等我吗？你还在遥远的某个地方关切地望着我吗？

我错过的实在太多。捧着这份温暖的书信，我知道，我的人生不容再错过——不能错过一缕阳光，更不能错过像你一样值得珍惜的人。

胡洁，近年来，你可安好？

你可知道，我一直想念着你？我多么想站在你面前，好好地道一次歉。然后，我们可以再次站在枫树下，再深深地聊一下我们的文学，聊一下我们曾经斑斓的梦。

生命中总有一些刺痛

进师范的第一年，文学社重组，我报名参加了。在第一堂课上，老师选定一位二年级女生担任社长。她小巧玲珑，浅笑嫣然，颇有淑女范儿，在作自我介绍时，她说："秦始皇的'秦'加上康熙的'熙'就是我的名字。"人小，说话倒挺大气。那堂课上，文学社老师没有选出社内骨干，只是吩咐社长过段时间要把骨干选出来。

文学社准备出社刊了，要收集社员的稿件。我们陆陆续续把稿子交给秦熙。一次晚修，我正复习功课，秦熙高高兴兴地跑来找我，手里捧着一沓厚厚的稿件。小小的她把头仰得高高的，微微一笑，说："你叫'罗伟'吧？我看过你的稿子了，很欣赏你的文笔，想让你担任文学社副社长，怎么样？"

她任命我为副社长的时候竟是那么开心，我也很高兴。可是，木讷的我愣在那儿，一句话都说不出来。接着，她抽出手中的一部分稿子递给我，说："这是我们社员的部分稿件。作为文学社副社长，要辛苦一下你了。这几天，你先做一下编辑工作。过几天，咱们再碰头，商议一下出社刊的事。还有，文学社准备招纳新会员了，到时我们得把海报贴出去。明天晚上我再安排一些理事，在晚修的时候下到各班作一个宣传动员工作。我跟你一组吧。明天晚上我来找你。"说完她嫣然一笑，转头走了。当时已近中秋。明月在天，清风拂体。她飘逸的长发在黑夜里飞扬跳动。

第二天晚修，秦熙如约而至。见了我后，她还是那样微笑着，如一缕清风般。她定定地看着我，仿佛看一个怪物，老半天，她才说："你好像不大爱说话哦！口才不好是不行的，得锻炼一下！等以后我毕业了，文学社可得交给你来管！今天晚上进班的时候主要由你来介绍、宣传，我只从旁作一下补充。"

然而，当我进到第一个班级的时候，却说得糟糕极了。于是，她自己重新说了一遍，关于文学社简介、活动、社员要求等，既详尽又条理分明。那个晚上，我跟着她走了十几个班级。整个晚上，她都尽量为我提供锻炼的机会，就像师傅带徒弟那样。

过了一段时间，社内所有骨干都把稿件审好了，交给秦熙，然后，她负责用电脑录入、排版、设计封面，最后打印出来，装订成册。我们的第一期社刊就出来了。这几乎是她一人的功劳。翻开社刊，见最后一篇文章是她的。而我的，被她特意排在了她的前面，放在倒数第二的位置上。

之后的一两年里，我便和她相知相熟。文学社的活动很多，但不论多么繁忙，她都凭一己之力承担下来。我这个所谓的"副社长"根本没有帮得上什么忙。然而，她却从来没有怨过我，反而像当初带我那样细致、宽厚。

青春年少，滋味繁杂。曾经有一段日子，我因为年少时彷徨感伤的心境要退出文学社，可是，她却给我写了一封长长的书信，给我安慰和鼓励。那封信，作为师范学校里为数不多的珍贵的东西之一，我一直保存了十余年。然而，每当看见那封信，总有一种东西深深地刺痛我。那是信末的一句话："这个学期我要忙于实习和会考，文学社的事情就拜托你了。"

多年来，我不忍看此信，就是因为这句话。过了多少年之后，我才知道它的分量，我才知道，文学社对于她来说，是多么重要的一个东西。在师范学校的那几年里，她把大半的心血都花在上面了。可是，她却什么也没有说，只是留下了一句轻描淡写的话，一份不经意的嘱托给我。

然而，我却辜负她了。她毕业后的日子里，我几乎什么都没干。是的，什么也没干……那一年，我是了荒废的，文学社也是荒废的。年少，稚嫩，彷徨，哀愁……我是怎样度过师范最后一年的，这连我自己都记不清了。我只知道，我把她的嘱托丢得一干二净，一干二净……

我不敢见她。更没有脸去见她。

她和她的文学社渐渐地淹没在我时光的流里。

当有一天，我重新翻出她给我的那封信时，往事轰地一下冲击了我的大脑和情感之阀，让我泪痕不止。恍然间，我仿佛又看到了那个温婉小巧的秦熙，她仍然是年少时那个细致、宽厚、温柔的秦熙。那个清风明月的晚上似乎从未散去，她在月光下翩翩起舞。

她从未离我远去。

生命中，总有那么一些稚嫩与辜负，让人一辈子挥之不去。它就像一根刺，深深地扎进记忆的心脏里，让人刺痛永生。

生命中，总有那么一些人，并没有做过什么特别的事情，更没有什么非凡之举，但是，她却会温柔地扎进你心灵中最深最柔的地方，让你疼痛，让你悔恨。

才明白，人、事和生命，不论多普通，多平凡，都有其珍贵厚重的一面，警醒我们要花一辈子的时间去珍存，去深爱。

青春如华，人生如华，人面如华。且莫辜负。

灵魂爱恋

我与她相差十岁，我们从未真正开始过，自然也没有一个真正意义上的"结束"。那一次，偶然的机会，我们察觉彼此的心里都有对方的影子。由于我年长，比她更理性，更克制。我说："我俩差距太大了。你在世界这一头，而我在那一头。"

她却说："这有什么关系呢？只要我们的心在一起，又何来距离呢？"

男人与女人的区别就在这，一个理性，一个感性。我不知道这两者谁对谁错，只知道，理性逻辑缜密得可怕，而感性又过于勇猛无畏。终于有一天，我以"距离"为由，斩断了我们那段未曾开始的"爱恋"。

在那数不尽的漫长日子里，我俩都深受分隔的煎熬——我知道，她也知道。只不过，我们默默遵守那份"不见"的约定。可是，没想到，有一天，她比我先扛不住了，她给我发来短信："真的很想见你，这也不行吗？"

我原以为，自己已经把她赶出内心，驱逐出我的生活了。但是，见到这样一条短信，我的心竟如此不堪一击。回想起她的容颜，回想起她甜甜的声音，回想起她芳香的气息。我握着那手机，颤抖的心竟使我的手也跟着颤抖起来。我不知从何处得来的勇气，发了一条："我也想你。"

她终于不用避我了，抽空回来见我。她说："如今，我已经是个大姑娘了，你再也不能以我是'意气用事'为由让我离开了。"

就那样，我们两颗久隔的心终于重聚。不过，我们的话并不多。相对于用手机发信息，我们见面后的话少之又少。她说："这有什么关系呢？只要我们的心在一起，又何来距离呢？"我心慨然，终于明白情感的力量，也明白一个女子的力量——认定了一份情感，便会义无反顾地坚持下去。她总是不断地提醒我，"只要有勇气，没有什么距离是逾越不了的。"

是的，我害怕距离。比如说，话题的差异，兴趣的迥异，年龄及见识的差距，甚至，还有经济和生活上的差距……这是一个男人考虑问题的方式，与女孩子不同。

她是青春时尚的，而我，则与这个时代隔得太远。她喜欢唱歌、跳舞、娱乐……一切青春时尚的东西，她都乐此不疲。然而，我却局于我的书香里，局于我的文字里，局于那个喧嚣世界里的安静一隅。我陪着她走过尘世里的许多喧闹场。终于，有一天，一个声音再也坚持不住，冲破阻挠告诉我：再强大的情感也没有权利剥夺一个人的灵魂。

于是，在那一场灵魂的催促声中，我终于与她渐行渐远。我知道，我不能为了那一份狂热的情感迷了我的内心，忘了灵魂本身的渴求。于是，一如当初，我们未曾"开始"过，自然也未"结束"过。

　　而今，我依然会静静地坐于窗前，回想她美丽的容颜；会在孤寂的夜里，怀想她曾经的温存；会在那一场场飞花的梦里，续着我们的情缘……然而，我只能默默地忍受那丝丝缕缕的相思之苦。因为我坚信，我们活着，都需要一场真正意义的灵魂爱恋。

我在等你

读书的时候，班上有一个女孩，样貌不堪，性格孤僻。班上的同学冷落她，挖苦她，嘲笑她。在班级里，她仿佛是一个没人要的孩子。我见着凄楚，便尝试着和她说话，并尽可能地照顾她。放学的时候，她常常一个人穿过学校长长的小道。出校门后，一个长长的身影消失在余晖中。我便用各种借口，放学时和她一起走，走过长长的小道，出到门外，然后一起消失在暮色中。

我和她走得近了，便受到了"牵连"——同学们挖苦的对象多了我一个。但是，我知道，如果我不和她一起走，她便得一个人回家。于是，对于风言风语，我没有放在心上。是的，的确是些"风言风语"。

起初，同学们还只是嘲笑，到后来，竟把我俩说成一对了。我不介意这些，由他们说去。可是，糟糕的是，不知从什么时候开始，我意识到，她对我的情感竟悄悄地发生了变化。我明白，她误解我当初的意思了，我不得不纠正自己的行为。在很长的一段时间，我和她说话少了；放学的时候，我也借故迟迟不走，我说，我再写会儿作业。

或者说，得帮别人做值日，你先走吧。于是，许多个傍晚，她便如同往常那样，独自走在那条长长的、孤寂的路上。

有一次，很晚了，我走出校门。可是，在学校门口的台阶上，我看见她抱着膝呆呆地坐着。我心一惊，但是，仍努力保持内心的平静，淡淡地说："怎么了，还没回去？"

她看着我，眼神酸楚，说："我在等你啊。"

心第一次被柔柔的刀刺中，可是，我必须装作无知。我说："哦，不早了，我们都赶紧回家吧。"

从那以后，她再也没等过我，我也再没让她等过。我不能让她为我等候，她也明白我的意思，并且知道，在那条长长的人生路上，她需要继续等，等待下一个人的出现。

所有的等待都是凄楚的。等待与被等待往往是辜负与被辜负的关系。一个人满怀希望地等待另一个人在自己的生命中来临。然而，那个人却迟迟未至，甚至缺席。在那样漫长的等待中，他只是不断憧憬，不断希望，继而，不断失落，不断失望。到头来，他等到的，或许只是一片苍凉的月色。

人的一生就是一个等待与被等待的过程。你不断等待一个人的出现；别人，也会等待你的降临。你不知道，要等待的是谁；你也不知道，是谁在等待你的出现。你只知道，你要永远抱着一个美好的梦等下去，永不死心。你站在她的楼下，你坐在她学校门口的台阶上，你倚靠在她常去看书的那棵树下，只是为了一遍又一遍地重复那句话：我在等你啊。

无论在哪个楼下、哪级台阶上、哪棵树下等来了多少个寒凉的月色，你都痴心不改。

不过，我想，你等待的人终归会被你等来的。因为我们每一个人，都不会孤独一辈子。

所以，不论月色如何苍凉，不论前路如何凄凄，我们还是继续等下去吧。总有一天，你等待的那个人会出现在你的面前，并微笑着，牵着你的手，说："谢谢你，一直在等我。"

恋上她的影子

当我把那张小小的、写满爱慕语句的贺卡塞进她的抽屉的时候，我满心紧张。同时，也满心期许。我不知道，向来胆怯的我究竟从哪里获得那样的勇气。

第二天，我从她手里接过一份回礼，也是一张小小的贺卡。与我满满当当的字迹不同，她上面空无一字，只画有一个大大的心。年少的我，愚昧无知，我不敢确定她的心意。我不知道，为何我写了满满的爱恋，而她，却一句回应也没有。捧着那一颗大大的心，我心跳加剧，又隐约觉察出了她的心意。只是，我陷入无尽的惶恐与不安之中。

我不敢确定，又不敢妄动。于是，我守着那份浅浅的爱，怕人看清，又怕人暗笑。在那样的惶恐与羞涩过后，我又变回那个不敢爱、不敢恨、不敢言，更不敢妄动的傻少年形象。于是，我又像以前那样，只能偷偷地看她的身影；晚上，夜深人静时，呆呆地望着星空，忍受着"相思"的啮心之苦。

多少年后，当我长大了，我才敢确认那张贺卡的真正含义。然而，一切已经惘然，再不能追。而我确信，当年的那个少年，无疑是个不折不扣的傻小子。弄明白了此点，我还有一点思之不明：我恋着的，究竟是她的人，还是她的影子？

我为她的身影着迷。我像是她的活木偶，不论她手足如何动，身形如何翩然，我的眼都情不自禁地被她牵动。我为她的笑着迷，却又不敢多看，我喜欢听她的声音……总之，我就是喜欢上了她的一切。不过，除此之外，我对她别无所知——不知她的禀性，不知她的喜好，不知她的经历，也不知道她的向往与追求。我只是无端地喜欢上了一个我一无所知的身影，就好比我每天在月光下，想她的容颜一样，如此虚幻而不可靠。

她并不是我唯一喜欢的女孩。在后来的漫长的岁月里，我又开始了一个又一个恋爱假想。如年少时那般，我喜欢得毫无理由。正因为毫无理由，我又不敢确信，所"恋"的她究竟是"真实"，还是"虚幻"。

少年，青春，我的爱恋不过是一场影子。恋得毫无理由，毫不真实，毫无勇气。

在我面前的她，只是一条长长的、虚无缥缈的影子罢了。

过了多少年，我才明白，我曾经的担心与纠结是毫无必要的。因为青春年少，谁不曾恋过一个影子呢——青涩的初恋，虚幻的网恋，短暂的一见钟情……这不都是一个又一个虚幻的"影子"吗？经历了岁月，跨过了那样一场又一场爱恋，我才明白，不能再无缘无故地恋上一个人，也不能再无缘无故地开始一场爱恋。我需要更理智、更克制。所以，我给自己定了一个又一个选择的标准，不能再被容颜、声音、身影所迷，我需要寻觅一个真正能走进内心世界的人。如此，我们才能真正走进彼此的灵魂之地，就像贾宝玉和林黛玉一样。

不过，可笑的是，谁又说得清，这世界上究竟有没有宝黛那样的恋情，或许，到头来，我们终归是在追逐一个不存在的、一厢情愿固守着的影子吧。

看来，爱恋本身就是一道影子。也许，还是一场苍凉的追逐。

找一瓶红酒

人是要有所追求的。所以，我也有追求，热烈地追求着一瓶红酒。为什么是红酒？白酒过烈，啤酒如水。在我看来，这两者适合在大排档上狂饮，一醉方休。如果把修辞格用在这儿，我想，他俩可做朋友，但红酒不一样，她像红颜，像知己。当你有心事的时候，当你想安静的时候，需要一瓶红酒做伴的。她是细腻、醇厚的，又是变幻莫测的，值得你用一生的时间去读她。你得学会读懂她的气息，读懂她的味道，读懂她的灵魂。

可是，所有的追求之路并不那么平坦。我曾喝过一种红酒，是在不错的西餐厅里喝的。价并不廉，可喝到嘴里，竟喝出了红薯的味道。我也曾喝过一些酒庄里所谓的"原瓶进口"，可当我把酒杯置于鼻尖时，一股恶劣的气息扑面而来。因此，我知道，许许多多的红酒，看上去很美，实际上丑陋不堪，不忍置评。

虽然我并不太懂红酒，但为了寻到心目中的佳酒，我是花过心思的：上网，去酒庄，询问朋友，进西餐厅等。对于一个爱酒的人来说，奔波劳累些算得了什么？不过，心思花多了，慢慢地，便有了一些心得。

我知道得通过什么渠道购买，知道什么地方有什么类型的酒，知道什么价位能买到什么品质的酒。寻酒的时候，我问："能不能让我闻一闻？"因为我知道，一闻便可知酒的优劣。用修辞格来说，这就像是一个女人透露出的一股气质。人的秉性是能通过气息、举手投足、谈吐思想表露出来的。闻，便是初步和直观的了解。当然，能尝最好。不过，在尝之前，先得静待二三十分钟，最好能有一个小时。看红酒如看女人，急不来。其实，不光是女人，但凡是人，都得有观察的时间，一见钟情不太靠谱。等时间足够长了，举杯细品的时候，味、韵、魂，便在你面前一览无余。

此刻，她所有的秉性你都能了如指掌了。于是，你知道了你面前的酒的真正品质和价值。当你意识到你找到的是一瓶好酒的时候，你满心欢喜。你抱着她，回到家里，细心呵护，有一天，在夜深人静的时候，在你心有所想的时候，她就会坐在你旁边，陪着你。冷寂的月光下，昏黄的灯光中，你与她相对，相看两不厌。你透过她的肌肤，透过她的香，透过她的丰富而细腻的味，读懂轻易不为人知的灵魂。因此，你俩成了知己，她也成了你的灵魂。

我能猜想得出，最美的酒是什么味。但是，我想，我恐怕不能得到最昂贵的酒。所以，我意识到得找到一种适合自己的酒。在我美好的憧憬中，她一定拥有独特的果香，拥有细腻丰富的层次感和复古隽永的灵魂。这样的完美构想，便是"梦中情人"了。人，总是要有点追求，有点梦想的。不过，这样想来，我倒是担忧自己是不是过于理想主义了。尽管如此，我仍然不改初衷，骨子里的完美情结不断告诉我，她会在某个地方一直等着我。三五年，十年二十年，三十年，一世纪，下辈子……她一定会等下去，而我也一定会找到她。

在追求和梦想面前，人总是有些傻子气，有些顽疾。它会促使你不获不休，至死不渝。人的骨子里那股不愿轻易屈从的意志会驱使你一直找下去，否则，那也不配称作你的梦想或是至爱了。

有一次，和朋友吃饭。正喝着红酒。我跟她聊起我对红酒的热恋，聊起我寻找红酒的痴心。就着朦胧的月色和微黄的灯光，就着手中的美酒，我回应她先前劝我的话："我并不是不找，而是一直努力寻找一瓶心中最美的酒，哪怕用上我一辈子的时间。"

她静静的，没再出声。

素心素琴素人

每到晚上，楼房里就传出琴声。我写完作业，走到阳台，在月色下静静地听着，对钢琴和弹钢琴的人充满向往。有一天，我问母亲："这是谁在弹琴啊？"

母亲告诉我："就是那个小茜啊，跟你念同一所学校的。"

我既惊且喜，便问母亲她的住址。当天晚上，我便急匆匆地奔向她家。我正想叩门，心里却扑扑直跳，我和她从未打过照面，况且她是女孩子，这样会不会太唐突？在门前待的每一秒钟，我的心跳都非常的快。最终，我还是没有叩开那一扇门，只在门外紧张又欢喜地听了半天。在那琴声里，我只做了一个充满幻想的听客。我在想着她的样子，想着她弹琴的姿势。

想弹钢琴的愿望直到上师范后才实现。学校的几间琴房，想点办法，总是能进去的。我总是在下午下课到晚上自修的那一段时间进去弹琴。我不开灯，只是就着星光和路灯，安静而享受地弹琴。隔壁也有人在弹，但不知是谁。有一次，我停下琴声，走到隔壁，透过窗户看，见是一个女孩子。光线昏暗，见不真切，且只能看到背影和侧脸。尽管如此，我的心已经开始扑扑直跳：有人与我一样喜欢钢琴？要不要进去和她说说话，聊一聊钢琴和音乐？

我毫无理由地对弹钢琴的人抱有好感，单纯地觉得弹琴的人一定是最美的。这样的想法在我的脑子里存了许多年，以至于有一次，我半开玩笑地说："我以后一定要找一个弹琴的女孩。"

毕业后，我再没有弹琴。不过，我对音乐的痴迷不减，成了半个"发烧友"。我淘了许多古典音乐的碟片。后来，我又迷上了"新世纪"音乐，那样的音乐很安静，很踏实。在流行歌曲大街小巷播放的时代，我找不到一个与我一样听古典音乐、听"新世纪"的人。可是，有一次，我在一住宅小区里，却听到了这样的音乐——不论是流派、风格，还是曲目，都与我听的一模一样。我站在原地，四处寻找，却找不到音乐的源头。我只得呆呆地站在原地。一如年少时，我对音乐那一头的人充满幻想：播放这音乐的人，心也和音乐一样宁静安详吧？那个人也一定喜欢弹琴吧？在无尽的夜色里，孤寂而又自得地弹着。

在这个迷乱的世间，看的东西不真切，不论找东西还是找人都很困难。我只是凭着一己之愿，寻找音乐另一头的人。我怀着一种信仰：在这个世间，一定有一个人和我一样，手握同一种灵魂代码，我在寻找着她，她也在寻找着我。我们都在用一生的时间来寻觅。

其实，谁不是这样呢？你可能一直在寻找一个和你一样喜欢同一首歌的人，寻找一个同样喜欢一篇文学作品的人，寻找一个同样喜欢养狗的人……没有什么道理，你就是用这样的标杆来衡量你们之间心与心的距离。

我们每个人的骨子里其实都有一种抹之不去的浪漫主义情结。它或深或浅地藏在你灵魂深处。不论世间如何迷离，不论我们对物质的追求多么强烈，我们的灵魂依然怀抱着那一份朴素的梦想——找到儿时那个钢琴背后的身影，找到和你一样的灵魂，找到和你一样素心素情的人。

青春是一道未竟的弧线

求M点的轨迹方程

自从她出现在我的窗前，我的心便开始不得安宁。

那是星期二下午的第一节课，物理，她在室外，上的是体育。排球场离我们教室有一段距离。但是，我无意中瞥了一眼窗外，便清晰地看见了她的身影。女生运动的样子好看极了，柔和的曲线，青春的汗水，一条束得紧紧的马尾辫上下翻飞。她的排球也打得极好，更重要的是，那样的举手投足间，一呼一喝……总之，我也说不上哪里出奇，只是无端地觉得那是奇异的吸引人的青春律动。

"小伟，请你说说M点的轨迹方程……"

那个站在台上严谨而苛刻的人一定发现我在注视着窗外，所以才叫我回答。该死！抛物线……抛物线……我的眼里压根没有你，你让我怎么回答？对了，那一定是排球的抛物线吧……

在那样的胡思乱想中，我被老师批评后木然坐下。脑子里，我的抛物线和青春的线条交织错乱，浑浑噩噩。

守着我的株，待着我的兔

青春的心是回不了头的。自从那个下午开始，我便每节课都盯着窗外。我把窗户擦得透亮透亮的。

"嗨，你不是有洁癖吧？"我已经不记得是谁朝我嚷了这么一句。我只知道，得守着我的窗户不放。

一日复一日，一日又再三……她竟再没有出现出现在我的窗前了。虽然我知道，得出这个结论未免太早，但是，那样一日又一日的等待实在漫长而令人心焦。

当她再一次出现在我的窗前的时候，又是下午，正好是星期二。我才知道，我一个礼拜才能见她一次。台上的物理老师依然在喋喋不休，我的头依然在进行曲线运动，以便可以窗内窗外两不误。下了课，我顾不了那么多，飞奔出教室，然后不紧不慢地跟着她，一直追到教室，我才知道她所在的班级。她坐在座位上，头发一甩，擦着汗水，仰着头，喝着瓶子里的水。我扒着窗户，看得呆了。她朝我这边看过来，我一惊，才发现自己已经暴露了，于是，飞奔着逃离现场。

从此，她便在我的心里狠命地挠着我那个小小的心脏。

　　我用手在窗户上画了一个谁也看不清的轮廓。那是她的影子。那个轮廓能让远处的她正好嵌入我的画中。自从与见过面后，我便魂不守舍。我不知道她究竟是意识到还是没意识到我的来意。我也不知道，自己究竟希不希望她明白我那颗不安的心。

　　我只是日复一日地呆坐在窗前，幻想着她的影子。十六七岁的我，没有勇气再走近她的教室，更不敢与她的同学套近乎，套问她的姓名，或是了解她的喜好，知晓她的交友情况。

　　总之，我乱了套。

　　一个不安分的少年只能安安分分地坐在那个明媚的窗前，守着我的株，待着我的兔。

你连球都打飞了

　　我已经记不清是哪个星期二了，那个下午，她光临了我的窗。她的青春线条依然在作着一道又一道我解不出的轨迹方程。我不敢不看老师，怕被老师发现；我也不敢专心看她，怕被她发现。就在那恍惚的状态中，你猜什么情况出现了？她竟朝我这边飞速跑过来！那雪白玲珑的运动衫，那左右飞动的束得紧紧的马尾辫，毫无征兆地出现在我的窗前！

　　"怎么搞的？今天打得这么差，连球都打飞了！"远处传来她同学的声音。

　　"别磨磨蹭蹭了，赶紧过来呗！"另一同学叫道。

　　"对不起对不起，我系下鞋带！"

　　自从仙女飘到我的窗前，满额汗水的我赶紧把头偏向台上那位可敬可爱的物理老师。当听到"系鞋带"这几个字的时候，我又猛地朝窗外看去。可是，正在我要偷偷张望的时候，她的脸庞忽地一下出现在我的面前。

　　如此猝不及防，如此精致的一张脸！我一下看傻了，再没有挪开我的目光。

哪怕我是一个在女生面前如此胆小不堪的人！

她冲我友好地笑了笑，然后转身离去。马尾辫在她的身后翩然飞舞，像一只经了爱的蝶。

那样的白色身影和青春曲线在我的视野里越来越远，马尾也在我的心湖里越荡越远，最终划出一条远去而又不可磨灭的青春曲线。

半条弧线，未竟的谜

她再也没有出现在我的窗前。不论我怎么等，都等不到她的身影。后来，我才得知，由于学习紧张，那个夏天的体育课，她们全都安安分分地待在教室里，去冲刺属于她们斑斓的梦。

在那样的一个不安而焦躁的夏天等待，我等到了暑假的来临。

那年夏天的最后一天，我呆呆地站在窗前，站在她曾经出现过的那个墙角，看着她曾经系鞋带的地方。就在我蹲下来轻轻抚摸那片墙角时，我才发现，在那个不起眼的角落，有一道类似抛物线的划痕。

她知道我在上物理课？还是……

我用手反复比画——当然，我可不是在算公式。我双手齐用，两只手反复比画，拼凑。终于，一个清晰的形状出现在了我的眼前——那是一个极漂亮的心形！

"怎么搞的？今天打得这么差，连球都打飞了！"

"对不起对不起，我系下鞋带。"耳边回响起那一天清脆的对话。

如同我手边的"心"一样，对话及背后的含义越来越清晰。我才明白那个午后有一个深刻的意味。

随着我的思路越渐清晰，我的心却一点点模糊，甚至疼痛起来。那样的感觉，就像一道流星，划过一道刺疼的抛物线，反复跌宕，然后，乒乒乓乓地消失得不见踪迹……

然而，对于那个女生，对于那一道奇异的弧线，我仍然一无所知。

她去了大学。虽然，我并不知道她去了哪所大学。第二年夏天，我坐在她曾经坐的教室里，看着室外的球起球落。

我终于算出了那个严谨的物理老师给我的题——正是那一条未竟的奇异弧线警醒了我。我知道，我得去寻找真正的人，去奔往属于我们青春的斑斓的梦。

Part 5：梦想不会老

人会老去，青春会老去，可是，梦想却永远长青。人生就是一条曲折绵延的长河。只要它不停歇下来，你就永远不会知道它最终的落脚点在哪儿。青春几经攀折，梦想何曾老去？就让这一句话，结束我长长的感慨，启开我新的征程。

当小蚂蚁有了梦想

2012年4月23日晚，江苏卫视《梦想成真》栏目请来一群特殊的人。他们平均身高不足一百三十厘米，他们面容稚嫩，童音清脆。乍看起来，还以为电视台又从哪里找来了一些"神童"。可是，他们不是神童。相反，他们是一群残疾人。他们的平均年龄已达二十三岁，可是，他们仍然娇小，仍然"稚嫩"。对，他们是一群袖珍人。

他们自称是一群熙攘尘世中的小蚂蚁。

人们无法想象他们二十余年的人生是如何艰辛地度过的。他们不能使用正常的桌椅，不能像普通人那样学习与生活，甚至有的时候，他们的亲人也觉得他们是个累赘。

他们是被这个世界遗忘的人。

然而，他们没有在尘世中藏起来。他们还得生存，得谋生，于是，北漂的他们，穿梭于繁华的北京大都市中。他们就像一只只不起眼的小蚂蚁，常常被湮没于都市人浪之中。

他们遭遇了数不尽的沧桑悲凉。

"人们都看着我，就像看怪物一样。"

"小朋友？来，让我们抱抱你们。"

"你是不是在《西游记》里演土地公公的那个？我们合个影吧！"

……

每一天，他们都要忍受世人的冷眼冷语。在人群中，他们从不哭泣。只有在回来的路上，他们会找一个空旷的地方，背对着同伴，放声恸哭。他们的泪积攒了二十多个春秋。那是多少个日子？聚焦起来，是多少的泪水？聪明的你，帮我算一算。

他们就像一株被石头压住的新芽，可是，他们没有被压垮。他们尝试着在夹缝中努力生存。2008年，李铭凭着对皮影戏的爱好与擅长，与陈婵等三人共同商议，成立了一个皮影艺术团。世人不是嘲笑我们是"袖珍人"吗？对，我们的艺术团的名字就叫"袖珍人皮影艺术团"。不行，还得在前面加上"小蚂蚁"这三个字——小蚂蚁袖珍人皮影艺术团！

世人越是嘲笑我们的残疾，我们越是要以残疾作为我们骄傲的资本！

艺术团成立之后，李铭等人一边忙碌着筹办道具，一边忙着寻找演出机会，一边在全国各地招募与他们同为袖珍人却坚强不屈、怀揣梦想的人。

创业之初是艰辛的，尤其是对他们这样一群特殊的人来说。由于资金缺乏，起初，他们只能挤在阴暗、潮湿、闷热的地下室里。在这样的艰苦环境下，他们仍要坚持练习，每天顶着雕刻刀具，每个人都要经历磨痕出血的日子，都要经历见刀如见虎的心理磨砺。宁舍一顿饭，不费手上活。只要双手是空着的，他们就得练皮影。哪怕睡觉的时候，都不忘练几手。皮影是他们生活的全部，是他们梦想的寄托。别人只需付出三分努力，而他们，却要拿出十二分的干劲。

一边练习，一边找机会演出。每一天，他们要扛着和他们差不多高的铁架子，要抬着音箱，要搬三个七十斤重的音箱。七十斤在正常人看来都显吃力，更何况对于他们这一群特殊的人群？可是，每一天，他们都这样坚持下来了。每一天，他们把这样东西搬上公交车，花五六个小时的时间去往市区，到晚上十一点，又把这些沉重的东西搬回。这就是他们一天的生活。他们就是靠着常人无法想象的意志一天天坚持下来的。他们说，我们不需要别人的怜悯，我们只需要给我们一个能够发展的机会。

工夫不负有心人，他们的付出得到了回报。首先，他们招募到了更多与他们"同病相怜"的人。从2008年到2012年，短短四年间，他们的团队已经由当初的四个人发展成如今的十三人。紧接着，他们不屈的意志和出色的表演陆陆续续地在各地被传唱，慢慢走进了公众视野。2010年3月，法制晚报报道了他们的皮影艺术；4月，他们得到北京市大兴区政府及残联的关照和扶植，在大兴区有了一个崭新的工作处所；5月，他们在大兴区剧院举行了首场大型演出；6月，他们分别作客凤凰卫视《鲁豫有约》与天津卫视《胡可星感觉》节目。2011年9月，小蚂蚁袖珍人皮影艺术团赴韩国进行中韩民间文化交流。

他们的事业蒸蒸日上，他们感动了一批又一批人。2012年4月，当他们来到江苏卫视，走上《梦想成真》的舞台时，最感人的一幕出现了：团长李铭和他的夫人陈婵居然在全国观众面前举办了简单却温馨美好的婚礼。这是他们从来不敢想象的呀，要知道，平时他们在街上甚至不敢牵手，甚至不敢享受温馨的拥抱！而此时，在获得事业成功之余，他们竟然能够获得 "执子之手，与子偕老"的幸福！

主持人问："你们如今事业和家庭双丰收了，你们还有梦想吗？"

"有，怎么没有！传承民族文化，弘扬皮影艺术，成就袖珍人生，这是我们小蚂蚁袖珍人皮影艺术团矢志不渝的梦想！"

是呀，他们原本是一群卑微的人。谁不嘲笑他们只是一群可笑的"蚂蚁人"呢？谁不认为他们始终是一群被社会抛弃的人呢？谁不认为他们将孤老终身，无法拥有幸福呢？可是，当他们拥有了梦想之后，一切都发生了改变。就如同白蚁，当他们为了生活的梦想而团结起来，并且持之以恒的时候，他们就能建造一个谁也无法想象的辉煌的地下宫殿。

身如蚂蚁，心似莲花，一瓣心香会在你不经意间悄然绽放。

将生命献给梦想的人

　　2012年11月30日，"青岛号"行驶至热带。刚刚经历了中国近海渔网阵的堵截和横风帆断裂的困难之后，郭川准备迎来一个平静的航海时段。他升起了一面大大的帆以便能顺利前进。可是，太平洋低纬度热带风暴毫无征兆地兴起，风速很快飙升至三十节。在大面积风帆的影响下，"青岛号"调头，旋转，乱窜……犹如脱缰的野马。在草原上驯马尚可，可是，在浩渺无边际的太平洋，要驯服一艘"癫狂"的帆船，要征服骤起的风暴，郭川心里实在没底。这仅仅是他出海的第十四天，可他就遭遇了这样的生死之境。难道自己就将这样葬身于大海中吗？

　　他不怕死，怕的是失去梦想。

　　对，死都不怕，还有什么好怕的！郭川来不及细想，只得拼命与大自然一斗。在这浩渺无边界的太平洋上，"青岛号"犹如一片不起眼的叶子，而郭川就如叶子上的蚂蚁。他极力控制好方向，极力稳住桅杆以免断裂。

　　这片汪洋上，一片孤叶上的一只小小蚂蚁足足抗争了六个小时。

从这次生死遭遇中，郭川凭借着惊人的毅力挺了过来。

第十四天，仅仅是第十四天，就遭遇了许多困难，遭遇到如此令人敬畏的力量，郭川不由得倒吸一口冷气——他担忧的不是生死，而是他能否完成这次漫漫环球航海之旅，能否顺利征服四大洋，能否顺利实现他的人生梦想。

如果没有梦想，与咸鱼有什么分别？这是郭川的信念。

不可预知的困难随即而来。12月4日，在刚刚经历了强烈的热带风暴后，郭川便经历了截然相反的处境——无风带。如刚刚蹈火，复又履冰，反差如此强烈，这时，他刚刚穿过赤道，开始南半球航行之旅。要知道，这片地区可不是远洋水手的福地，因为，无风带在此作祟。风大不可，无风也是寸步难行。那块十二三米的单人帆船在无风带长久困住了，丝毫动弹不得。大海的情况变幻莫测，谁也不知下一刻来的是什么。郭川只得在焦急的等待中度过分分秒秒。

的确，大海是瞬息万变的，可能现在是风和日丽，晴空万里，不到一会儿工夫，便有可能乌云密布，电闪雷鸣。郭川行走在大海里，犹如行走在电影里的恐怖油轮一般，时刻提心吊胆。与赤道闷热无风的天气相比，接下来在南大洋的航行又是完全相反的一种状况，潮湿、阴冷、狂风、巨浪。"青岛号"承受着大自然的极端考验。

2012年12月27日，巨大的浪向船只拍来，一浪盖过一浪，似千钧，有排山之势。郭川倒不是害怕自己的身体，而是担忧那单薄的小船无法承受这样巨大的力量。夜晚来临，大前帆突然破损，坠于江中，郭川紧急将船停住，在伸手不见五指的夜里花费了一个多小时才把帆从水中捞起。

2013年，新年的第一天来临了。在世界各地的人们尽情享受新年的第一缕阳光时，郭川却爬上了六层楼高的桅杆，剪掉之前损坏掉的大前帆的残余部分。要知道，冒险爬上这么高的桅杆，一不小心就有坠落丧命之风险。可是，郭川在没有助手的情况下，一步一步攀爬至顶，完成修补任务，后又一步一步艰难而下。

所幸，没有从高高的桅杆上坠下来，凡是许多可怕的危难来临时，郭川都容不得细想。可是，过了那个坎，挺过那个危难，他回头想想，就会既感后怕，又觉得不可思议。

是的，在长达一百三十七天二十个小时两分钟二十八秒的日子里，郭川自己都无法相信，他竟然挺过了这么多的困难和危险。这位了不起的追梦之士横跨四大洋，完成环球航行壮举，成了第一位完成单人不间断环球航行的中国人，创造了国际帆联世界纪录委员会认可的四十尺单人不间断环球航行的世界纪录，实现了他的伟大航海梦。

在我们这个世界上，在我们的身边，总有那么一种人，为自己的梦想而活。他把自己的全部生命都献给了那份坚定不移的梦。在这样坚定的梦想与执着的信念面前，哪怕再大的困难，再大的危难，都不足以阻挠他追梦的步伐。

不做一株小小草

月华如练，晚风轻拂。一个小县城里，一个十三岁的小女孩来到街边的一棵大树下，弹着吉他，唱起了歌："池塘边的榕树上，知了在声声叫着夏天……"歌声并不算动听，琴技也稀松平常，但声音却有独特的魅力，既显出与年龄不符的成熟，又透出抹不去的忧伤。

这是一个身世令人唏嘘的小女孩。从小，她的父母就外出打工，她只有在寒暑假的时候才能去与他们团聚。虽然家贫，但是小女孩说，生活是快乐的。可是，在她八岁那年，一切都发生了变化，父亲因患上糖尿病引发了青光眼，双目几近失明，只有右眼能感受微弱的光。很快，家里的积蓄因为高昂的治疗费而被耗尽。后来，在一个夏天的早晨，母亲不声不响地离开了家，离开了生活多年的丈夫和孩子。

母亲说："别找我了！我再也不会回来了！"哪怕女儿向她哭诉、哀求，可是，换来的却是一句句狠心的抛弃之语。声声似刀，无情地扎向八岁孩子的心灵深处。

可是，哭泣之后，小女孩并没有放弃。她背上音箱，带上吉他，携着父亲，辗转南北，一路奔波流浪。白天，她把父亲安顿在医院里，悉心照料；晚上，她来到街边卖唱。

从此，她每天晚上都要背着四五十斤的音箱前行。四五十斤，对于一个成人来说尚且困难，更何况是一个八岁的小女孩。可是，她不放弃，不抱怨，不哭泣。到人多的街边，女孩卸下包袱，抹平忧伤，挂上吉他，开始弹唱。皎洁的月光落在她坚毅的脸庞上，映在她紫色的衣服上，显得格外漂亮。身后的大树默默地屹立，在秋风中轻声应和。她会的曲子实在不多，只能一遍又一遍地重复着《童年》与《我想有个家》。

唱歌是一件辛苦的事，但是，她从不停歇。累的时候，她也只是稍稍闭上眼睛，想想父亲。她把心的根扎进了悬崖岩石上，牢牢的，任风雨摧残而不动摇。日复一日，她挺过了寒冷的冬天，挨过了酷热的夏天；她忍受了路人的鄙夷与嘲笑，忍受了驱赶者的辱骂和粗暴。

几个小时过去了，她又背上沉重的音箱，拖着疲惫的身躯返回。她想起父亲已有一个月没有吃过肉，她咬咬牙，走进一家饭店，买了份父亲最爱吃的青椒肉丝。

到了医院，她喂父亲吃饭。父亲问："吃过了吗？"

她熟练而又极自然地说："吃过了。"

等父亲吃完后，她却悄悄地把父亲吃剩的饭菜扒进嘴里。于是，一个晚上就这样过去了，许多个晚上就这样过去了……

她一边卖唱救父，一边还得继续寻找母亲。她说，她想妈妈，哪怕妈妈已经不要她了。她说，爸爸也想妈妈。多少次，爸爸梦见她，半夜醒来。为了这份牵挂，她去外婆家，求外婆告知母亲的下落。可是，任凭她哀求多少次，哪怕跪在地上抱着外婆的腿哭泣，外婆始终不肯说。于是，她继续带着父亲奔波。桂林、杭州、台州、南京、马鞍山……她唱到哪，就问到哪，也把寻人启事贴到哪。

终于有一天，一位知情人告知了她母亲的联系方式。

"妈。"她小心翼翼而又声音颤抖地拨通了电话。

"是谁？"电话里粗暴的一声。

"是我啊，妈，您不记得我了吗？"女孩的声音已经哽咽。

没说几句，电话就挂上了，之后再也不接。她的心似凋落的玫瑰花瓣，扎在坚硬的刺上，冰冷地疼。

她几乎绝望，可是，命运是个奇怪的东西。你越是不屈，它越是向你肃然起敬。长年累月的奔波与坚强，已经让这个小女孩"名声在外"。她成了公众媒体的焦点人物。新华网、新安晚报、安徽卫视、湖南卫视等各媒体争相报道。

2012年2月，女孩走上了辽宁卫视，凭一曲催人泪下的《我想要有个家》夺得辽宁卫视"天才童声"冠军。

这个女孩就是茆华瑞，她由一个"卖唱女"转而成为一个"童声冠军"。

2012年4月，她走入江苏卫视，作客《梦想成真》。台上，她尽述多年的遭遇和心路历程。她把对父亲的爱，对生活和命运的挑战，对母亲的挂念与抱怨尽吐无遗。台下的观众不知抹了多少把泪，但是台上的她却一直坚强地笑。她说，命运的艰辛由不得她哭，她只能坚强，只能笑对人生。

突然，令所有人意想不到的场景发生了：主持人把消失多年的、一直藏于幕后的母亲请了出来。母亲声泪俱下，乞求孩子的原谅。而女孩——从不在公众面前流泪的她，终于落下了眼泪。然而，面对抛弃自己和父亲多年的母亲，女孩怎能轻易释怀？她只是漠然。

主持人不断从旁劝解："孩子，你不是一直想念你的妈妈吗？现在妈妈就在你面前，你应该高兴啊！你看，妈妈都没有你的个子高了。妈妈都可以枕着你的肩膀哭泣了。"

最终，当母亲跪下的一刹那，女孩再也忍不住，抱住母亲，相拥而泣。

为了这一刻，茆华瑞等了整整五年。

命运的折磨夺去了父亲的光明，夺去了母爱，可是，却夺不走孩子顽强的意志，夺不走孩子永恒不变的爱，夺不走孩子从来未改的乐观与信念。正是有了女孩这份意志，这份不变的爱，这份乐观与信念，她才能一路走来，并且一路芬芳；才能救了父亲，寻回母亲。在给自己重新找回一个完整的家的同时，她也成了一个令人惊叹的公众人物。

一个小小的女孩，本来是一株草，一朵花，需要众人的呵护。可是，她却不做一株羸弱的小草。在命运的洪流中，她被冲到了岩石之处。她把根牢牢扎住，在恶劣的环境中，她成了一棵参天之树。不论风雨如何残酷，它从未倒下，并且，它还将继续成长，直指苍穹。

孤独是内心的歌

他叫周三，是一位孤独无人知的音乐创作者。

他不是一直从事音乐制作人这一职业的，在这之前，他在云南曲靖做了六年的高速公路收费员。他是收费站的优秀员工，当过团支书、班长和民管组组长。可是，这些对他没有任何意义。他每天都重复着枯燥乏味的工作。要知道，他真正向往的是音乐。在二十七岁那年，他意识到，再不去追寻音乐的梦想，自己就老了。他向父母表达了辞职的意愿，父母厉声拒绝了："你这个年纪，应该准备结婚，给我们生小孩。都二十七岁了，怎么还能跑出去弹吉他、唱歌？"

的确，他是个不错的小伙子，样貌俊朗，工作稳定，人品也佳。尝试为他说媒的实在太多了。可是，他不愿意。他说，只有先圆了自己的音乐梦，才能考虑其他的。

走音乐道路的人都是孤独的，很多时候，他们要舍弃工作、家庭，还有爱情。在这个繁华和功利的世间，没有显赫经历和头衔的人，必将忍受一切。况且，谁敢说，他走的这一条路就一定正确呢？谁敢肯定，他终将会有熬出头的那一日呢？更何况周三，说白了，他只是一个地地道道且一无所有的游民。

去成都是周三第一次独自离开云南，那是他人生中最艰难的一段时期。来到成都，他本想参加一档选秀节目，但是，那一年，却因火爆的《超级女声》，节目被冲击、取消，梦想随之破碎。坐在出租屋里的他，无力支付房租费。落寞之余，他写下了一首歌："我以为鸟儿长出了翅膀，就能够飞翔；我以为鱼儿离开了池塘，它还是一个样；我以为还有另外一个地方，和家乡一个样；我以为只要弹琴把歌唱，就只有快乐没有悲伤……"

是的，他以为，他能够在音乐这条道路上实现自己的梦想。可是，最终除了孤独与落寞，他一无所获。

周三心想，所幸自己还有音乐。离开成都之后，他稍作调整，便前往下一个地方——丽江。他来到一家酒吧，与几个音乐朋友开始自创、自弹、自唱。在每一次演奏之前，他都会为大家介绍："此曲是自己原创。"很长的一段时间里，听众寥寥，因为很多人都不知道他唱的是什么。那独特的曲风，怪异的唱腔，几乎无人欣赏。但是，周三自己却喜欢。他说，"喜欢"就是最美妙的一件事，是对孤独最有力的回击。的确是这样，在那长长的了无知音的日子里，他沉浸在作曲作词、自唱自娱的喜悦中。

在那些孤独不为人知的时刻，在那些寂寞的夜晚和清晨，他就独自唱着。他知道，真正的"热爱"，是可以抵挡一切孤独的。

那是一份对于梦想的真正的痴爱与执着。

当所有人都认为，周三将作为一个默默无闻的小小音乐人孤独地困于丽江小镇的时候，幸运之神向他抛了橄榄枝。

2013年，将近岁末，《中国好歌曲》导演组在丽江找到了他，邀请他参加节目。在酒吧里，当他们听周三在寂寞的一角弹唱《一个歌手的情书》时，所有人都被他打动了。

在那个小小的角落里，人们读出了他那颗恬淡而又火热的心。一个孤寂的音乐者终于有了属于自己的舞台。要知道，不论唱腔还是技巧，周三都算不上出色，甚至，还有些蹩脚。但是，《中国好歌曲》要的，却是好歌曲，是创作者的才华。

2014年年初，周三出现在《中国好歌曲》的舞台上。那是个大大的舞台。作为一个小镇的音乐创作者，周三从来没有想过他有一天会登上如此大的舞台。灯光下，吉他轻响，他开唱了："这二十多年来，我一直在唱歌，唱歌给我的心上人听……"起初，那只是简单而又怪异的曲调。但是，越唱，人们越听出朴实歌曲里深藏着的震撼人心的力量，"我没有存款，也没有洋房。生活，我过得紧张。心爱的姑娘，你不要拒绝我，每天，都会把歌给你唱；心爱的姑娘，你一定等着我，我骑车带你去环游世界；心爱的姑娘，你快来我身旁，我的肩膀就是你的依靠；心爱的姑娘，虽然我没有车房，我会把我的一切都给你……"

那毫无技巧的朴实歌声里，透出真爱的力量，透出一个孤独者追求爱情、追求生活的炽热之心。四位导师为他潸然落泪，蔡健雅把他评为中国的Bob Dylan。杨坤说，你歌词里提到的所有的一切，我都经历过，我为你的音乐感动不已。刘欢说，在这个浮华的社会，难得有人像你这样唱出内心的歌……

是的，这是他内心的歌，是孤独者平静的表象下欢愉炽热的歌。在这首歌里，他没有任何技巧，毫无炫耀，心无喧器，独守宁静。他的内心只有一曲热爱生活、热爱音乐的歌。还有什么，比这更能抵挡寂寞；还有什么，比这更能给自己带来光明、温暖、幸福呢？

如今，周三已经火了，火得一塌糊涂。谁也没想到，《中国好歌曲》能带来如此轰动的效应。因为，所有的选秀节目都在关注台前风光的歌者，从来没有人关注过幕后默默奉献、孤独创作的"音乐制作人"。他们没有惊人的嗓音，没有俊俏的外貌，没有华丽的包装，他们有的，只是一颗朴实、恬淡、热爱音乐、热爱生活的心。

内心有歌。如此，孤独何惧？

寻找最佳的栖身之所

　　每一次捉迷藏，他都不知去何处。看着小伙伴纷纷找到藏身之所，他只能呆呆地立于原地。有的时候，同伴会拉他一把，相邀躲在一起，但是，他总是很快撤离，执意自行寻找一个去处。然而，他跑了许多地方，最终都极为不满，因为，他常常被"鬼"捉住。

　　他想，被捉就被捉吧，这有什么呢，我才不稀罕与他们一样，我一定会找到一个属于我自己的地方，并且，没有任何一个人能找得到我。

　　有一天，他不再奔跑，他看着眼前高高的大树，呆呆地出神。树干粗大，冠如巨伞。他想，如果有一天能爬上这棵高高的大树，感觉一定很美妙。并且，他坚信，不会有任何一个人能找得到他。他努力向上爬。可是，他仅仅是一个孩子，怎么可能轻而易举地爬上那样高大的树呢？没到一小截，他便"啪"地从树上栽了下来。正当他趴在地上时，"鬼"正好前来，把他逮住。

　　捉住就捉住，没什么大不了的！只要好好练习就一定能爬上去！于是，他每天都进行锻炼，就为了爬上那一棵树。为了征服那样的一株大树，他不知摔了多少伤痕，但是，他依然倔强前往。

也不知过了多少多久，有一天，当他再次与小伙伴们玩"捉迷藏"时，他终于爬上那棵心仪已久的大树。茂密的枝叶，把他藏得严严实实的。脚下是曾经不可征服的树干，身旁是他向往已久的散发出灵魂气息的树叶，头顶是他魂牵梦萦的湛蓝天空！

透过树缝，他看着脚下的小伙伴们如蝼蚁般奔波忙碌的样子，心里有了恬淡的喜悦与满足。他从来没想过，自己会拥有这样一片美丽的风景——看游戏，看树叶，看蓝天，看白云。

这是属于他的最佳栖身之处，没有任何一个人有资格拥有这样的一片风景。

过了几年，他上中学了，父母为他选择了一条绘画之路。他们说："画家是一个荣耀的职业，我们希望你也能成为一位了不起的人物。"

的确，在那个年代，许多艺术家不论是声望、名利、成就，都令人景仰与艳羡。可是，在他看来，他笔下所有的线条与色彩都是苍白、枯燥、乏味的。别人成为画家，并不意味着自己就该这么做！于是，他彻底地放弃了绘画。一如当年爬树，他依然保持着那样的冒险精神，他把自己藏进实验室，做起了化学实验。是的，在他看来，未知的领域总是散发着诱人的气息。要爬上一棵树的巅峰是需要付出无数的努力与伤痕的；在实验的领域，更是如此，许多次，他都冒着生命危险完成了一个个骇人听闻的实验。

这绝对是一个绝妙的栖身之所，因为多少年以来，没有一个人注意到他的存在。但是，当他出现在大家面前的时候，他已经成了一名了不起的化学家，在人造香精及合成树脂工业方面做了不可磨灭的贡献。有一天，记者问及他中学时代放弃绘画而选择科学的初衷。他并没有直接回答，只是跟记者聊起了他童年捉迷藏的故事，然后说："在我看来，人生就是一个捉迷藏的过程。每个人都要找到属于自己的栖身之处。你可以藏于大石后，可以躲进屋子里……不过，从儿时起，我便不满足那样安逸栖身之地。我知道，那棵高大的树和深邃的蓝天才是我的向往，才是我最佳的栖身之所。"

是的，人是需要点冒险精神的。最终证明，那大树、蓝天是这位名叫奥托·瓦拉赫的德国化学家、1910年诺贝尔化学奖得主的最理想的栖身之所。这位擅长玩"捉迷藏"的著名科学家，经历了无数次的历练和冒险后，终于找到了人生的最佳位置，最终实现了与蓝天和梦想的美妙约会。

给自己一个明媚的梦

办公室来了一位刚刚大学毕业的女生，喜欢看言情那一类小说，且常常沉迷于自己的世界中。不经世事的她，不论在生活还是工作中都显得纯真和青涩，有一次，我们问起她的私生活，问她意中人是个什么标准。她用纯真的口吻憧憬地说："最好是白马王子……开玩笑啦！其实，他是一个什么样的人并不重要，无须富有，无须权势，只需和我相爱一生……"

我们不约而同地跌倒一片，什么年代了，还有这样不谙世事的人出现？我们说："丫头，不要活在你的'白马梦'里，活得现实一些。生活是现实的，也是残酷的，没有那么多风花雪月。"

我们这么一说，她倒急了，和我们探讨人生、文学、爱情……总之，她舌战群儒，要把我们这些"老世故"打倒。但是，我们却发现，不论争论如何激烈，我们都无法"交锋"——她用她文学作品里的爱情观和世界观阐述，我们用俗世的爱情观和生活观辩驳，两者完全风马牛不相及。争到最后，她不高兴了："我不和你们争了，继续看书！"

她坐在那，竟不睬人了。回过神来，我才惊觉，原来，我们破坏了她心中美丽的梦。不论世事如何变化，不论人心如何污浊，她都不理会，不受尘染，活在自己的梦里，活在自己的世界观、人生观里。我担心，一旦她面对现实，遭遇现实的残酷时，她会变得多么忧伤，变得多么绝望。然而，我却不敢惊扰她的梦。作为一个"世俗人"，我没有资格去击碎她那个纯真的梦。

我担心的事来了。有一次，她难过地找我倾诉："为什么我真心待人，而别人却在背后中伤我？"

我知道，在这个复杂的社会里，她已经受到伤害了。我只能安慰，只能尽可能地把她从那个梦里拉回到现实中来："做人千万不要太简单了。不要把身边的人和身边的世界想象得与你一样简单，一样纯真。否则，你终究是要受到伤害的……"我又给她说了一大通。

然而，她本是沮丧的脸却突然沉了下来。我知道，她对我的话依旧不以为然。她说："我还是相信这个世界好人多。人心是纯洁的，美好的。"

我无奈地笑笑，不敢苟同，好人与坏人本就难分，又何来好人多还是坏人多呢？

终于有一天，她为她的认知方式付出了代价。我们无从获知事情的全貌，只大约知道，她一向认为的"好人""白马王子"彻底辜负、欺骗、抛弃了她。她经历了前所未有的痛。我唏嘘，那究竟是一个怎样的恶人，连这样心无城府、纯洁如斯的女孩都忍心去伤害？我们又抛出"现实论""残酷论"来。然而，她只是一味地哭，不理会我们所谓的"入世学问"。

她伤得很厉害，我本以为她缓不过来了，还以为她会吸取这个教训彻底从她的梦中惊醒。可是，过了一阵之后，我发现，她非但没有少胳膊少腿，反而变得更乐观、更纯真起来。那一天，她对我说："抛弃我的人是没有眼光的！我相信，属于我的那个真正的'白马王子'一定会来！"

我几近崩溃，不过，我倒是为她长吁了一口气。可是，短暂的轻松过后，又为她哀叹起来：不知她这样的生活方式究竟会坚持到什么时候。我不敢想，在这个复杂的世界里，在梦被击碎的那一刻，她究竟会破茧成蝶，还是走向灵魂的终点。

她在我面前依然笑靥如花，犹如一缕春风轻拂过山冈，暖暖地吹绿原野。在那样明媚的笑面前，我突然产生了一种错觉，究竟是她错了还是我错了？曾几何时，我不也是和她一样吗？童年和少年的梦那么斑斓，那么炫目。然而，却不知不觉被我断送在黄昏里，再也找不着了。

这本该是一个简单而美好的世界啊，可是，我们却自己把它弄复杂了，弄脏了，以至于我们生活在一个连我们自己都不认识的世界里。而她，却如同一个童话里不曾长大的孩子，永远纯真而明媚地活着。她与我们是如此格格不入，我们在叫唤着她出来，她却招手让我们进去。

想来，我们每一个人——不论是大人还是孩子，都需要有一个梦吧，不论那个梦是真实还是虚幻，不论它究竟能否实现，不论梦的终点究竟为何，我们都应该像这个女孩一样，怀着一个纯真而明媚的梦，坚守自己的世界观、人生观和价值观。只有这样，我们的精神才不至于贫瘠荒芜，我们的心才不至于寒凉。

你温暖，世界便温暖

自从写文字后，就与一些荐稿朋友结了缘。有一天，一位荐稿人加上我QQ，说在杂志上读到我的一篇写母爱的文章，既喜欢又感动，于是，我俩便相识了。

各自都忙，聊天的机会并不多。但是，我却能感觉到她是一个温暖的善者。她的QQ签名写道："暖人心，玲珑玉，慈悲念，种福田。"短短的签名，让我读出了她的明媚、温暖和善良。于是，对她有了好感，去她的博客，想对她进一步了解。可是，文章寥寥。公告里，她写道："把以前的文章列表和评论都弄没了。重新开始吧，一天弄一点。谢谢写手朋友们。你们的文字为这个世界带来许多温暖。你温暖，周围也温暖！你光明，世界就不黑暗！"

博客上有她积累数年的人脉，看出她算是一个资深的荐稿人了。可是，我并没有问她博客上文章为何这么少，也没问她为什么把以前的文章和评论都删掉了。

一天，她告诉我，一家杂志用了她的一篇原创文章，是她写的读后感。那是编辑让她写的，要她从前一期的杂志里挑一篇喜欢的文章写写心得，放在目录页上。她选的正是我写母爱的那篇文章，拟的标题是"你温暖，周围也温暖"。她很高兴地把文章与我分享，其中，最后一段文字如下："善待每一个生命，善待这最后一段旅程。因为，他们的生命，最终会叠加成我们的生命。我一直相信：你温暖，周围也温暖！你光明，世界就不黑暗！"

短短的三四百字的文章虽然简单，但却是她内心的写照，是她人生态度的写照，是她明媚、积极的生活方式的写照。

她时不时为我报上一些好消息：哪一期杂志转载了我的文章，哪一期稿费已发。一天，她告诉我，我的另一篇文章被《谈心》转载了。我问："《谈心》是什么？从来没听说过。"

她说："是佛刊。"

我说："你荐稿还往佛刊上推荐啊？"

那次聊天之后，我才知道，她已是佛门弟子，正式皈依，遵守戒律。

原来，她的一切善念、善心、善文都不是没有原因的，虽然我无问佛之心，但是，对于向佛之人，我向来心怀崇敬。在这个缺少信仰的世间，多一分信仰和善意是如此珍贵。

在这样为数不多的交流之中，我们彼此解读对方的内心世界。她读我的文字，我读她的温暖，一写一荐，倒配合得挺好。

有一天，她的QQ再次发来消息："罗老师，您好。一直用这个QQ号跟您联系的是我老公。他三年前患了脑溢血，因为右侧肢体不便，一直没有上班，在家用左手上网，做荐稿。六月二日，他突发心梗离世了。荐稿是他最大的乐趣。他生前一直要教我做荐稿，我都没有学，现在我想继续完成他的心愿。以后我还会用这个号上网，希望您能继续把作品发给我，支持我，尽管我现在才刚刚开始，但我会努力的，谢谢您！"

看着这些文字，突然觉得它们如沉沉山石，压在我心头，让我窒息，让我感觉到万分的沉重。原来，跟我联系的"她"竟在三年前患上了脑出血重症。右侧肢体不便，便用左手敲击键盘，做荐稿。我突然明白，"她"的签名"暖人心，玲珑玉，慈悲念，种福田"是"她"历经磨难后的豁达、坚强和明媚告白；"她"删除博客信息的行为也该是对过往的埋葬，对新生活的瞻望；"她"心怀慈悲，向善向佛也是努力用另一种方式延续自己的生命……这一切竟有我所不知的原因。

一个临近生命终点的人，却没有因命运而残。他不自弃，不自绝，反而更坚强，更乐观，更温暖。他一直在用他的左手敲击键盘，也在用左手敲击命运之喉。

他已经走了，再也不能与我谈人心、温暖、善念、坚强，可是，却有另一位接过他的文字，牵过他的手，扶着他，走完他未竟的人生之路。

我还能说些什么呢？除了疼痛的感动和满满的清泪，别无其他。

我不知道，这个世界究竟有多寒凉；我不知道，这个世界究竟有多艰辛；我只知道，在这个寒凉和艰辛的世间，总有许多的光明和温暖，包裹于我们身边。在那些不为人知的角落，总有一些人坚毅而默默地活着。他们用他们仅存的手或脚，用坚强的意志和不屈的灵魂顽强地活着。在那黑暗的地狱之渊，他们探出一只坚硬的手来，拱出地面，伸向高远的天空和灼热的红日。还有什么比这只手更温暖、更灿烂、更刚强呢？

是的，活下去吧。不论你遭遇了什么，只要我们活着，就有一个温暖、明媚的世界。

我至今不知他的姓名，只知网名为"暖玉悲田"。且用他重复最多、最铿锵的一句话结束我的文字，结束我的感动和泪痕，走向更光明、更温暖的未来：你温暖，周围也温暖！你光明，世界就不黑暗！

笑　对

　　大学毕业后，他四处闯荡，最后在这个城市落脚。因为学过一些兽医知识，他开起了一家小小的兽医站。可是，毕竟刚刚毕业，且兽医所学不精，所以，生意一直冷清。过了一段时日，资金周转不了，他不得不关了门。一段日子过后，他在郊租了几亩地，开始了苗圃创业。可是，正如第一次创业那样，他的市场并没有被打开，便没有生意。付出了巨大的心血却没有换来成功，他不得不再次放弃。

　　之后，不论他的资金、青春，还是心血，都被风雨一点点蚕食。短暂的沮丧过后，他把头重新抬了起来。一无所有的他明白，必须从底层做起。他安安分分地干起了苦力活：运水果、搭外架、工厂搬运……他由一个大学生到"创业者"，至今，已经完全转变成了"苦力"。他没有怨言。卑微的他，已经把自己当成一株石缝里的小草。这样想时，他的心倒也安定踏实了下来。

　　勤劳肯干、为人忠厚，在底层工作的日子里，他获得了周围人的肯定与信任。他被一家工厂录用，这就意味着，他将告别无数个辗转奔波的"临时工"日子，迎来一份较稳定的工作。是的，几经风雨冲击的他已经不起岁月沧桑。一如既往，他在工厂里表现好。他精力充沛，为人实诚，不仅干好分内之事，还兼顾身外之职。正在厂领导要提拔他时，生活又给他带来了一个意外——操作事故使他的手受了重伤，所幸抢救及时，他的手保住了，且没落下后遗症。可是，那一段时间，他的手几乎不能干任何活。于是，在本该迎来美好的时刻，他选择了辞职。

手不能劳作，生活没有着落，他再一次陷入困境。如同一株小草，又怎能经得住风雨百般摧残？他哭过，几经崩溃。不过，熬过了那一段苦难，他的心反而更宁静了。他在本子上写下："日子是哭是笑，它都要过，为什么不乐观地面对每一天呢？"

接着干。

大学旁有一位老师傅要转让修车摊，他知道后，立即前往，把摊位接了下来。并且，他把所剩无几的钱拿出来，跟老师傅学起了电动车修理技术。于是，他的新生活开始了。一个四五平方米的修车摊位，一把破旧的遮阳伞，零星的修车工具，便成了他所有的"家产"。

每天早上七点，他开始摆摊营业，晚九点歇业。一整天，他便在大学旁的这个小小修车摊里"风餐露宿"，承受每一天的风吹雨淋。任那风狂雨骤，任那日寒日暑，那小小的遮阳伞都屹立着，与伞下的那位已年近中年的男子一起奋斗着。

是的，从大学毕业至如今，沧海桑田，他已经渐渐老去了。坎坷的生活，失意的人生，让他连一个温暖的家都无法奢求。

来来往往的大学门口，繁华的红灯暖烟背后，是一个如此不起眼的修车摊与修车人。蓬头垢面，污渍斑斑，所有人都不在意他的存在与否。不过，他不在意行人的目光，他始终微笑，始终兢兢业业地修车经营，谁也看不出他那张笑脸背后的沧桑与辛酸。

不过，只要来修过车的人都知道，他既是一个实诚人，又是一个"文化人"。别人的修车价格会随着物价上涨而提高，而他却数年不变地坚持一两元钱的最低价。他说，他不能"坑"学生的钱。

一次，一位农大兽医专业的学生过来修车。这位已经远离大学许多年，远离"兽医"许多年的他急匆匆地跑开，又兴冲冲返回，把珍藏多年的兽医实践笔记拿出来倾情献出。大学生接过，他知那本小小的本子于他而言是如此不起眼，可对于一位修车师傅来说却是如此沉重。

说他是"文化人"，还因他喜爱写诗。在他简陋的修车摊上，有一支圆珠笔和一张破旧的烟盒纸，烟纸盒背后密密麻麻地写满了他的诗作。拿过来一看，只见上面写道："心中唱着歌/笑对生活，道路宽阔/窗外的鲜花盛开/笑对生活，朋友多/群星璀璨有我一颗。"

这首不起眼的小诗，是一位已近中年的不起眼的修车师傅的人生写照，是他生活态度的凝练与升华。或许，人们可以嘲笑他的卑微，可以嘲笑他那不洁的外表，可是，却不能嘲笑他的心灵，不能嘲笑他乐观而淡然的人生态度。

是的，不论风雨，不论成败，只要笑对，你我都会获得人生的宁静与心灵的安宁。

成功由天，努力由人。心境，由己。

背对墙角，才能面向光明

小妮子坐最后一排，她的双眼使劲盯着窗外。教室里，其他孩子都在满脸高兴地听我讲课。他们会随着我的讲授哈哈大笑，随我的提问抢先回答，唯独小妮子，独坐在最后一排的那个小角落里，不为人知。她就像那窗外的落叶，兀自飘零，冷暖无人晓。

少年宫里，座位没有安排，个人先到先选，随自己喜好。别的孩子都抢着坐在离老师近的地方，但是小妮子，不论是早来还是晚到，都会选那个不起眼的小角落。

这一天，我在黑板上写下了一道作文题："最美的××。"刚一停笔，教室便沸腾了起来。

"老师，我已经想好啦！我要写'最美的妈妈'。因为妈妈是最美、最值得爱的人！"

"老师，我要写'最美的老师'！"

一两个同学回答后，其他同学都跟着抢答。他们的发言，不论是选题还是立意都颇令我惊喜。我知道，他们心里都装着"美"。不过，唯独那个小姑娘，仍然在看着落叶，在喧嚣中，这个小女孩似乎离我们很远。

我打了个手势，示意同学们静下来。然后，轻轻地走过去，在她面前蹲了下来，说："小妮子，可以告诉老师你要写什么吗？"

小妮子看了看我，使劲地摇头，说："老师，我不知道该写什么。"

"你看，同学们说得多好啊。其实生活中有很多很美的东西。"

"我不觉得有什么东西是美的……老师，我不想写！"

数次对话，我都无法说服她去尝试发现生活的美，不能说服她去打开思路。课后，我联系到了她的母亲。才知道，这是个单亲家庭的小女孩。父母的离异造成了她内向、孤僻的性格。母亲很苦恼，希望让孩子多接触一些人，多融入生活，所以给她报名参加了少年宫几个兴趣班的学习。

我知道，我得把她从那个冰冷的角落里拉出来。

有一天，放学后，我把她留了下来，对她说："孩子，你愿意跟老师说说你的心事吗？"小妮子低着头，默不作声。我递给她一本美文集，对她说，"这是一本暖心灵的文字。你先用心看看，看完之后，我想听听你的感受，好吗？"

过了一个星期，在一次上完课后，她捧着书，怯生生地来找我。

我说："书看完了吗？"她点了点头。我翻开书，选了一篇文章，对她说，"你觉得这篇文章怎么样？"

她说："小女孩有一颗坚强的心。当父亲离开她们母女的时候，她竟然无微不至地照顾生病的母亲。我很喜欢，也很感动。"

这是我第一次从她的嘴里听到"喜欢""感动"这类词，我知道，她的心扉已经渐渐向我敞开了。"孩子，老师知道你的痛苦，知道你的心事。但是，生活是充满了美，充满了感动的，即使你正经历苦难，但只要你用一颗坚强的心去面对它，再阴暗的生活也会迎来光明。你明白了吗？"小妮子点点头。

我拉开抽屉，又拿出了几本文集，递给她："孩子，我不能帮助你什么，但是，我希望这些文字能温暖你的心灵。"

之后，每隔一段时间，我都会找她谈谈美文，谈谈心事，谈谈生活。就是在这一次次阅读、一次次交流中，我看见，一颗沉睡在土里的种子正破土而出。它怯生生地探出脑袋，害羞却满心喜悦地探视着人生，迎接新的光明。

作为老师，我知道，我得告诉他们人生的美，爱和光明。那一天课堂上，我写下了一个词——光明。我让同学们以它为中心词，想一个题目，写一篇作文。

令我最高兴的事发生了，沉默已久的小妮子第一个站起来发言，说："老师，我的题目是'背对墙角，才能面向光明'……"

发言还未结束，已经有好几个同学忍不住叫了一声"好"。

我满心激动，笑容满面，问她："能说说你的想法吗？"

"老师，是您让我明白了一个道理：背对墙角，才能面向光明。如果一直蜷缩在角落里，我们就永远也看不到光明。老师，谢谢您给了我的人生光明和温暖……"

那是我听过的最美的发言，它温暖了我的整个身心。它让我看到，我的光明和温暖因为孩子而变得异常庞大，缓缓延伸，融融洽洽，浩渺而无边界。

我的人生再也容不得一丝黑暗和寒冷，哪怕有悲观的时候，我都会记起小女孩曾经告诉过我的一句话：背对墙角，才能面向光明。

一朵名为马拉拉的血色之花

她叫马拉拉，今年十四岁，她住在斯瓦特地区。这是个旅游胜地，有白雪皑皑的群山，鳟鱼成群的河流，一望无际的果园，高耸入云的佛塔……美不胜收。可是，她们在这里生活得并不美好。因为，斯瓦特是一个受巴基斯坦塔利班运动组织控制的地区。那是2008年的冬天，他们来了，并带来了盘踞、控制、枪杀……斯瓦特被恐怖阴云笼罩。

2009年1月，他们在控制区域实行强制统治，禁止播放电视电影，严禁娱乐，男人须留胡子，女人须蒙面，不能工作，不能受教育，不能随便出家门，公共场合如放声大笑即会遭到鞭打。他们颁布禁令：女子不能再去上学，否则，后果由监护人和学校承担。那个寒冷的冬天，数百所女子学校在冬雪中被烧毁。

硝烟中，马拉拉带着所有的同学从一个学校逃往另一个学校。

那个本应天真烂漫的年华，可她却开始了在硝烟中的抗争，开始了与恐怖势力的明争暗斗。她开始写博客，开始记录斯瓦特的残暴血腥，记录斯瓦特的暗无天日，记录斯瓦特恐怖主义下被统治的女子们的日常生活。她说："我有受教育的权利，有玩乐的权利，有唱歌的权利，有聊天的权利，有逛商场的权利，有大声说话的权利……如果我们这一代人没有拿过笔，就会接受恐怖分子递过来的枪支。"在生与死的烟火中，她独自高声呐喊，倡导女性受教育权，呼吁给予女孩受教育的权利。她通过博客传达给这个国家的孩子们，乃至全世界的孩子们一个信息：无论何时，你看到暴政，无论何时，你看到人们被压迫，都应当提高你的嗓门进行反对——反对那些试图夺走你权利的人。

这样立场鲜明的斗争，除了马拉拉，没有任何人敢做。

那一年，她十一岁。

马拉拉的生死斗争引起了世界的关注。同时，在她与恐怖势力斗争的几年间，她的处境也愈来愈危险。

2012年，塔利班武装人员把她列入枪杀名单。为了暗杀，他们精心筹划了数月。每一天，他们都在研究马拉拉上学放学的路线。10月9日，校车沿着乡村公路行驶。车里，一群学生和老师在交谈，刚刚结束考试的她们喜悦异常。当大巴车行驶到距离明戈拉市区大约一千米的地方时，两个男子突然挥舞着旗子叫停了这辆车。两个荷枪实弹都人登上了校车，厉声问："你们当中，有没有一个叫马拉拉·优素福·扎伊的？"

一车的人没有一个人回答，但是，马拉拉毅然地站起来，说："我正是！这一切与她们无关……"话音未完，"砰"的一声，子弹穿过她的脖子，鲜血飞溅，化作一枚殷红的花，盛开在斯瓦特的高山上。

马拉拉被枪击的事件传开以后，巴基斯坦乃至全世界都在愤怒。

人们无法想象，恐怖分子竟然会如此残酷地对待一个天真乐观，有勇气、有理想、有追求的十四岁女孩！于是，人们举起马拉拉的照片，纷纷走上街头，表达抗议与愤慨。医院里、街道边，许许多多的学生高举双手，为这位伟大的巴勒斯坦少女祈祷康复。

当马拉拉醒来的时候，她已经身处英国伊丽莎白女王医院。万幸，她脱离了生命危险。父亲看着这位了不起的女儿，除了痛苦之外，没有任何的悲伤，反而说："孩子，你是我们的骄傲！"

马拉拉冲父亲微微一笑："父亲，您放心。除非我死，否则，我不会放弃我们一直在追求的和平与梦想！"

这位年仅十四岁的巴基斯坦少女，用自己的生命捍卫国家女子应有的权利，用自己的鲜血呼唤世界的和平，以及对生命的尊重。她所争取的绝不过是一个人的权利，而是整个国家、整个世界的共同愿景。这超越国界与民族，超越宗教与政治的生命捍卫，在世界黑暗之角绽放出了最有力量的绚烂之花。

马拉拉带来的影响是空前的，英国前首相戈登·布朗说："此次袭击导致了儿童运动空前高涨。孩子们穿着印有'我是马拉拉'的T恤自豪而坚定地主张自己的权利。"联合国宣布，每年11月10日定为"马拉拉日"，以表彰巴基斯坦这位伟大的少女不畏塔利班威胁、积极为巴基斯坦女童争取受教育权利所作出的杰出贡献。

2011年12月，马拉拉被巴基斯坦政府授予"国家和平奖"，成为这一奖项的首位得主。19日，《时代周刊》评选出年度人物，马拉拉获得亚军之席，仅随美国前总统奥巴马之后。《时代》给予她的获奖评语是："塔利班试图让这个巴基斯坦女孩沉默，但却放大了她的声音。她现在成为世界女性争取权益的象征。"

"除非我死了，否则我不会放弃我们一直在追求的和平和梦想！"马拉拉用生命和鲜血实践她的诺言，追寻着她最伟大的世界理想。

斯瓦特厚重的阴云下，冰冷如刀的山巅上，盛开着一朵名为马拉拉的血色之花，永不凋零。

李琦：让"蘑菇头"闪亮起来

高中时代，有人当着面叫了他妖怪，于是，旁边有人附和着叫："悟空，还不去降妖！"在一阵哄笑声中，他静静地退到角落。那张惯有的笑脸从他的脸上退下，再也不露一点声色。

这就是李琦，厚嘴唇，大嘴巴。青春的内心，谁不希望自己拥有一个闪亮的外表呢？可是，一想到自己的外形，李琦便高兴不起来。在那一场对于青春美丽的追逐中，他把萌动永远地埋在了自己的内心深处。自卑充斥于心，表露于外。对于自己的缺陷，他陷入无法自拔的泥沼中。尤其当面对自己喜欢的女孩子时，李琦自卑而又胆怯的心思不得不让他退避三舍。

为了改变自己的形象，他尝试过许多努力。比如，戴牙套、染发、穿着时尚……到大一的时候，他开始在发型上下功夫。多次尝试，最终，发型师给他弄了个具有标志性的造型——蘑菇头。于是，李琦的"江湖名号"出来了——"蘑菇头"李琦。

尽管，当提到他的名号的时候，同学们总是把他作为美的对立面进行谈论，但是，他已经渐渐成为校园的关注点。而李琦自己，也在尝试着新的改变。那一年，学校举行十佳歌手比赛，他等到了这个绝好的机会。要知道，唯一让他有自信的，就是他的歌声。从年少时，他就对唱歌情有独钟，并为之倾注全部心血。结果，自信满满且唱功非凡的他毫无争议地夺得"校园最佳歌手"的称号。

比赛结束后，有一位同学跑过来对他说："李琦，我发现你唱歌的时候会发光哎。"一时间，校园风起云涌，议论他的声音再次多了起来。而这时候，人们不再关注他的外表，而是关注他非凡的一面。很自然，新的名号在校园里传开了——音乐小天王。

这个名号好！李琦笑了笑。并且，他渐渐意识到，一个人的闪亮与否，不在于外表，而在于他的本质与才能。

明白这点，他便把心思全部倾注到了他对梦想的竞逐上，由起初的自卑到如今的自信满满，这是一个华丽的转身。

大四时，即将面临毕业的他，萌生了在学校举办一场演唱的想法。演唱会，对于任何一个草根歌手而言，都是一个美丽的梦。怀有斑斓梦想的李琦，意识到"再不疯狂，青春即将老去"，于是，他开始了疯狂的行动——自掏四万元开起了演唱会。演出十分顺利，李琦成为学校有史以来最大规模的演唱会主角。

那一天，大学校园里人头攒动，人们纷纷赶往体育馆。那里搭了一个大大的舞台，背景、音响，一切都极具炫感。乐手朋友们为李琦做着准备……那一天，所有人都把体育馆围了个水泄不通，观众足足有六千人。

"蘑菇头"李琦，这个名号再次打响！人们再也不对他施以讽刺，而是渐渐成为他的"粉丝"。

2012年夏天，"蘑菇头"李琦在外奔波。当他回到出租屋，目睹

"中国好声音"的华丽演出时，他一下子被震住了：要是能去那样的舞台上展示一下自己，该是一件多么闪亮的事啊！

2013年，他破除万难，成功登上了"中国好声音"第二季的舞台。"我是'蘑菇头'李琦。来自江苏，今年二十三岁。我浑身上下最满意的地方，就是我的发型。以前在学校里，有同学不知道我的名字，但提到'蘑菇头'，大家都知道是我。"这是他首次亮相时的独白。由年少时的以外形为卑，到如今的以外形为傲，"蘑菇头"李琦真正成为一个成熟的追梦者。

在那个大大的舞台上，他第一次亮嗓，就赢得了四位导师的转身。凭借着出众的唱功，他一路过关斩将。三个月后，这个曾经默默无闻，曾经被人讥讽，曾经只让人记住头型的"蘑菇头"站在了"中国好声音"总决赛的舞台，并高高地举起冠军奖杯，所有的人都为之疯狂。

那个圆圆的蘑菇头，厚厚的嘴唇，大大的黑框镜，以及标志性的咧着大嘴的笑，已经成为"中国好声音"第二季的经典标识，成为人们心中"潮人"的经典。

这个曾经黯淡无光的"蘑菇头"，终于靠自己的努力，让自己的头"闪亮"起来，也让自己的梦想闪亮起来，照亮了整个青春。

原来，每一个人，都可以让自己的青春"闪亮"登场！

门罗：在低调赛跑中摘取文学桂冠

爱丽斯·门罗在读大学时发表了第一篇作品，写的是她所在的渥太华这个城市里平静的故事。从此，她开始了创作生涯。她写的大多是她所生活的这个城市小镇中的平民爱情、平凡生活。笔调并不华丽，甚至有些粗鄙，还有些关于"性"的描述。但是，她却是一个严格意义上的"严肃文学"作家，涉及的主题是人性、女权及生老病死。

二十多岁的年龄，她已经吸引到了足够多的关注。首先，是因为她的父亲是镇上颇受欢迎的长者，人们爱屋及乌；其次，她的题材及成就实在能吸引人们的眼球。然而，当她的父亲离世后，一切都在悄悄地发生改变，显然，人们是因为她父亲而敬重她。

人们谈论她时渐渐由褒奖变成了嘲讽："写的都是些什么东西？充斥着性的描述。"

"虽然是写这个镇上的事情，但是，语言却越来越粗鄙了。"

"是的，真是糟糕透了。"

有一天，当地的报纸还刊登了一篇关于门罗的社论。评论写道：

"爱丽斯·门罗的小说充斥的都是刻薄内省的人生观。其语言粗鄙，人格扭曲，是一个女性作家狭隘人格的自我体现……"

从那一篇社论开始，小镇上的人们几乎无一例外地排斥起她和她的作品来。就连母亲，也对她颇为不满。是的，人们在意的不是她关于女性、人性的深刻思考，而是在于文字"粗鄙"的表象。

但是，她并没有在意。她说："我是一个女性作者，我要关注女性的生存状态。我要以女性为切入口，寻找更广大的视野和更深刻的人性思考。我要透过普通女性的平凡生活去展示情感和灵魂的深度。"

她是这么说的，也是这么去做的，既然没有人认同她，她便把自己"关"在家静心写作。二十余岁的她，是个地地道道的"家庭主妇"，"在孩子的呼噜声旁，在等待烤炉的间歇，我陆陆续续地完成了一些重要作品"。这是她在回忆创作历程时说过的一句话。

可不是这样吗？她就是一个平凡的女性，写作也是在平凡琐碎的生活中完成的。不过，她可一点儿也不懒：每天早上六点开始，便起床、创作。在做完一些必要的家务后，爱丽斯·门罗便对自己的作品进行润色，并继续创作接下来的事。在她怀孕的期间，她的创作更是达到了"疯狂"的状态：写作，干活，再写作，然后是晚睡、早起……她担心，等孩子生下来之后，自己便没有那么充裕的时间进行创作了。到孩子上学的年龄，门罗便在孩子出门之后写作，当孩子回来午睡时，轻微的呼噜声起，她便看着孩子，淡淡地笑，随后，守候在孩子身边，拿出笔和纸……

她是个高产作家。不过，不论她出版过多少著作，镇上的人们依然对她冷嘲热讽。有人说："这样一位没出过小城的女人，能有多大的成就呢？"

有人说："像她这样粗鄙的语言，永远不可能夺得文学殿堂的最高皇冠。"

在爱丽斯·门罗简约质朴而又深邃厚重的笔下，的确隐藏着她关于文学皇冠的梦。但是，她只知道奔跑，从未奢望过自己的作品能获得至高的荣誉，因为她觉得，相比于托妮·莫里森，相比于村上春树，相比于其他人，还存在很大距离。她只能拼命地写作，她认为，如果一旦停止写作，自己便会疯掉。

从二十岁，到八十余岁，爱丽斯·门罗"没有一天停止过写作，就像每天坚持散步一样"。她一边在人们的批评声中，一边在孩子们的"呼噜声"和"烤炉声"中坚持创作了六十多年。2013年，当年过八旬的她逐渐淡出人们的视线时，一个令小镇和世人惊讶的消息传来——爱丽斯·门罗获得了诺贝尔文学奖！

已经风烛残年的她，从未想过会在晚年获得如此至高无上的荣誉。这不论对于她，还是对于她所生活的这个城镇，都是一个令人意外而惊喜的荣耀。但是，绝不是"名不副实"。因为，世界上，每一个权威媒体都给予了她最高的评价。《纽约时报》说："被中断的人生、岁月的痕迹、生命的残酷……爱丽丝·门罗达到了无与伦比的高度。"

布克国际奖给予她的评语是："每读艾丽丝·门罗的小说，便知道生命中曾经疏忽遗忘太多事情。"

吉勒奖给予她的评价是："令人难以忘怀的作品：语言精细独到，情节朴实优美，令人回味无穷。"

爱丽斯·门罗在得知获奖后说："我一直在赛跑，但未曾想到我会赢。"是的，她拼命赛跑了一辈子，但是，低调的她从未想过能获此殊荣。不过，世事往往如此，所有的成功与荣耀会在你不经意时悄然向你袭来。我们无须关注太多的得与失，唯独要做的，就是奔跑，是坚持，是坚守。正如这位年过八旬的诺贝尔文学奖获得者爱丽斯·门罗一样，只要我们怀着一颗不老的心不懈奔跑，总有一天，皇冠也会悄然降落到我们自己的头上。

梦想不会老

她是我们同学中最有才华的一个，不仅成绩出色，且颇具才艺。歌舞、书画、诗文……兴趣广，且造诣颇深。由于才艺出众，性格佳，组织能力强，在学生会里，她是个风云人物。所有人都认为，当她毕业后，踏入社会时，未来一定不可限量。

我们所读是市里的一所师范学校，初中毕业后直升大专，五年制。可是，在我十八岁那年，由于家庭原因，仅仅读了三年的我就提前从学校毕业了。毕业后，经分配，我顺利地当上了一名教师。可是，时过境迁，两年后，我的同学们已经不能享受分配的待遇了。那一年，他们各奔东西。她，也与他们一道，归于社会的洪流中。

当初，我们都断定她会有一个出色的前程。然而，所料不及的是，她被这条洪流冲刷得不见踪影。我甚至不知道她工作的单位，不知道她的近况。世事繁忙，她渐渐淡出了我的记忆，我的视野。

可是，有一年，她奇迹般出现在我眼前。原来，在工作的那几年，尽管她换了几个工作，但是，她一心没有丢掉她的专业。每一年，她都报名应聘教师。但是直到此时，方才应聘成功。要知道，那一年，她已经二十七岁了。我无法想象，这样的年龄，居然还有奔波辗转的勇气。

我问她："为何在不在外面闯一番事业？"

她说："这些年来，不论业绩多么出色，心底总有个声音告诉我，我要回来，要做真正想做的事。"

虽然已二十有七，对于一个女孩来说，应当已算是"迟暮"之年了，可是她的工作热情丝毫不减。作为一名新教师，她要学习的东西很多，要面临的问题也很多。但是，她却凭出色的才气和坚韧的毅力扛了下来。很快，她取得了很好的成绩。不过，一段时间之后，由于区里进行人事调动，她被调到市里一所偏远学校。

她便常常向我诉苦，说："这些年来，我为了什么呢？难道就是为了这样的结局吗？"

我看得出她心底的苦闷，岁月已容不得她再错过更多的光阴，便劝她："你放心，金子到哪都会闪光的。再说，你的本事摆在那儿，何愁没有施展抱负的机会呢？"

又一年过去，正在她几欲绝望的时候，她的人生迎来了一个戏剧性的转折。教育局决定：在辖区内，提拔一批"80后"杰出教师，任命为副校长。她的工作能力出众，不论是同事还是领导都对她赞赏有加。因此，在全体投票中，她获得了全票通过，正式成为一名副校长。尽管这不是一个多么了不起的职位，但是，对于她来说，却是一个全新的开端。在漫漫的长夜中，她终于看到了久违的亮光。

这一年，她三十二岁。

我说："看吧，天上有一颗金子，正闪着耀眼的金光呢！"

她纵情朗笑，说："原来，我还不老啊！"

我说："怎会老呢？人会老去，青春会老去，可是，你这小傻瓜，还不明白吗，梦想可是不会老去的哦！"

是的，人会老去，青春会老去，可是，梦想却永远长青。人生就是一条曲折绵延的长河，只要它不停歇，你就永远不会知道它最终的落脚点在哪儿。她曾遭遇了一次次坎坷，遭遇一次次打击，但是，她从来没有放弃自己的追求。最终，梦想的天使终于光临。

青春几经攀折，梦想何曾老去？就让这一句话，结束我长长的感慨，启开我新的征程。

为什么而生

2014年7月6日4时，巴西萨尔瓦多新水源体育场，四分之一决赛的最后一场荷兰队对哥斯达黎加队的比赛正如火如荼地进行着。这是第二十届世界杯中矛与盾的激烈碰撞。荷兰队可谓进攻火力最强的一队，而哥斯达黎加队则是此届世界杯中失球最少的球队之一。可是，尽管荷兰队火力强劲，但在哥斯达黎加坚韧的防守面前，荷兰队始终找不到破门良机。在经过波澜不惊的九十分钟和乏善可陈的三十分钟加时后，两队仍无一进球。

这时候，令人意外的事情出现了。第一百二十一分钟时，也就是在加时赛将结束的时刻，荷兰队主教练范加尔做出了一个胆大的决定：换下主力门将西莱森，换上替补门将克鲁尔。这可是世界杯史无前例的换人。没有哪一支球队会在这个时间点换人，而且，换掉的是主力门将。

比赛立刻进入点球决胜阶段。

第一罚，哥斯达黎加队主罚。点球直奔球门右下角。荷兰替补门将克鲁尔准确地判断出了方向。可是，球速实在太快，克鲁尔扑之不及。

第二罚，荷兰队队长范佩西主罚。球顺利打入球门。

哥斯达黎加的第二罚来了，是队长鲁伊斯。球再次向球门右下角奔去。奇迹发生了，替补门将克鲁尔居然把这个球扑了出来！

所有人都为之欢呼，因为，这可是一个从来没有获得过上场机会的替补门将！

对于荷兰队来说，这是个绝好的时机。因为，在世界杯这样的大赛上，荷兰点球大战从来没有获得过一场胜利。如果此次获胜，那将是一个破"咒"的过程。这样，就能为整支队扫去历史阴霾，给球员带来极大信心。

在接下来的扑点球过程中，克鲁尔无一例外地判断出了球的方向，并且，在第五轮点球中，他再一次把对方射来的球扑出。

全队沸腾了！全场沸腾了！全世界都沸腾了！

谁也没想到，一个替补门将居然成了球队的"救世主"！

这个几乎是"跑龙套"角色的克鲁尔，在他的一生中几乎沉寂得如一池春水。克鲁尔最初打的位置是前锋，可速度成了他的硬伤，这使他一直得不到大家的认同。有一次，他所在的俱乐部主力门将受伤，在没有替补门将的情况下，他被临危受命，担以门将之职。也就是在那一场比赛中，他正式转型成为一名守门员。之后，他获得了参加荷兰青年训练营的资格。

2005年，世青赛成了他人生的转折点。那一年，他帮助荷兰队一路杀到决赛。在现场观看比赛的纽卡斯尔球探看到他的表现后，把他带回了英国，让他加盟纽卡斯尔联队。不过，这位英超新人并没有获得出场的机会。因为，他连"替补门将"都称不上，他只是球队里的第三号门将。但是，他却一直在努力。在那个默默无闻的赛季里，他一边保持高强度的训练，一边苦心研究各球队、各队员发点球的习惯。

在沉寂中，机会来了，纽卡斯尔联队由于成绩不佳遭遇降级，球队的第一门将因此离队。主教练立即把克鲁尔升为第二门将。在足总杯和联赛杯的几次出场中，克鲁尔用表现征服了大家。终于，在那个赛季之后，克鲁尔成了一号门将。

随着纽卡斯尔战绩回升，重返英超，克鲁尔凭借着出色的发挥获得了所有人的认同。2011年，他得以入选荷兰队。一如他职业生涯中向来默默无闻一样，在国家队里，克鲁尔也迟迟找不到自己的位置。

2014年世界杯，虽然他得以随队出征巴西，但是，他一直担任替补门将，根本没有机会上场。在这个球星云集的世界杯舞台上，他仅仅是一名不为人知的新人。可是，令所有人意想不到的是，在四分之一决赛的最后关头，他居然获得了上场的机会！克鲁尔凭借自己惊艳的表现征服了对手，征服了队友，征服了全世界所有的观众。

克鲁尔长期以来默默无闻，但他一直做着自己该做的工作。命运终于给了他回报。要知道，在那长长的沉寂岁月里，他一直用心研究世界上各球队和球员扑点球的习惯。凭着这一绝技，他终于能够上场，并帮助球队打败这一届世界杯最大黑马——哥斯达黎加队，成为荷兰队晋级四强的最大功臣。

那一场之后，他并没有因此登上主力位置。可是，他并不介意，他说："我们是一个整体。我在乎的是球队的荣誉。我坚信，我们每一个人，都有自己的角色，都有自己存在的意义。我们都会为某件事情而生。西莱森为比赛而生，那我，就为扑点球而生吧。"

这两个家伙，一个在台前，一个在幕后，一个表现出自己的才能，接受众人的赞许；一个默默地做着自己该做的事，等待合适的机会展现自己，贡献力量。

在这个世界上，并不是所有的人都能站到台前，接受鲜花和掌声，但这并不能说明某些人是弱者。因为有的人，就是作为另一种角色而存在的，他就是作为一种"秘密武器"，伺机而动，积势待发，一旦找到机会，就将打破沉寂，力挽狂澜，成为自己和别人的"救世主"。

我们活着，不都是为某一角色而生吗？不都是为某一事情而生吗？就像西莱森为常规比赛而生，克鲁尔为扑点球而生。

人生如竞技场。那么，我们自己呢？为什么而生？为什么而活？在这个漫长的人生旅途和广阔的天地间，我们想清楚：是为了常规比赛而生，还是为了扑点球而活？弄明白这个问题，我们才能了解自己真正的潜力和能力，我们才能找到自己的最佳位置和最佳用途。

生命是盛开在荆棘里的一朵花

冷月从来没有如此认真地端详过自己的生命轨迹，她能感觉到自己生命的流去，如水，轻轻悄悄的，无踪迹，又兼残忍。

一年前，她胃部不适，食不下咽，寝不安席，随后，脖子上长出了淋巴结。一天复一天，淋巴结在不断增大。去医院检查，医生告诉她，她患上了胃癌。被告知的那一瞬间，她仿佛看见花开花谢的一生，泪水从眼眶哗哗地流出。

她的病情已经恶化，细胞癌已经扩散至盆腔、骨关节等处，她不得不去接受化疗。化疗后的第二天，她浑身乏力，恶心欲呕。化疗后造成白细胞偏低，她感觉膝盖已经发软，甚至中空无物。于是，她又不得不注射立升素。往后的日子里，她几乎平均二十一天就得接受一次化疗。终于，有一日，她的手头见了底，生活也举步维艰。

这个时候，她想起了自己的咖啡店。那是在她未病时与丈夫一起经营的咖啡店。自从她遭遇了这份苦难后，咖啡店早已停业。她想把咖啡店关了，可自己的烘焙手艺不能丢。她要重拾手艺，重拾那份久远的烘焙心情。于是，经得丈夫的同意后，她开起了网店，开始做蛋糕。这能补贴家用，但是，这不重要，重要的是，她待在黑暗里太久了，所以，得用某种方式证明自己还活着，证明自己在生命的轨迹中未曾妥协，努力抗争过。

做蛋糕是辛苦的。对她来说，更是如此。大病之后，身子羸弱，盆骨疼痛难忍，她不能久坐，只能站立。每个蛋糕制作耗四个小时，一个病恹恹的身子便直挺挺地站四个小时，即便丈夫在一旁帮衬着，她仍颇感吃力。冷月很想多做几个，可是，丈夫只许她一天做两个。

她小店的网页是简单的，没有"欧式""皇家风格"等夺人眼球的字样，有的只是简单的设计，就连她拍蛋糕时的背景都是日常的桌面。五月，她的店铺迎来了第一位顾客，第一份好评。"既好吃又好看。"看着屏幕上的这条好评，她满心欢喜地笑了。往后，她更用心地经营着她的小店。小兔、老虎、愤怒的小鸟……都是她独有的创意，她的生意渐渐兴旺起来。

就这样，在一次又一次制作中，在一个又一个漂亮的卡通图案中，在收获了一份又一份的赞美中，她走出了长长的心理阴霾。乌云散去，日光照耀，她呼吸到了久违的生命气息。于是，她的心态大为改观，起初对生命的恐惧和绝望一去不再，取而代之的是阳光满心。

2012年8月12日，她坐在电脑前，敲击键盘，上网发了帖子，把自己一年来与癌症做斗争的心路历程公之于众。题目"抗癌一年咧"。

看到这，你是否感觉到一个抗癌者轻松愉快的口吻？你是否与我一样惊讶？是的，这帖子是沉重的。但是，在她的脸庞却绽放着如花笑靥。冷月把曾经的苦难一一化解，操作轻松与幽默，奉献给大家，在帖子里，她喜欢以"姐"自称。一副自信洒脱的形象跃然眼前。在她的世界里，没有"癌症"，只有亲切的"小癌"；没有昂贵的药水，只有"万元金水"。所有的疾病与药物通通被她换上了亲切滑稽的昵称。她与网友侃侃而谈，分享自己的抗癌心得。

她提到，她曾经因偷拍帅气的男护士而兴奋异常；她提到，癌细胞扩散导致盆骨疼痛，可是，后面笔锋一转，她又说："别慌，后面还有好玩的小故事哩！"这一份份幽默、乐观，让网友不禁莞尔。但是，谁都知道，这份虚浮的欢乐背后是多大的痛苦。有人问："为什么你能把痛苦的治疗过程，说得跟逛商场一样？"

她说："那是因为我不想回忆痛苦，也希望从心底藐视小癌。"

她想让大家知道，一个弱小女子能承受的，所有人都可以。

最后，她写下了这么一段文字：

> 一直纠结，要不要写文章纪念一下我抗癌一周年。昨天发现我关注的一个病友离世。她的离开带给我危机感，让我觉得，有必要用文字记载一下自己的故事。活着，留给自己看；死了，留给孩子看。告诉他，妈妈曾经为能陪伴他长大而努力过，斗争过。

一瞬间，柔柔的心被这样重重的文字深深打动。一股泪水蓦地从心底涌出。"活着，留给自己看；死了，留给孩子看"，一个风雨飘摇的女子一直默默屹立，笑靥如花。她就像是盛开在荆棘里的一朵花——生于荆棘，长于荆棘，斗于荆棘。她柔嫩的身躯被荆棘划伤，滴下斑斑血迹，可是，她仍然坚定地向上，探出高傲的头，绽放出世间最娇艳的花，展露出世间最美的笑。

生命，是盛开在荆棘里的那朵花。冷月，谢谢你用你生命的轨迹为我们书写了一个如此深邃而又美丽的人生哲理。

上帝只偏爱奔跑者

7月16日，英超豪门阿森纳官方网站发布一则短片，纪念一位越南非凡的"Running Man"（奔跑者）。片头是："每一个故事都有一个英雄。在这一次旅途中，英雄出现了——The Running Man。"

短片一经发布，这位越南球迷即刻风靡全球。

那是7月15日，阿森纳刚刚抵达越南，开始了他们亚洲之行的第二站。作为一支英超球队，访问越南，尚属首次。因此，他们一到，立即引起了轰动。一群狂热的球迷一路奔跑，追赶着偶像的大巴车。可是，路途很长，车速也不慢。许多人在追赶一段后便放弃了，只有一个小伙子自始至终坚持着。

那是一位年轻俊朗，二十岁上下的小伙子，他肤色黝黑，笑容爽朗，尽管大巴车一直以较快的速度前行，可是，他奔跑的速度并不慢，总能跟上。小伙子不断朝车内群星微笑，向他们挥手，向他们竖起大拇指。车内，球星们也不断回应，发出善意的笑。

大步奔跑，不断挥手示意，始终不渝的微笑。这样的奔跑画面感染着每一位阿森纳球员。他们朝他挥手、微笑、呐喊。车有多快，奔跑便有多快。那是一条长长的道路，途经闹市、街道、人群……一边望向车内，一边急速奔跑，他免不了摔跤。是的，他因一根灯柱而摔倒过，因一棵大树而撞了头……每一次，当他摔倒的时候，球星们便发出遗憾的叹息。可是，随即，他们又欢呼起来，因为这位了不起的小伙子迅速从地上爬起，仍然保持那爽朗的笑，向他们挥手，跟着他们继续前行……

他不知摔倒了多少次，可是，他不曾停歇。他只知道，他要一直追赶他们。

目睹这位充满激情、令人可敬的小伙子奔跑、跌倒、爬起、微笑、再奔跑的过程，球星们对他肃然起敬。所有的球员都跑向车厢那一侧，对他唱起了歌："Sign him up（签下他）！Sign him up……"

当然，这是一句玩笑之词，但是，他们知道，这位球迷身上的热情与激情深深打动了他们。

他跑了足足五千米。他终于乏了，不过，他没有停下，而是换乘一辆摩托车，继续他的"追梦"之路。

看着他不懈的追求，带队教练终于下了决心，停下车，为他开启了一扇通向梦想的大门——他有了与阿森纳球员零距离接触的机会。

见自己的奔跑没有白费，他振臂欢呼，与他一齐欢呼的，还有车上所有的队员和教练。

车内，爆发出排山倒海的掌声和欢呼声，所有的群星一一起立，迎接这位他们刚刚"签下"的新成员。车内笑声不断，气氛融洽极了。小伙子与他们握手、拥抱、合影，求取签名。他与阿尔特塔并肩而坐，一只手友好地搭在这位著名球星的肩上，另一只手则振臂高呼。这样的一张照片成为阿森纳与球迷合影的经典照。

前锋吉鲁把这一段过程完整地拍了下来。当他把视频放上Facebook时，全世界的人都惊叹于这位越南小伙子的幸运之遇。有网友评论："惊人的耐力、体力和忠诚度！难道他就是温格传说中的七千万引援？签了他！"这是幽默而善意的评论，说明所有人都为他喝彩。

可是，更令世人意外的是，7月17日，当阿森纳与越南队一同出现在绿茵球场时，这位"奔跑哥"居然获得了与阿森纳球星一同出场的机会，成为阿森纳"名副其实"的"首发"球员。站在球场上，他与波多尔斯基谈笑风生，他参加双方球员例行的握手仪式。赛后，这位绰号"Running Man"的"球迷"还获得了温格赠送的机票、球票和酒店住宿待遇。于是，在将来的某一天，这位幸运的"跑神"将前往伦敦，去观看他们精彩的足球比赛。

这是他莫大的荣幸。对于一位追梦的人来说，也是他获得的最高礼遇。

这位红透全世界的越南小伙子，在忘我的奔跑中追到了他的梦想。这不仅仅是一个球迷对于球星的向往和追求，更是关于青春，关于"梦"的追求。就在那样疯狂的奔跑中，他达成了世人遥不可及的梦想。

所有的球迷在为他高兴的同时也在艳羡他的境遇。然而，并不是所有人都那么"幸运"。因为，世界上分为两种人：一种是奔跑者，一种是观望者。而上帝，往往只偏爱那些拼了命的疯狂奔跑者。

在自己的世界里活着

艺术对于他来说，一度是活着的方向和寄托，为了这个方向，在少年时代，他便开始自学书画艺术。无师无门的他，凭着一颗非凡的执着心，学有所成。他常常参加书画大赛，一次又一次的获奖经历让他憧憬着今后的艺术人生路。然而，经过许多个春秋，他才明白，他曾经参加过的所谓的"大赛"，只不过是一个虚有其名的幌子。

胸有才技而不得显，随着岁月的磨砺，他渐渐明白，自己曾经憧憬着的艺术之路过于美好而虚幻。师范学院毕业后，他成为一名教师。他想，也罢，把曾经的那颗艺术之心收一收，在工作岗位上拼搏一下，或许能干出些名堂来。于是，他一心扑在教育岗位上，耕耘着下一代的希望和梦想。渐渐地，他在工作领域里干出了些成绩。这个时候，他一心钻到教育和学术研究里。很长的一段时间内，他甚至忘记了书画。他想凭借自己的努力和本事在新的领域里闯出一条路来。

可是，人生就是一条河流，你永远不知道它下一步会把你带到什么地方。

不论是他的教学比赛，还是论文学术评比，他的成绩都很好，可是，他的心却从未"成熟"过，一如年少时的那一张张书画作品，他的心纯澈极了。以至于，他从未明白，在这个社会上，重要的不仅使才气，而是多方面发展，并且要紧跟时代的步伐。

当他明白人并不能仅靠自己的才华获得成功的时候，已经晚了，来不及了，他迷失在了为自己设的圈套里。他的青春已过，人生已不能让他有重来的机会。不过，他自己也不知道，如果给他一次机会，他会不会从多方角度去看待这一切，让自己变得不那么单纯、执着。

就在他心灰意冷的时候，他突然又想到了艺术，想到了他曾经痴爱的书画，想到了他年少时那个斑斓的梦。于是，他义无反顾地走到人生的驿站里歇歇脚，凭吊过往，同时也在开始盘算他新的人生路。

重新作画。艺术在这个时候给予了他精神的抚慰，他在忙完工作之时，会即兴画上几笔，或者，在课堂上，兴致勃勃地教孩子们写写字、作作画。教书、写字、作画，他就是如此纯粹地活着。是的，他不再理会繁杂的事——要知道，曾经为了应付上级检查，他干了许许多多形式上的、繁杂的、毫无意义的事。

如今，他铁了心，只做他这一辈子喜欢干的和该干的事。于是，他不理会其他无关的事和无关的人。而这样，反而使他的本职工作做得更出色了。

他一边做好分内之事，一边画他的画。他重拾年少时的那个梦，他庆幸，在那一息尚存的日子里重新找到了他的艺术，找到了活着的寄托。他相信，只要继续不断地学习、创作下去，说不定，自己真能成为像模像样的书画家。

教书、写字，作画，他的世界与世俗无关，与功利无关。他只在自己的世界里活着。他明白，人活着，就得有一些追求，有一些精神上的寄托。尽管，他未曾实现自己真正的艺术梦，但是，他身处世间功利圈仍能保持一颗晶莹剔透的心，不得不让人心生敬畏。他就像是一个活在我们这个世界之外的人，与我们的圈子离得很远很远。他安于教书，安于与学生亲近嬉戏，安于艺术创作，却从不沾半点世俗冷暖。

去它的人情世故，去它的察言观色，去它的溜须拍马，他一概不听、不看、不学。他只在他自己的世界里纯粹地活着。

每一个人，都有证明自己活着的方式，有的人是金钱，有的人是名利，有的人是地位。但是，对于他来说，他的那些斑斓的作品就是他活着的证明。

至少，他曾经梦过。

生命里的空谷足音

　　电脑被雷劈，送去维修，被告知已无修复的必要。这台电脑已用了许多年，在当时来说算是不错的配置，可在如今，它早已跟不上时代。早有另购一台的打算，如今，遇上这档事，正合我意。可是，我并不是一个精通电脑的人，独自购买，又没这个魄力，于是，我决定联系一位老同学，先征求一下他的意见，然后再考虑购买事宜。我拨通了他的电话，他一下子叫出我当年的绰号，自从工作后，随着世事的繁忙，我已与他疏于联系。这么多年来，虽然同在一个城市，但相聚的日子寥寥。可是，仅仅一个电话，一声称呼，我便觉得我们的友情未曾断。

　　不惯接受别人恩惠，更不喜麻烦旁人，所以，电话里，我尽量把问题问得详细些，以便明了之后能一人前往购买。可是，没说几句，他便答非所问，说："你这样一个对电脑一窍不通的人，去买电脑会被坑的。"他一边应付我的问题，一边似自言自语，"等会要去办点事……中午还得赶去一个地方……下午……下午晚些时候才有空……这样，你先去逛逛，多走几家，让他们给你打个配置单，但是记住，千万别买！等下午忙完了我陪你去。"

有朋友相帮，我自然是十分高兴，同时，心里也十分感激。很高兴，在我需要他的时候，他伸出了援手。

在电脑城，我按照他的吩咐，逛了一圈，问了些硬件的配置与价钱。期间，他接二连三地打电话向我了解情况，并给予我一些指导和建议。他再三嘱咐我不要因头脑一时发热而购买，于是，我便先购置了一套电脑桌椅，回到家已是中午。腾挪旧桌椅，忙忙碌碌，已近两点，心有所急：不知朋友要到何时才能抽出空。如果再晚些，电脑城就要关门了，我这一天既定的工作也会因此延后。

正在这时，我等来了他的电话。他告知我，事情刚刚办完，须与朋友吃过饭后再赶过来相帮，让我再耐心等一个小时。心里突然暖暖的，他居然能揣度我此时焦躁不安的心，特地打电话告知他并没有忘记此事，告知我他会尽快快过来帮忙。

一个小小的电话，竟能如此温暖一个人的心。

不得不说，虽然我们的友情一直不错，但是，我从未见过他如此细致用心地帮助过他身边的人。

心突然轻松了许多，再没有先前的焦虑，也为有这样一个朋友而高兴，为他的成长和变化而欣慰。

过了一个小时，他来电话告知，三十分钟后，我们在电脑城门口见面。

三十分后，我到达电脑城，没想到，他竟比我先到了。上了电脑城，他找到一家大店面，然后，细致询问，努力砍价，负责帮我摆平一切。

感觉来买电脑的不是我，而是他。

谈妥价钱后，工作人员开始装机。这期间，他的电话接二连三地响起。我知道，他的事情并没有忙完。他只是抽时间过来看看他的老朋友，过来帮帮他老朋友的忙。

心中吹过一股暖暖的风。

我问："对了，你的腿怎么样了？"

"还好。已经不像先前那样疼了，走路也基本没什么大碍了。"

他告诉我，为他治病的是个中医，也是一个居士，医术好，医德高。这些年来，在接受治疗的同时，也受其人生观的影响和熏陶。想想当年，自己不懂为人，只知自顾。而如今，耳濡目染，知道要善，要慈，要坚强。只有这样，才能无愧于人。

我听得出，他的的确确已经不是我认识的那个少年了，如今的他恬淡、内敛、谦和、善良……

那一年，他的腿疾使他痛不欲生，几乎失去了生活、工作。他大半个人生几乎都失去了。可如今，他却从痛苦中坚强地走过来了。

突然对他的感觉变得复杂起来：既亲切，也感激，还有惭愧，更有崇敬……

想来，尘世中的每一个人原来都可以像他一样变得如此成熟，如此温馨，如此美好。只要愿意，我们能让我们的心溢满芬芳，我们能让我们的心充满力量，我们能让我们的手捧满花香。我们的一生中，谁不会经历困难、悲伤与苦难呢？可是，只要人心向善、向强，所有苦难和艰辛都不足以摧毁我们那颗芬芳剔透的心。

我再三请求他与我共进晚餐，可是，忙碌的他最终没有应邀。在电脑还未装好的情况下，他便匆匆离开了。我见，他的脚步已沉重，已艰难。他一步一步地支撑着出去。我不知，他这一天，究竟走了多少个地方。

那双疼痛而坚硬的脚，重重地踏在我心灵上，响出清澈响亮的足音，激荡在我心灵的四面墙壁上，久久不绝。我知道，我要像他那样，在人生中踏出一串不卑、不屈，却又悲悯而温暖的空谷足音。

大道易走，险境易成

清代有个剑术名家，名为董海枫。他所创的剑法融合道教太极之理，以柔取势，剑走轻灵，潇洒飘逸。这在当时以剑形取胜的清朝成了剑术流派的旗帜。

他门下有两大徒弟：大弟子柳墨雪，二弟子凌封龙。两人皆在年幼时上山学艺，且资质非凡。师兄柳墨雪勤于学习，师父所教种种剑式，他都烂熟于胸，并日夜勤练不辍；师弟凌封龙则长于领悟，面师而学，他往往先默记于胸，胸有成竹之时，他才挥剑起式，往往一出手，便具高手风范，他时常自创花样，虽不成模样，但师父也不责备。

学艺日长，柳墨雪深得师父剑法精髓，凌封龙虽也不差，但由于其学剑往往天马行空，不循章法，所以在剑术造诣上较师兄略有不及。师父多次纠正，凌封龙虽也用心领悟，但心中总有症结："师父，这套剑法能不能在空灵的基础上加些内力修为，让它飘逸与浑厚兼有之？"

师父沉思良久，道："学剑讲究'剑走偏锋'。这一两百年来，剑术皆以飘逸灵巧取胜，内力的修为倒并不重要。再者，剑法飘逸，身形圆转，这在当下武林是一种趋势和潮流。"

"师父，我想创一套内外兼修的剑法。"

"内外兼修曾是剑术的正宗。神形贯通，意势融合。由于其难度大，十数年难成，且易于急气攻心，所以，剑气一派几近消失，不似如今的剑法，易学易成。你如若走古剑法之路，实非常人所能为，稍有不慎，便前功尽弃。可是，如果一旦幸成，将会名震天下。走一条捷径平坦大道，还是登一条艰险华山之路，你可要仔细思量。"

对于师父的这一番话，凌封龙似懂非懂。不过，他对高超的剑术追求从未停止过。

多年后，师父对他们说："本门剑法，你们尽皆习得，可下山了，我也要云游四海。凭此绝技，你们定可名扬天下。"

师兄弟下山，各走他方。他们一边仗剑行侠，一边勤加练习。没过几年的工夫，他们便名声大噪。后来，师兄柳墨雪开馆收徒，把本门剑法发扬光大，而凌封龙则从江湖抽身，寻了个深山老林，继续修炼。

剑形剑招，他已无可锤炼之处，但年少时的心思他不曾忘记——要走一条师父未曾走过的剑道。他把剑招搁下，从内功修为练起。朝露晚霞，吐故纳新，他勤练内丹功。继而，练拳练掌，内外兼修。他曾几次险些丧命，在瀑布下被急流冲走；修炼内功心法，无人指引，气岔晕厥……凌封龙想起师父曾经说过的话，才明白自己已经登上一条艰险之路，身入险境。在当时，他已经是个出名的剑客，本用不着如此行险，但是，他还是坚持了下去。后来，他曾对后辈说过这样一番话："没有内功修为，你可以成为一个剑术名家。但是，你永远成为不了剑圣，当然，并不是每个人都希望成为'剑圣'的。"此是后话，自然不提。但是，凌封龙心中一直坚信自己要走的路。他避易就险，走了一条直面死亡的剑道。

而师兄依旧开门收徒，在他的手下，本派的剑法得到发扬光大。甚至，剑形剑招相比于师父所传，有过之无不，与当时的剑术潮流一样，他的剑法重形不重气。他将剑缰改为剑穗，以助花势，起舞翩然。为此，他的剑式博得人们的喝彩。柳墨雪故去之后，其弟子继续将此剑法完善。最终，此派剑法完全脱离技击，沦为花法。此是后话，也不必提。

有一年，凌封龙功德圆满，重出江湖。数年后，他成为一代剑术大师，不论是行侠除恶还是与同道论剑，他都从未逢敌手，没人看得出他的剑法，也没人见过他完整的剑式。据说，少数几个得睹他剑术全貌的恶贼都死在了他的剑下。甚至，江湖有传言，他不用剑，只用食中二指代剑与敌交锋，没有人能逼他出过剑。更有传闻道，他已炼出剑气，能在数尺外以剑气伤敌。种种惊为神迹的传说使得他得以冠上一个名号——"剑圣"。

不过，这个传奇剑圣的一生有个不小的遗憾：他穷其毕生都未能寻得一资质及心质上乘者为徒。因为，他的剑术毕竟是"小众"，不入大流。在庸庸碌碌的世间，在花式与朴拙间，人们选择了取巧；在平坦与崎岖间，人们选择了安逸；在大道与险境间，人们选择了从众从俗。

或许，这就是"圣""俗"之别吧。

心大，什么都大

　　她姓许，人家叫她许姐，可我偏不乐意，我叫她凤姐。她说，凤姐这个称呼好，听起来大气。大气？她外表可有些不像。她是典型的南方女子，瘦小、柔弱，还有点婉约。不过，其实她也挺大气的，因为她是大老板。是的，我总叫她"大老板"。"凤姐"这个称呼她欣然接受了，可是，"大老板"这个叫法，她却多次提出抗议："别开玩笑了，我可不是什么大老板。"

　　但是，我一直觉得，她就是大老板。

　　今年之前，我和她并不太熟，彼此只是相识，只是工作上有所往来。我们对对方的工作、家庭、为人等并不十分了解。我只知道她是大老板，经营着一家茶店。在我看来，老板都是"大"的，经济是富庶的，生活是快乐幸福的。总之，不是我们常人所能及的。

　　她很谦虚，让我别叫她"大老板"。不过，我认死理，不听她的。

　　我对她有进一步的了解是从我准备着手装修新房子开始的。那一次，就房子装修事宜，我只是无心地向她发问，没想到，她竟很热情地说："新房子装修啊？我替你装吧！"

原来，这个"大老板"以前做过许多生意：建材、餐饮、古玩等。顿时，她在我心目中的形象高大上起来。

"别轻信外面的装修公司。在我看来，它们只能算是'皮包公司'而已。你房子装修的事，就交给我了！"

大老板，大气度，大魄力。我没想到，我和她并不十分相熟，可她却这么喜悦而热情地相帮。

虽然交往不多，但是，不知为什么，我对她倒是十分信任。

"有大老板凤姐帮忙，真是万分荣幸，万分感谢！"

从那以后，她对我的事便十分上心了：验房、设计、买材料……事无巨细，全都亲力亲为。时间长了，我心有不安，觉得亏欠她许多，便说："大老板平时工作这么忙，还要为我房子装修的事操劳，我十分过意不去，要不……"

她打断我的话，说："别客气，我很感谢你对我无保留的信任。就冲你这一份难得的信任，我就定要把你的房子装修好。"

是的，我对她的确是毫无保留地信任。诸事交给她，便觉万事大吉了。很惭愧，有的时候，我觉得装修房子这事，她比我上心多了，而我却像个局外人。

后来我才知道，她并不是外表看起来那样风光，她有她的困境，有她的艰难。她的确做过许多生意，但是这些年，生意并不好做了，人脉虽还在，但是市场需求大大减少。对她来说，生活虽称不上艰难，但光景的确比不上从前了。在这个大浪淘沙的大市场环境下，能立足而不被淘汰的，已经算是难能可贵了。门面开销、员工开销、茶农开销……每个月的开支细算起来，经营状况并不如我想象的那样光鲜。

"可是，我每一次见你都是很开心的样子啊！"

"我是很开心啊！作为一个女人，有自己的工作，自食其力，能不开心吗？作为妻子，不给先生增加负担，能不开心吗？作为媳妇，能照顾好老人，能不开心吗？作为母亲，有一对很棒的双胞胎，并把她们照顾得妥妥帖帖的，能不开心吗？"

突然，对面前的这个"小"女人无比崇敬起来。我一直是一个生活的局外人，对于生活和世事一窍不通，而她，却把家庭、工作、生活处理得井井有条。从不给别人添麻烦，反倒是总带给别人安定、快乐和幸福。她先生常常要跑外地，事业、家庭等全凭她一己之力，凭她那柔弱的肩膀，凭那婉约的身躯硬扛了下来。

更难能的是，她每天还笑靥如花。

是的，她笑起来是最婉约的时候，婉约得像是我们桂林山水。她一笑，仿佛整个生活就都她带动了起来，再不枯涸，再不停滞。

她唱着一曲生活的歌，流到很远很远的地方。

我不了解她的方面还有很多，我不知道她的事也有很多。有一次，我跟她聊茶时，她才不经意地提起不久前遭遇的一场困境。

她在云南的茶山遭遇了一次山体滑坡，大雨汇而成山洪，茶山遭遇劫难，厚土、巨石翻腾滚下，把山脚储茶和做茶的房舍一并压垮。碎瓦、断木、残砖满目狼藉，叫人痛彻心扉。那一场灾难，使她遭遇了无法估量的损失。

我惊讶且难过："这事怎么没见你提起？就连朋友圈里也没见你发过这样的消息？"

她看我一脸惊愕的样子笑开了，说："没事，别担心，都过去了。"

她目光澄澈，神情恬淡而又满怀憧憬："是的，都过去了……生活中，本就没有什么过不去的坎。生活遭遇了苦也没必要跟大家提，更没必要整天挂在嘴边，悲观消沉。而且，我们已经用最快的速度重建了茶舍，茶山也再次绿了起来。茶，会越来越多；生活，也会越来越清好…"

回去后，我再次查看她的朋友圈记录，仍然没有发现任何一条关于这件事的描述，反倒是随处可见她那溢满阳光的笑脸。

这一年来，我工作有所调整，轻松了许多，但闲适安逸的生活反倒让我极不自在。这一年来，我不断地问自己：你究竟在过一种什么样的生活？你究竟在追求一种什么样的人生？你究竟在追寻一种什么样的灵魂质量？

然而，从凤姐的身上，我慢慢找到了自己缺失的东西，慢慢找到了想要的答案。

对于凤姐，我至今仍然称呼她为"大老板"——不管她乐不乐意。至于那样称呼她的原因，是因为从她的身上，我渐渐明白：心大，什么都大——生意、生活、生命什么的，统统都会跟着大起来。